novum pro

AF003660

LUZZI B.

Zu Gast in einer anderen Welt

novum pro

www.novumverlag.com

Bibliografische Information
der Deutschen Nationalbibliothek:

Die Deutsche Nationalbibliothek
verzeichnet diese Publikation in
der Deutschen Nationalbibliografie.
Detaillierte bibliografische Daten
sind im Internet über
http://www.d-nb.de abrufbar.

Alle Rechte der Verbreitung,
auch durch Film, Funk und Fernsehen,
fotomechanische Wiedergabe,
Tonträger, elektronische Datenträger
und auszugsweisen Nachdruck,
sind vorbehalten.

© 2013 novum publishing gmbh

ISBN 978-3-99026-942-8
Lektorat: C. Hoffmann
Umschlagfoto: Franz Schmid
Umschlaggestaltung, Layout & Satz:
novum publishing gmbh
Innenabbildungen: Franz Schmid (15)

Die von der Autorin zur Verfügung
gestellten Abbildungen wurden in der
bestmöglichen Qualität gedruckt.

Gedruckt in der Europäischen Union
auf umweltfreundlichem, chlor- und
säurefrei gebleichtem Papier.

www.novumverlag.com

*Es waren graue, regnerische Wintertage, als die 15jährige Maggy
in ihrem Zimmer saß und ihre Geschichte begann ...*

Wie die meisten anderen Kinder in ihrem Alter ging sie auf die weiterführende Schule der Kleinstadt, in der sie mit ihren Eltern und ihrem jüngeren Bruder in einem Vorort wohnte. Maggy war ein aufgeschlossenes, verspieltes Mädchen und ging gern mit ihren Freunden hinaus in den Wald oder zum See. Sie konnte aber auch sehr verschlossen und verträumt sein, und es gab Tage, an denen sie lieber allein auf ihrem Zimmer blieb und ihren Gedanken nachhing, die sie niemandem verriet. Dann fühlte sie sich wohl und geborgen, schrieb Gedichte, die auf einmal aus ihrem Stift flossen, malte Bilder, las oder lag einfach nur auf ihrem Bett. An solchen Tagen konnte sein, was wollte – Maggy zog die Ruhe und das Alleinsein allem anderen vor.

An einem dieser düsteren Tage saß Maggy an ihrem kleinen Holzschreibtisch und war erstaunt über das schöne Gedicht, das sie gerade zu Papier gebracht hatte, als es an der Zimmertür klopfte.

„Maggy, komm – wir gehen an den See!" sagte ihr Vater, nachdem er eingetreten war.

„Wie, jetzt sofort? – Geht ohne mich", antwortete Maggy erst. Doch irgendwie drängte sie ein inneres Gefühl, das sie zum Mitgehen veranlaßte. Schnell zog sie sich an und eilte wenig später die Holztreppe hinunter.

„Kommen Mom und Francis nicht mit?" wandte sie sich an ihren Dad.

„Genüge ich Dir denn nicht?" fragte dieser zurück. Beide lachten daraufhin und gingen aus dem Haus.

Es war ungewöhnlich für Maggy, daß sie allein mit ihrem Vater unterwegs war. Doch sie begann, Gefallen daran zu finden. Beide sprachen sie wenig miteinander – nicht nur jetzt, sondern generell.

Sie liefen einen Weg entlang, der direkt zum Wald führte und noch gefroren von den vergangen eiskalten Tagen war. Kurz vor dem Wald bogen sie nach links ab und nahmen den Pfad hinunter an den See, der nach nur wenigen Metern weiter unten vor ihnen gut zu erkennen war. Noch bevor sie das Ufer erreicht hatten, stolperte Maggy plötzlich über einen Stein und stürzte.

„Hast Du Dir weh getan?" wollte ihr Vater sofort besorgt wissen und half ihr, sich aufzurichten.

„Nee, keine Sorge", antwortete sie ihrem Dad. Neben Maggy lag ein Baumstamm – auf diesem ließ sich ihr Vater nieder und klopfte neben sich – als Aufforderung an seine Tochter, sich doch zu ihm zu setzen.

Als beide dort einige Minuten still gesessen hatten, fing ihr Vater an zu erzählen:

„Als ich klein war, hat mir mein Großvater erzählt, daß die Menschen früher immer wieder von einer Legende sprachen. Sie berichteten, daß es tief unten im Wasser des Sees eine Stadt geben würde, mit richtigen Häusern und Straßen – eine Welt wie

hier oben, nur eben unter Wasser. Zu dieser Stadt würde man durch eine Luke am Seegrund gelangen – man müsse dreimal klopfen und je nachdem, welche Absicht man verfolgte, würde die Luke dann aufgehen oder nicht." Er lachte plötzlich. „Glaub' den Schwachsinn bloß nicht! Wie ich dich kenne, würdest du glatt nachschauen gehen."

„Hat denn schon mal jemand nachgesehen, ob es die Luke gibt?" fragte Maggy und runzelte die Stirn.

„Nun, Onkel Sam und ich sind früher mal hinabgetaucht – zwar nicht den ganzen Seegrund entlang, aber doch ein ziemlich großes Stück – aber weit und breit war da keine Luke zu sehen!"

Maggy ließ sich nichts anmerken, doch sie ließ den Blick über den See streifen, als würde sie bereits die Stelle suchen, an der man wohl hinuntertauchen müßte, um die Luke zu finden.

Beide saßen noch eine ganze Weile auf dem Baumstamm und unterhielten sich. Sie sprachen über die Schule und über Maggys Pläne für die Zukunft. Bis auf ein paar Wunschgedanken hatte Maggy noch keine Ahnung. Sie wollte auf jeden Fall das College besuchen und einen guten Schulabschluß schaffen. Aber bis dahin war ja noch etwas Zeit, da sie momentan ja gerade erst die neunte Klasse besuchte. Dennoch ... sie war sehr ehrgeizig, und das nicht nur in der Schule ...

„So, nicht, daß uns noch die Füße einfrieren, junge Dame", unterbrach ihr Vater ihre Gedanken. „Es wird Zeit, den Heimweg anzutreten." Sie standen auf. Als sie auf die Uhr schaute, traute Maggy ihren Augen nicht – eine geschlagene Stunde war sie bereits mit ihrem Vater unterwegs gewesen! Langsam schlenderten sie nach Hause und freuten sich beide auf die wohlige Wärme im Haus und auf einen schönen heißen Tee.

Als Maggy an diesem Abend in ihrem Bett lag, dachte sie noch lange über die Legende nach, die ihr Vater ihr erzählt hatte. Sie fragte sich, was da unten in dieser Welt wohl für Wesen leben mochten, wenn es denn wahr war. Menschen wie sie konnten das ihrer Ansicht nach ja nun nicht sein – oder etwa doch? Aber wie sollten sie atmen? Oder hatten sie so etwas wie Kiemen, wie die Fische? Seltsam – wer oder was konnte schon die ganze Zeit unter Wasser leben? Fische lebten doch auch nicht in einer Stadt! Maggy war erstaunt über diese Vorstellung und fasziniert zugleich. Sie war nicht sicher, ob sie diese Geschichte nun glauben sollte oder nicht. Aber irgend etwas an der Vorstellung, daß tief unten im See Wesen lebten, die vielleicht menschenähnlich waren, zog sie in ihren Bann.

In den nächsten Wochen und Monaten ging Maggy wie gewohnt zur Schule, traf sich in ihrer Freizeit mit Freunden, verbrachte Zeit allein und mit ihrer Familie. Ihre Gedanken an die Legende verblaßten immer mehr, bis sie sich gar nicht mehr damit befaßte. So verging der Winter und es kamen wärmere, sonnigere Tage … Der Frühling brach herein und Maggy hielt sich wieder häufiger draußen in der freien Natur auf. Da der See ihr in dieser Zeit zu langweilig war, blieb sie lieber mit Freunden im Wald oder fuhr mit ihren Eltern in die nahegelegene größere Stadt ins Hallenbad oder all die Dinge einkaufen, die sie bei sich in der Wohngegend nicht bekamen.

Maggy war eine gute Schwimmerin; sie konnte über lange Strecken tauchen und sprang mit einem Heidenspaß kopfüber ins Wasser. Schon früh hatten ihre Eltern ihr das Schwimmen beigebracht. Sie verstand nicht, warum ihr jüngerer Bruder sich so schwer damit tat. Er konnte zwar auch schwimmen, war aber immer wieder froh, wenn er aus dem Wasser hinaus konnte.

Es wurde Mai und wärmende Sonnenstrahlen durchfluteten das ganze Land. Maggy liebte es, ihrem Vater draußen im Garten zur Hand zu gehen. Da jetzt die Zeit war, wo er viel draußen arbeitete, verbrachte sie recht wenig Zeit mit ihren Freunden. Stattdessen zog sie es vor, daheimzubleiben und ihrem Vater zu helfen. An einem Samstag jedoch ging er nicht in den Garten, sondern wollte in die Stadt fahren, um neue Pflanzen, Dünger und andere Dinge zu besorgen, die er für die Gartenarbeit brauchte. Maggy war unentschlossen, einerseits wollte sie mitfahren, andererseits lieber etwas spazierengehen, ganz für sich alleine.

„Maggy, was ist jetzt?" drängelte ihr Vater. „Ich muß los …"
Maggy traf eine Entscheidung.
„Nö, fahr heute mal alleine, ich geh lieber ein bißchen raus."
„Wie Du meinst", erwiderte er und machte sich auf den Weg. Maggy trank noch einen großen Schluck Wasser, sagte ihrer Mutter Bescheid, daß sie kurz in Richtung Wald gehen wollte, und ging los.

Als sie an die Biegung zum See kam, hielt sie plötzlich inne und erinnerte sich an die Legende, die ihr Vater ihr im Winter vom See erzählt hatte. „Warum eigentlich nicht?" sagte sie zu sich selbst und bog kurzerhand ab zum See. Nach wenigen Minuten hatte sie ihn erreicht. Die Sonnenstrahlen glitzerten auf dem Wasser. Der See besaß heute für Maggy eine eigentümliche Schönheit, die sie so noch nie gesehen hatte. Irgend etwas faszinierte sie, doch sie konnte sich nicht erklären, was es war. Anders als im Winter setzte sie sich heute nicht auf den Baumstamm. Sie bog nach rechts ab und schlenderte den Weg rund um den See entlang. Immer wieder ging ihr durch den Sinn, was wohl wäre, wenn an der Legende doch etwas Wahres dran war. Sie spürte ein großes Verlangen, einfach hinabzutauchen und eine unbestimmte Zuversicht, die Luke finden zu können, wuchs von Minute zu Minute.

Maggy hatte den See um mehr als die Hälfte umlaufen, als ihr auf einmal eine besondere Stelle im Wasser auffiel. Wenn man an dieser vorbei gelaufen war und zurückblickte dann schimmerte sie farblich ganz anders und war nicht braunblau, wie das Wasser rundherum, sondern smaragdgrün. Wie gebannt blieb sie minutenlang dort stehen und erschrak plötzlich, als eine riesige Luftblase an der Wasseroberfläche mit einem lauten „Blub!" zerplatzte. Sie zuckte förmlich zurück und ging weiter, immer schneller, bis sie fast rannte.

„Was war denn das bitte?" keuchte sie. Sie war sich sicher, daß diese Luftblase ganz bestimmt etwas mit der verborgenen Luke zu tun hatte, die ihr Vater meinte, und faßte den Entschluß, an einem warmen Tag im See schwimmen zu gehen und an genau dieser Stelle hinabzutauchen. Schließlich drosselte sie ihre Geschwindigkeit und ging wieder in normalem Schrittempo. Nach einer Weile drehte sie sich nochmals um, in der Hoffnung, erneut einen Blick auf die Wasserstelle werfen zu können, doch war diese bereits zu weit weg. Noch bevor sie ihren Blick wieder zurückwandte, donnerte sie fast mit ihrem Bruder zusammen ...

„Mensch, wo bleibst Du denn? Mom macht sich schon Sorgen und hat mich geschickt, um Dich zu suchen!" fuhr er sie an.

Maggy erwiderte total erschrocken: „Ich hab ihr doch Bescheid gesagt, daß ich spazierengehe, was soll das denn?"

„Ja schon", murmelte Francis, „aber hast Du mal auf die Uhr gesehen?"

Maggy tat das und erschrak, als sie sah, daß schon zweieinhalb Stunden vergangen waren. „Ups ... wie kann das denn sein?", nuschelte sie verlegen.

„Wer weiß, wo Du wieder mit Deinen Gedanken warst?" seufzte Francis genervt. Schweigend gingen beide den Weg weiter um den See herum und bogen dann wieder rechts ab in Richtung ihres Hauses. Als sie zu Hause ankamen, war ihr Vater bereits eingetroffen.

„Na, Du warst ja lange unterwegs, Deine Mutter hat sich schon Sorgen gemacht. Nichts wie rein jetzt, gleich gibt's Abendbrot!"

Maggy erzählte ihrer Familie nichts von ihrem Spaziergang und davon, was sie am See gesehen hatte. Sie befürchtete, daß sie sie sonst nur auslachen würden. Und ganz bestimmt würden sie ihr Vorhaben, dort hinabzutauchen, niemals erlauben oder auch nur dulden! Sie mußte es heimlich machen, wenn sie je erfahren wollte, was sich am Seegrund an dieser Stelle befand und ob an der Legende etwas Wahres dran war.

Im Laufe der nächsten Wochen verbrachte Maggy ihre Zeit wie eh und je, diesmal nur mit dem Unterschied, daß ihre Gedanken an den See und diese merkwürdige Stelle nicht verblaßten. Im Gegenteil, ihr Vorhaben hinabzutauchen, wurde von Woche zu Woche stärker. Es fiel ihr wahnsinnig schwer, niemandem außer einem guten Schulfreund davon zu erzählen. Je wärmer es wurde, desto mehr stieg ihre Aufregung. Hinzu kam, daß der See an dieser Stelle besonders tief sein sollte. Eigentlich hätte sie auch gern einen ihrer Freunde mitgenommen, doch ihr Gefühl sagte ihr, daß sie ganz allein hinabtauchen sollte, um der Sache im wahrsten Sinne des Wortes auf den Grund zu gehen. Fünf schier endlose Wochen vergingen, in denen Maggy auf eine gute Gelegenheit wartete.

Maggy sah unter sich etwas leuchten. Es war nicht klar zu erkennen, nur ein paar wenige Lichtstrahlen waren zusehen. Als sie noch etwas tiefer tauchte und den Grund unter sich abtastete, fand sie schließlich eine mit Algen bewachsene Luke, die aus Eisen zu sein schien. An der Verbindung zwischen Deckel und Grund schimmerten ein paar Lichtstrahlen hindurch.

Aufgeregt pochte sie mit der Faust gegen die Luke. Das Klopfen erzeugte zwar ein dumpfes Geräusch, war aber sehr leise.

„Wer soll das schon hören?" fragte sie sich nach einem kurzen Moment des Wartens. Da sie kaum noch Luft hatte, entschloß sie sich, wieder an die Wasseroberfläche zu schwimmen.

Oben angekommen, holte sie erst einmal tief Luft. Schnaufend schaute sich um und entdeckte, daß sie noch ein ganzes Stück vom Ufer weg war. Entmutigt schwamm sie in diese Richtung,

um sich gleich an Land ein wenig auszuruhen. Ihr Mut und der Eifer, die in den letzten Wochen immer mehr zugenommen hatten, waren von einem Schlag auf den anderen verblaßt und sie überlegte zweifelnd, wieder aus dem Wasser herauszuklettern und nach Hause zu gehen. Wie sollte sie diese Luke denn jemals öffnen können?

Plötzlich stieß eine Ente sie von der Seite mit ihrem Schnabel an. „Autsch!" lachte sie, als sie das Tier neben sich im Wasser entdeckte, und war überrascht, daß die Ente so zutraulich war. Das Tierchen schwamm mehrmals um Maggy herum und gackerte dabei lautstark vor sich hin. Als Maggy die Ente aus dem Augenwinkel beobachtete, entdeckte sie auf einmal am Uferrand einen rötlichen Stein. Ihr kam ein Gedanke und sie schwamm dorthin, bis das Wasser nur noch knietief war. Dort nahm sie den Stein an sich und betrachtete ihn. Womöglich konnte sie ihn ja zum Klopfen benutzen! Er sah wunderschön aus, hatte kleine scheinbar geschliffene Stellen und funkelte im Sonnenlicht, als wäre er eben erst frisch poliert worden. Entgegen ihrer Zweifel entschied sie sich, es noch einmal zu versuchen. Entschlossen schaute sie sich um ... wo war die Ente? Maggy drehte sich in Richtung Seemitte, aber weit und breit war das Tier nicht zu sehen. „Seltsam", dachte sie, umschloß den Stein ganz fest mit einer Hand und schwamm erneut etwas vom Ufer weg, um schließlich nochmals hinunterzutauchen. An der Luke angekommen, klopfte Maggy mit dem Stein fest dagegen: *tok, tok, tok*. Sie hielt inne und horchte ..., es tat sich nichts. Noch mal: *tok, tok, tok* ... Das Klopfen war dumpf wie vorhin, aber nun viel lauter. Maggy lauschte gespannt. Da sich noch immer nichts regte, entschied sie sich, noch einmal kurz Luft zu holen und es dann ein letztes Mal zu versuchen. Sie wollte sich gerade mit den Füßen vom Boden abstoßen, als sie ein Knarren wahrnahm. Die Luke bewegte sich! Maggy zuckte im Wasser zurück. Erst ganz langsam, dann sprang die Luke mit einem Schwung in Maggys Richtung auf und eine Sekunde später wurde sie von irgend etwas durch die Öffnung gezogen. Es war fast magisch. Sie konnte nichts erkennen, bis auf den aufgewühlten Schlamm unter sich. Mit einem Mal streifte etwas ihren linken Arm, als würde sie jemand greifen wollen, und sie merkte, daß sie hineingezogen wurde, immer tiefer und tiefer. Fast schon unbewußt vernahm sie das leise Schließen der Luke, als das Wasser auch schon klarer wurde. Neben sich erkannte sie ein Wesen, das aussah wie eine Märchengestalt: halb Mensch und halb Fisch, wie eine Wassernixe.

Maggys Herz klopfte bis zum Hals. Das Wesen sah friedlich aus, lächelte sie an, streckte dann den Zeigefinger aus und Maggy folgte der Geste mit ihrem Blick. Währenddessen sausten sie durch eine Art Weg hindurch, der rechts und links von rot leuchtenden Gewächsen mit schimmernden Blättern umgeben war. Sie waren so riesig, daß Maggy gar nicht sehen konnte, wie lang sie eigentlich waren. Hunderte von Verästelungen gingen in sämtliche Richtungen und berührten das jeweils benachbarte Gewächs, so daß es fast wie eine Hecke wirkte.

Maggy war fasziniert und aufgeregt zugleich, doch seltsamerweise verspürte sie keine Angst. Sie blickte regelmäßig zu dem Wesen neben sich, das sie mit so liebevollen Augen ansah, daß sie wußte, ihr würde nichts Schlimmes geschehen.

Schließlich wurde das Wasser vor ihnen immer blauer und klarer und sie schwammen auf etwas zu, das wie eine Kuppel aussah. Maggy konnte es erst kaum erkennen. Diese Kuppel kam immer näher auf sie zu. Sie war riesig, größer noch als ein ganzes Fußballfeld oder ein Riesenschwimmbad, und wölbte sich in der Mitte zu einer Erhöhung. Sie steuerten unmittelbar auf diese Anhöhe zu, als Maggy plötzlich unsagbar müde wurde, so müde, daß sie in einen tiefen Schlaf fiel.

Als sie erwachte, war es hell und warm um sie herum. Wo war sie? Noch bevor sie sich an das Geschehene erinnern konnte, begrüßte sie eine angenehme Stimme: „Hallo Maggy, Du hast lange geschlafen!"

Maggy sah sich um. Sie lag auf einem ganz normalen Bett – so einem, wie sie es von zu Hause her kannte – in einem kleinen, hellen, warmen Raum. Vor ihr stand ein Mann und lächelte sie an.

„Schau Dich ruhig um ... und sei herzlich in meiner Familie willkommen."

Noch bevor sie sich versah, traten drei kleine Jungen sowie ein Mädel ein und eine Frau blieb ihm Türrahmen stehen. Das mußte die Mutter sein!

„Wo ... wo bin ich hier?" stotterte Maggy.

„Du bist in einer Welt tief unter dem Meeresspiegel, wir nennen es die andere Menschenwelt. Sie ähnelt Deiner Welt oberhalb des Wassers sehr, ... hm ..., bis auf ein paar doch recht wesentliche Unterschiede. Aber um Dir diese zu erklären, bedarf es ein wenig Zeit. Aber all das werde ich Dir nach und nach berichten. Und vieles wirst Du mit Sicherheit von ganz allein erkennen", erwiderte der Mann und lächelte.

„Habe ich die Luke gefunden? Wie bin ich hierhergekommen? Wo ist meine Familie und ... wie komme ich wieder ... zu ihnen?" Maggy war auf einmal verwirrt und traurig. Sie konnte sich teilweise an Vergangenes nicht mehr erinnern, und das verunsicherte sie völlig.

„Du brauchst keine Angst zu haben", beruhigte sie die Frau daraufhin. „Es ist ganz normal, daß Menschen, die von oberhalb des Wassers zu uns kommen, die Dinge vergessen, die hinter ihnen liegen. Das hat einen Sinn, den Du mehr und mehr begreifen wirst. Überfordere Dich nicht und versuche nicht, all das festzuhalten. Nimm Dir die Zeit, alles kennenzulernen. Sobald Du aber keine Lust mehr hast und lieber nach Hause willst, werden wir dich nicht aufhalten und dich zurückbringen. Du gehörst zu den ganz wenigen Menschen, die hier herunterkommen ... Das wird dein Leben verändern. Wenn Du magst, kannst Du unsere Welt kennenlernen, aber Du mußt es nicht ... es ist Deine Entscheidung! – Magst Du?"

Maggy nickte zurückhaltend, aber ihr fehlten die Worte. Sie war noch immer sprachlos, und das hatte bei ihr schon etwas zu bedeuten. Die Frau setzte sich zu ihr auf die Bettkante und stellte sich vor: „Ich bin Viola, hallo Maggy. Herzlich Willkommen bei uns!"

So nahm das Gespräch zwischen der Familie und Maggy seinen Lauf. Zuerst stellten sich alle vor, und danach gingen sie zusammen durch das Haus, um es dem Neuankömmling zu zeigen. Maggy war überrascht, daß ihr so wenig hier fremd vorkam. In der Wohnung gab es die gleichen Möbel und Gegenstände, wie sie sie auch von zu Hause her kannte. Obwohl ... bei genauerer Betrachtung fiel ihr auf, daß diese Möbel einfacher gebaut waren und allesamt aus echtem Holz zu sein schienen. Sie waren ohne viele Schnörkel, aber dennoch schön gearbeitet. Erst besichtigten sie die Kinderzimmer, dann den Raum der Eltern, das Bad und die Toilette, bevor sie über den Flur die Treppe nach unten gingen, wo die Wohnküche und das Wohnzimmer waren.

Maggy hakte nach: „Wie kann es sein, daß ihr fast die gleichen Möbel und Gegenstände habt wie wir? Warum kann ich atmen, wenn wir hier unter Wasser sind und wieso wissen die anderen nichts von euch?"

Fragen über Fragen sprudelten nur so aus ihr heraus.

„Hab Geduld, liebe Maggy, erst einmal werden wir uns jetzt stärken und ein Essen zu uns nehmen. Alles zu seiner Zeit", bekam sie zur Antwort.

Sie gingen in die Küche, wo bereits der Tisch für sieben Personen gedeckt war und es herrlich nach Essen duftete. Maggy hatte nach den Aufregungen der letzten Stunden einen Bärenhunger. Bevor sie sich jedoch an den Tisch setzte, wollte sie sich unbedingt noch den Garten anschauen, den sie durch die Fenster hatte sehen können, und trat durch die hintere Terrassentür hinaus. Kaum zu glauben, dachte sie bei sich. Wie die Gärten bei uns über Wasser! Nur war dieser hier besonders schön und riesengroß. Wunderschöne große Bäume, deren Äste nicht so geordnet wuchsen, wie sie es kannte, ragten in alle Himmelsrichtungen. Sie waren alle unterschiedlich groß und die Blätter unterschieden sich alle voneinander. An einem Baum gab es große, kleine, hellere und dunklere Blätter. Manche der Bäume trugen herrliches Obst in einer Fülle, wie sie Maggy so allerdings nicht kannte. Durch den Garten führte links ein mit Steinen gepflasterter Weg über eine Wiese mit Sträuchern. Ihr Blick streifte in alle Richtungen, sie konnte gar nicht genug von diesem Anblick bekommen. Wenn da nur nicht ihr großer Hunger wäre! Sie nahm sich fest vor, sich den Garten nach dem Essen noch genauer anzusehen.

Sie gingen wieder ins Haus, setzten sich an den gedeckten Tisch und Viola trug das Essen auf. Sie füllte alles in große Schüsseln, die sie auf den Tisch stellte, damit sich jeder etwas nehmen konnte. Maggy ließ sich nicht zweimal auffordern, ihren Teller zu füllen. Sie nahm sich etwas von allem, es gab Kartoffeln, Möhren, Brokkoli, Hähnchen in Streifen und dazu eine richtig lecker aussehende Soße. Da sie gute Tischmanieren hatte, wartete sie, bis alle sich genommen hatten und gemeinsam anfangen konnten zu essen.

„Kommt kein Tischgebet?" fragte sie verwirrt, als alle zu ihrem Besteck griffen. Die Familie lachte, wobei die kleinen Jungs eher fragend zu ihren Eltern schauten, weil sie wohl nichts mit Maggys Frage anzufangen wußten.

„Nein", grinste Viola, „das machen wir nicht. Laßt uns anfangen!"

Nach den ersten begierigen Bissen fingen alle an, sich zu unterhalten. Man fragte Maggy nach ihrem Leben dort oben über dem Wasser aus, und sie erzählte bereitwillig von ihrer Familie, der Schule und vielem mehr. Die Familie hörte ihr aufmerksam zu. Als Maggy eine Pause machte, ergriff Martin, der Familienvater, das Wort.

„Nun kommen wir aber zu Deinen ganzen Fragen, wobei wir sie Dir sicherlich nicht alle heute beantworten können, aber vielleicht ja zumindest schon die ersten." Maggy nickte und schaute ihn erwartungsvoll an, als er fortfuhr: „Die zwei Welten gibt es schon sehr lange, sie existieren parallel. Das war nicht von Anfang an so, aber schon seit vielen hundert Jahren. Fast alle unter uns wissen von eurer Welt, doch nur wenige bei Euch von der unseren. Es besteht die Möglichkeit, daß Menschen die jeweils andere Welt besuchen, nur dafür gibt es Regeln, die Du vielleicht in ein paar Tagen besser verstehen wirst. Ich kann Dir sagen, daß nur Menschen oberhalb des Wassers zu uns hinunter können, die ein reines Herz haben und mit guten Absichten kommen, ansonsten finden sie nicht den Weg zu uns. Auch Du hättest nicht zu uns kommen können, wenn Du kein gutes Herz hättest. Die Welten ähneln sich zwar einerseits, andererseits sind sie aber völlig verschieden. Du bist zu uns gekommen, weil Du dadurch einmal anderen Menschen oberhalb von uns erzählen kannst – davon, wie es hier unten ist ... Es ist Deine Aufgabe, diese Welt hier kennenzulernen, liebe Maggy, was Du jetzt vielleicht noch nicht verstehen kannst, aber auch das wird Dir mit der Zeit klarer werden."

Maggy hörte aufmerksam zu und merkte dabei gar nicht, daß die Erinnerungen an ihr anderes Leben mehr und mehr in den Hintergrund traten. Sie fühlte sich wirklich wohl in dieser Familie, vermißte nichts und spürte in sich einen nie gekannten Wissensdurst. Sie wollte unbedingt erfahren, was es mit dieser Welt und den hier lebenden Menschen wohl auf sich hatte.

Susann, Jonathan, Viktor und Chris – die Kinder der Eheleute – sowie auch Maggy gingen nach dem Essen wieder hinaus in den Garten. Es dämmerte langsam und Maggy wurde etwas müde. Doch sie wollte sich hier draußen noch alles genau anschauen, bevor sie ins Bett ging. Sie war verzaubert von den vielen Bäumen,

Büschen und all den Sträuchern in satten Grüntönen, die in reicher Blütenpracht standen. Vieles ähnelte der Natur in ihrer Heimat, aber es kam Maggy viel üppiger und voller vor. Ganz hinten im Garten war an zwei Bäumen je eine Schaukel befestigt. Die Kinder schaukelten und turnten im Garten herum, spielten Fangen und es war, als würde Maggy die Familie schon ewig kennen. Hinter dem Garten, der nicht durch einen Zaun begrenzt war, lag ein weites Feld, hinter dem Maggy einen großen Wald erblickte.

„Oh, schaut mal – Hasen!" rief sie, erstaunt darüber, daß die kleinen Tierchen so nah an dem bewohnten Grundstück vorbeiliefen und so gar nicht erschrocken schienen, als Maggy auf sie zuging. Viola, die inzwischen neben Maggy stand, strich ihr sanft über den Kopf und erklärte: „Die Tiere haben hier keine Angst vor uns, da wir friedvoll miteinander leben; wir respektieren sie und sie uns genauso."

„Verstehe", erwiderte Maggy und freute sich über den Anblick der Tiere.

So ging der erste Tag zur Neige und nach einer Weile verabschiedete sich Maggy in die Nachtruhe und begab sich hinauf in das ihr überlassene Zimmer. Nach einer Katzenwäsche im Bad legte sie sich ins Bett. Obwohl heute so viel passiert war, konnte sie vor lauter Müdigkeit keinen einzigen klaren Gedanken mehr fassen und schlief sofort ein.

Am nächsten Tag erwachte Maggy ausgeschlafen in dem hellen, kleinen Raum. Sie hörte gedämpfte Geräusche und es roch, als wenn jemand gerade ein leckeres Frühstück zubereitete. Schnell zog sie sich den Bademantel über, der neben dem Bett über einem Stuhl hing, und eilte die Treppe hinunter in die Küche. Die ganze Familie war dort bereits versammelt.

„Hast Du gut geschlafen?" begrüßte Viola sie und forderte sie mit einer lieben Geste auf, am Tisch Platz zu nehmen.

„Geht Ihr denn gar nicht arbeiten?" wollte Maggy wissen, denn ein Blick auf die Küchenuhr verriet, daß es bereits halb zehn war. Doch weder Viola noch Martin sahen aus, als ob sie gleich fortmüßten.

„Erst einmal ist heute Sonntag, und soweit ich weiß, gehen an diesem Wochentag auch bei euch die wenigsten arbeiten", erwiderte Martin.

Maggy schlug sich mit der flachen Hand vor die Stirn. „Stimmt ja, wie blöd von mir! Irgendwie bin ich mit den Wochentagen ganz durcheinandergekommen."

„Außerdem ist es hier mit dem Arbeiten anders eingerichtet als bei Euch", fuhr Martin fort. „Wir gehen hier unten nicht täglich von montags bis freitags und auch nicht immer gleich lang arbeiten, was aber nicht heißt, daß wir nicht auch eine Menge zu tun haben. Jeder, der hier lebt, hat eine Aufgabe. Diese richtet sich danach, was er gut kann, gelernt hat oder vielleicht gern lernen möchte. Die Arbeit ist für die Allgemeinheit und ist den Jahreszeiten angepaßt, da wir viel in Abhängigkeit von der Natur machen."

„Das verstehe ich nicht, wie könnt Ihr denn dann so leben, fast wie wir?"

„Nun, ganz einfach", gab Martin zurück. „Jede Familie erhält ein Einkommen, das sich nach der Anzahl ihrer Mitglieder richtet. Es ist so angelegt, daß alle gut davon leben können und auch noch etwas zusätzlich zur Verfügung haben, damit jeder für sich auch etwas damit anfangen kann. Davon kaufen wir uns beispielsweise die Dinge, die wir nicht selbst herstellen können, und Lebensmittel, die wir brauchen. Wir Erwachsenen müssen für das Einkommen aber auch etwas tun: Es werden ganz viele Dinge produziert, ähnlich wie bei Euch, und jeder von uns, bis auf die Kinder, übernimmt eine spezielle Aufgabe. Der Unterschied besteht darin, daß z. B. unsere Möbel nicht in einer Fabrik hergestellt werden, sondern per Handarbeit in einer großen Werkstatt. Dort arbeiten viele von uns, nur eben nicht fünf Tage in der Woche und vier Wochen im Monat und so weiter. Wir arbeiten so, wie die Dinge benötigt werden, und wenn ein Schwung Möbel hergestellt wurde, dann ist eben auch schon mal eine Weile in einer solchen Werkstatt nichts zu tun … und dann wird auch nicht gearbeitet."

Maggy hörte gut zu, doch man sah ihr an, daß sie schon etwas irritiert war und sie sich diese Art zu leben nur schwer vorstellen konnte.

Martin, der ihre Zweifel bemerkte, fuhr fort: „Liebe Maggy, versuche, unsere Welt so wenig wie möglich mit deiner zu vergleichen oder Dir das, was Du hörst, zu erklären. Nimm es einfach, wie es ist. Du wirst merken, daß Du dann im Laufe der Zeit ohne Vorbehalte alles hier auch viel besser verstehst; daß sich ein Bild zusammenfügen wird, was Du jetzt noch nicht sehen kannst und …" Noch bevor Martin den Satz zu Ende gesprochen hatte, klopfte es an der Tür. Viola öffnete.

„Hallo, Cedric", hörte man sie sagen. Es war Violas Bruder, wie Maggy wenig später erfuhr, der überraschend zu Besuch gekommen war. „Guten Morgen zusammen", sagte er und blickte fragend in Maggys Richtung, nachdem er eingetreten war. „Habt Ihr einen unbekannten Gast?"

„Sie ist von drüben und es wurde entschieden, daß sie zu uns kommt", sagte Martin und bot Cedric eine Tasse heißen Tee an, die er gern annahm. Bevor er sich setzte, ging er zu Maggy, um ihr die Hand zu geben, stellte sich ihr vor und setzte sich dann. „Das ist vielleicht warm draußen", sagte er, „aber es weht ein angenehmer Wind – eigentlich genau richtig, um mit den Kindern einen ausgedehnten Spaziergang zu machen. Was meint Ihr?"

Die anderen schauten sich an und nach einer halben Minute waren sich alle einig, daß sie alle, bis auf Viola, einen gemeinsamen Spaziergang machen wollten. Sie frühstückten zu Ende und machten sich auf den Weg, als sie wenig später angezogen waren. Maggy hatte Kleidung von Viola aufs Bett gelegt bekommen.

„Die Sachen sind von Susann und werden Dir mit Sicherheit passen. Ihr habt eine ähnliche Größe", sagte sie zu Maggy, die auch gleich in die frischen Sachen schlüpfte. Tatsächlich … sie paßten wie angegossen, und obwohl es nur ein schlichtes T-Shirt, eine Sweatjacke und eine Baumwollhose waren, gefiel sie sich darin besonders gut. Noch dazu waren die Sachen angenehm kühl.

Als sie aus der Haustür traten, konnte Maggy kaum ihre Augen öffnen. Diese fingen sofort an zu tränen, so daß sie nur blinzeln und kaum etwas sehen konnte.

„Ach so", hörte sie Martin sagen. Der ging zurück ins Haus, kam mit einer Art Sonnenbrille zurück und gab sie Maggy.

„Deine Augen müssen sich erst noch an unser Licht gewöhnen", erklärte er. „Bei uns ist es viel heller als bei Euch, das sind Deine Augen nicht gewohnt. Vor allem, wenn es ein so sonniger Tag ist wie heute."

Sie gingen los. Maggys Blick schweifte umher. Als sie den Weg vor dem Haus verließen, bogen sie ab auf eine Art Straße. Diese war aber nicht geteert, wie Maggy es kannte, sondern eher gepflastert und auch ziemlich schmal, fast wie eine Gasse. Es war sehr grün in dieser Gegend mit den vielen Wiesen, und man sah nur vereinzelte Häuser, die auch ziemlich weit voneinander entfernt standen. Am Rande der Straße standen eng aneinandergereiht die herrlichsten Büsche und der Weg war sehr kurvenreich, so daß man gar nicht genau erkennen konnte, wo man eigentlich hinging. Hier und da kamen sie an einzelnen Häusern vorbei, die dem ihrer Gastfamilie zwar ähnelten, aber doch ganz anders gebaut waren. Das eine war braun angestrichen, das andere aus rötlichem Backstein – sie alle waren auch unterschiedlich groß und breit, keines ähnelte dem anderen.

Während die anderen bereits einige Schritte vorausgegangen waren, ging Maggy sehr langsam, um sich alles anzuschauen. Die warme Luft war sehr angenehm, aber hätte man Maggy nach der Gradzahl gefragt, so hätte sie keine Schätzung abgeben können. Es fühlte sich einfach anders an als daheim. Die Sonne wärmte die Haut, ohne zu brennen, und man fühlte den Wind über die Wangen streicheln. Beeindruckt von all diesen Eindrücken und abgelenkt von ihren eigenen Gedanken, bemerkte Maggy gar nicht, daß bereits seit einer Weile ein kleiner Junge neben ihr herlief, der sie anlächelte. Auf einmal fragte er sie: „Du, wie ist denn Dein Name?"

Maggy zuckte zusammen und schaute den Jungen erschrocken an.

„'Tschuldige, ich wollte Dich nicht erschrecken!" grinste der Kleine. „Ich wohne in dem letzten Haus, an dem Du vor ein paar Minuten vorbeigegangen bist, und da ich im Garten war und Dich von dort aus gesehen habe, bin ich Dir nachgegangen. Du bist nicht von hier, Du kommst von drüben, richtig?"

„Woher weißt Du das?" fragte Maggy.

„Das sehe ich", erwiderte der Junge. „Komm, ich zeige es Dir." Der Junge ging voraus und Maggy folgte ihm. Nach ein paar Metern bogen sie rechts einen kleinen Pfad ab und etwa fünfzig Meter weiter standen sie plötzlich an einem Weiher.

„Wow", staunte Maggy, „der ist aber schön!" Sie blieb wie angewurzelt stehen. Es war ein kleiner Weiher, der von großen prächtigen Bäumen umringt war und in dem smaragdgrünes Wasser schimmerte. Mittig befand sich eine kleine Insel, auf der mehrere Gänse zu sehen waren, die sich aber augenscheinlich von den beiden Kindern nicht aus der Ruhe bringen ließen.

Der Junge trat näher ans Wasser und forderte Maggy auf, es ihm gleichzutun. Er beugte sich über das Wasser, so daß er sein eigenes Spiegelbild darin erkennen konnte. Als Maggy neben ihm stand, sah sie, daß das Wasser völlig klar war. Weiter unten konnte sie

moosartige Gewächse und kleine Sträucher erkennen. Plötzlich zuckte sie zusammen.

„Was ist das? Du siehst ja auf einmal ganz anders aus!" rief sie.

„Siehst Du?" nickte der Junge, „ich hab es Dir ja gesagt."

„Was soll das?" Maggy blickte verwirrt vom Wasser zum Jungen und anschließend wieder zurück. „Du siehst ja im Wasser ganz anders aus! Du hast einen kleineren Kopf und einen viel breiteren Oberkörper als ich. Deine Haare – schau! –, sie sehen viel voller aus als meine und Du hast auf einmal viel größere Augen als ich. Das Wasser verzerrt Dein Aussehen! Du siehst ganz anders aus als vorher!"

Der Junge lachte und erwiderte: „Nein, das meinst Du nur. Es sind *Deine* Augen!"

„Was ist mit meinen Augen? Was ist mit ihnen nicht in Ordnung?!"

Ohne ein weiteres Wort zu sagen, sprang der Junge singend davon. Maggy jedoch begann zu weinen und setzte sich an den Rand des Weihers. In der Ferne hörte sie die anderen nach ihr rufen, die sie suchten.

„Hier bin ich, am Weiher", rief sie schluchzend. Einen Augenblick später kam Martin auf Maggy zugerannt und ließ sich neben ihr nieder. Sie erzählte ihm, was passiert war, während ihre Tränen liefen und liefen. Martin beruhigte sie, nahm sie in die Arme und versuchte, sie zu trösten.

„Weißt Du, liebe Maggy", meinte er, „das, was der kleine Junge zu Dir sagte, ist wahr. Er hätte es Dir vielleicht besser erklären sollen, anstatt wegzugehen. Deine Augen sind von Deinem bisherigen Leben in Eurer Welt geprägt und deshalb sehen sie noch anders. In dem Wasser des Weihers konntest Du den Unterschied erkennen. Den gibt es wirklich, nur müssen sich Deine Augen – und vor allem Dein Verstand – erst noch an all das gewöhnen, was in unserer Welt anders ist. Aber das kommt mit der Zeit. Dein Sehen wird sich mit jeder Stunde verändern, die Du hier bist. Sei nicht traurig."

Martin stand auf und streckte Maggy eine Hand entgegen. Sie ergriff sie, er zog sie hinauf und beide liefen den kleinen Weg zur Straße zurück, wo die anderen bereits auf sie warteten.

Maggy war durch die Situation mit dem kleinen Jungen sehr verunsichert und sagte zunächst kein Wort mehr. Die anderen ließen sie wohlweislich in Ruhe. Sie wußten, daß ihre Besucherin eine ganze Menge neuer Eindrücke zu verarbeiten hatte. Maggy lauschte unbeteiligt ihren Gesprächen, bis sie auf eine Anhöhe zugingen und sie nicht mehr sehen konnte, was wohl dahinter sein würde. Nachdem es eine ganze Weile bergauf ging, kamen sie an eine Art Aussichtsplatz mit einer abgezäunten Brüstung, vor der ein paar Holzbänke standen. Maggy trat an den Zaun heran und konnte kaum glauben, was sie dort sah. Vor ihr lag eine unendliche Weite.

„Was für ein Anblick!" platzte es aus ihr heraus. Sie schaute auf ein großes Tal, in dem eine große Stadt mit alten, aber in traumhaften Farben schillernden Häuserfassaden lag. In den verwinkelten Gäßchen beobachtete sie von oben herab ein reges Treiben. Aber auch dieses schien anders zu sein, als sie es kannte. Menschen standen beieinander und redeten, kaum einer ging allein seiner Wege. Das hier war nicht so, wie Maggy es von zu Hause her kannte, wo fast alle immer einzeln durch die Gegend hetzten, um ihre Angelegenheiten zu erledigen.

Links von der Stadt erstreckten sich große Felder und Wiesen, überall huschten Tiere umher. Verwunderlich, dachte sich Maggy, daß die hier so nah an der großen Stadt leben! Es waren größere und kleinere Tiere, doch nur manche ähnelten den ihr bekannten. Einige Pferde waren kleiner und stämmiger als die daheim, und manche viel größer und schmaler. Maggy war gebannt von dem Anblick, der sich ihr bot. Vor allem davon, daß sich hinter diesem Tal eine Bergkette erhob, welche dieses wie in einem Halbkreis umschloß. Wie ein Schoß, in den das Tal eingebettet war.

„Und?" hörte sie Susann sagen, „wie gefällt es Dir hier bei uns?"

„Es ist wunderschön", murmelte Maggy. „Kaum zu glauben, daß Ihr das Glück habt, in der Nähe einer so schönen Umgebung zu leben!"

„Es ist überall so schön – nicht nur hier, sondern auch weiter weg", erwiderte Susann.

„Aber habt Ihr denn keine Fabriken oder Industriegebäude mit großen Schornsteinen, wo Qualm aufsteigt?" Maggy fragte nicht weiter, als sie in Susanns fragendes Gesicht blickte. Irgendwie war es ihr unangenehm. Stellte sie sich selbst so blöd an, oder waren diese beiden Welten wirklich so gleich und doch so unterschiedlich? Auf einmal stellte Maggy fest, daß etwas sich veränderte.

„Es wird plötzlich so dunkel" rief sie. Martin, der ihre Äußerung mitbekommen hatte, forderte sie auf, ihre Brille abzusetzen. „Es kann gut sein, daß sich Deine Augen bereits an unser Licht gewöhnt haben."

Gesagt, getan. Maggy nahm die Brille ab und wurde nicht mehr so von dem Licht geblendet wie zu Beginn des Spaziergangs. Sie trat zu Martin, um ihm die Brille wiederzugeben.

„Martin? Ich versteh das alles nicht. Warum sieht eure Welt so anders aus als unsere und wieso gleichzeitig auch wieder nicht? Weshalb lebt Ihr hier und wir anderen oberhalb des Wassers?" Maggy wurde traurig. Martin nahm mit ihr auf einer Bank an der Brüstung Platz.

„Sei nicht traurig, kleine Maggy. Du hast allen Grund, Dich zu freuen. Nicht viele Menschen erhalten die Gelegenheit, dies alles hier zu sehen, und daß Du dies sehen kannst, ist ein großes Geschenk an Dich!"

„Aber was ist mit Mom und Dad und Francis, haben sie das auch alles schon einmal sehen dürfen?"

„Nein, Maggy. Aus Eurer Welt haben bisher nur wenige diese Gelegenheit erhalten und viele von ihnen haben sich nach ihrer Rückkehr in Eure Welt auch nicht mehr an unsere erinnern können. Sie haben nicht verstanden, warum sie Ihnen gezeigt wurde, und manche haben schlecht über uns geredet oder versucht, ihre Erfahrungen zu ihrem Vorteil zu nutzen, so daß ihnen teilweise die Erinnerungen an uns wieder genommen wurden. Ich kann mir vorstellen, daß Du viele Fragen hast, aber laß Dir bitte die Zeit, alles auf Dich wirken zu lassen. Du wirst in den nächsten Tagen das meiste von allein verstehen und wir werden uns auch noch über vieles unterhalten. Aber alles nach und nach …

Was meinst Du, wird es Zeit, umzudrehen und etwas zu Mittag zu essen? Hast Du Hunger?"

„Und wie", antwortete Maggy, sprang auf und hüpfte noch mal näher an den Zaun. Ihre Traurigkeit war verschwunden und so schaute sie vor dem Rückweg noch einmal hinunter in das große Tal in Richtung der hohen, mit Tannen und Laubbäumen zugewachsenen Berge. Wie in einem Märchen, dachte sie bei sich, sog tief die frische Luft ein und ging an Martins Hand mit den anderen zurück.

Im Haus angekommen, wartete Viola bereits mit dem Mittagessen auf die Truppe. Es gab Nudeln mit einer Tomatensoße und frischen Salat. Maggy stürzte sich auf die Mahlzeit. Während des Essens unterhielt sich die Familie über den Spaziergang. Maggy schilderte all ihre Eindrücke, auch ihr Erlebnis mit dem kleinen Jungen und dem Weiher.

Viola hörte aufmerksam zu, und als die neue Besucherin geendet hatte, sagte sie: „Maggy, Du brauchst Dich hier vor nichts zu fürchten. Wir haben die Aufgabe, gut auf Dich aufzupassen und Dir vieles zu zeigen. Wir werden Dich nicht allein lassen, dessen kannst Du gewiss sein!"

Nach dem Essen wurde Maggy müde. Sie stand vom Tisch auf, während sich die Familie noch angeregt unterhielt, und ließ sich im anliegenden Wohnzimmer auf der Couch nieder. Es dauerte gar nicht lange, bis sie einschlief.

Als sie wieder erwachte, war es völlig still im Wohnzimmer, sie hörte auch keine Stimmen aus den anderen Räumen mehr. Maggy bemerkte, daß eine dicke Wolldecke über ihr lag. Jemand hatte die kleine Tischleuchte angeknipst. Als sie durch das Terrassenfenster nach draußen blickte, stellte sie verwundert fest, daß es dunkel war. Es mußte bereits Nacht sein ... hatte sie denn so lange geschlafen? Maggy schlug die Decke weg und wollte hoch in ihr Zimmer gehen, als sie draußen im Garten etwas Helles bemerkte. Leise schlich sie durch das Wohnzimmer, öffnete vorsichtig die Terrassentür und trat hinaus in den Garten. Das Licht, das sie gesehen hatte, wurde immer größer, und je weiter sie auf die große Wiese ging, desto klarer erkannte sie eine Gestalt in diesem Schein. Was war das?

Maggy kam diese Gestalt bekannt vor, und als sie kurz vor ihr stand, wurde ihr klar: Es war das Wesen, welches sie durch das Wasser bis zur Kuppel geflogen hatte – an dem Tag, an dem sie die Luke entdeckt hatte! Doch diesmal sah es nicht aus wie eine Wassernixe, sondern von der Körpermitte abwärts hatte es die Gestalt eines weißen Pferdes und oberhalb war es wie bei ihrer letzten Begegnung eine Frau. Es waren diese liebevollen Augen, in die Maggy schon einmal hineingesehen hatte und in denen sie schon einmal versunken war.

„Komm!" forderte das Wesen Maggy auf. „Wir kennen uns bereits! Ich möchte Dich zu einem Ausflug einladen, hast Du Lust?"

Maggy überlegte nicht lange und nickte. Sie war so gefesselt, daß sie gar nicht bemerkte, daß sie keine Schuhe trug. Das Wesen griff unter ihren Arm und hob sie sanft auf seinen Rücken, auf dem sich ein dickes Leinentuch befand. Maggy schob ihre Füße in die beiden seitlichen Halterungen des Tuches, so daß sie genügend Halt hatte, und schon ging es los.

Das Wesen bewegte sich erst langsam und galoppierte dann immer schneller in Richtung Gartenende. Sie sausten über das angrenzende Feld und Maggy suchte hektisch nach einer Möglichkeit, sich mit den Händen festzuhalten.

„Halte Dich an meinen Schultern fest", sagte das Wesen mit einer ruhigen und sanften Stimme, als hätte es ihre Gedanken gelesen.

„Wie heißt Du eigentlich?" fragte Maggy.

„Mein Name ist Truth."

Am liebsten hätte Maggy noch mehr gefragt, schluckte ihre Worte jedoch hinunter, weil Truth auf einmal den Kontakt zur Erde verlor und ... sie flogen! Maggy wurde es zunehmend unbehaglich zumute. Sie blickte nach links und rechts und entdeckte zwei große weiße Flügel, die durch die Luft schlugen. Die waren ihr eben noch gar nicht aufgefallen! Einerseits beeindruckt von diesem Anblick, andererseits verängstigt, traute sich Maggy gar nicht, sich weiter gedanklich mit diesem Wesen zu beschäftigen. Zu sehr war sie von ihrer Sorge gefangen, hinunterfallen zu können.

Doch schon erklang wieder die beruhigende Stimme des Wesens: „Hab keine Angst! Du hast doch schon die Erfahrung gemacht, daß ich Dich sicher führe."

Maggy klammerte sich an Truths Schultern und schloß die Augen. Schon spürte sie, daß sie immer höher flogen, doch sie traute sich nicht mehr, noch einmal um sich zu blicken.

„Schau, dort unten!" sagte Truth nach einer Weile. „Siehst Du die Lichter?"

Maggy blinzelte etwas, konnte aber nichts erkennen. Sie gab sich einen Ruck und öffnete ganz langsam ihre Augen. Zu ihrem Entsetzen stellte sie jedoch fest, daß sie rein gar nichts sehen konnte. War sie blind?

„Ich kann nichts erkennen", rief sie aufgeregt. „Wo muß ich hinschauen?"

„Die Frage solltest Du anders formulieren! Es geht nicht darum, *wohin*, sondern *wie* Du schaust! Schließ noch mal Deine Augen, und wenn Du sie wieder öffnest, dann sieh mit Deinem Herzen! Versuch nicht krampfhaft, etwas mit Deinen körperlichen Augen zu erkennen, sondern laß es zu Deinem Herzen durch!"

Maggy schloß ihre Augen, horchte kurz tief in sich hinein und öffnete sie nach einem kurzen Moment wieder. Sie schaute sich um und nach einer Weile zeichneten sich erste Konturen und Schatten ab. Unter sich erkannte sie das Tal, das sie heute bereits bei ihrem Spaziergang im Tageslicht gesehen hatte. Sie nahm immer mehr Lichter wahr und plötzlich erkannte sie vereinzelte Häuser, die Gäßchen, die Berge ...

„Ja, dort unten!" schrie sie ganz aufgeregt. „Dort ist das Tal, das ich heute beim Spazierengehen gesehen habe!"

„Siehst Du, es klappt."

Truth flog auf einmal einen Bogen und dann tiefer zu dem Tal hinunter, über die Felder und Wiesen und vorbei an den angrenzenden Bergen. Maggy erkannte die Details der Landschaft immer besser und war von der Schönheit einfach nur hingerissen. Plötzlich erhoben sie sich wieder und flogen über die Berge hinweg. Auf der anderen Seite schloß sich ein riesiger Wald an, in dem einzelne Hütten zu erkennen waren. In manchen brannte noch Licht, viele waren auch schon dunkel. Selbst die Tiere, die nicht mit der Dunkelheit schlafen gegangen waren, konnte Maggy erkennen. „Schau! Dort hinten", rief sie, „ein riesengroßer See!"

„Ja", antwortete Truth. „Es kommt noch viel besser, warte ab!"

An dem See lagen kleine Dörfer, es gab Bootsstege, sogar eine Art Campingplatz. Sie flogen weiter am Ufer entlang, hatten jedoch immer Festland unter sich. Nach einer kurzen Weile teilte sich landschaftlich das Bild. Links ging der große See ab, Truth aber folgte dem Festland, das sich rechter Hand erstreckte. Die Vegetation aus Bäumen, Sträuchern und Wiesen wurde karger und steiniger Boden und einzelne Felsen waren zu sehen, die immer größer wurden, bis sie schließlich über eine weitläufige Felsenlandschaft flogen.

Maggy schaute sich alles genau an. Truth und sie sprachen nicht viel. Zwischen den Felsen entdeckte sie Tiere, die wie Ziegen und Steinböcke aussahen. Es waren ungemein viele und Maggy fragte sich, wovon sie in dieser kargen und steinigen Landschaft wohl leben würden. Noch bevor sie Truth diese Frage stellen konnte, hörte sie auch schon die Antwort: „Sieh mal, dort hinten rechts, da beginnt eine üppige Nahrungsquelle für all diese Tiere!"

Maggy reckte den Hals und sah, wie sich die Felsen und Gesteine lichteten und sich eine Art Straße aus großen, prächtigen Bäumen mit einem grünen Blätterdickicht auftat, die in einen großflächigen Wald mündete. Zwischen den Bäumen lagen satte, saftige Wiesen und blühende Sträucher. In regelmäßigen Abständen gab es kleine Tümpel, die für genügend Feuchtigkeit für den Boden und Trinkwasser der Tiere sorgten. Die Bäume wurden immer größer, aus Laub- wurden Nadelbäume ... riesengroße! Sie standen ganz dicht beieinander und über eine gewaltige Fläche erstreckte sich vor ihnen ein wunderbarer Tannenwald. Doch irgend etwas lugte aus diesem heraus.

Und je weiter sie über den Wald hinwegflogen, desto klarer erkannte Maggy, das inmitten dieser gigantischen Bäume eine

Art Burg oder Schloß stand. Truth steuerte mit Maggy genau auf dieses Schloss zu. Es war umringt von diesem Wald und einer großen satten Wiese, die ein Bach durchquerte, der dann im Wald verschwand. Über diesen Bach führte eine romantische, mit Steinen gepflasterte Brücke, von der aus ein Weg direkt zum großen Tor des Schlosses verlief.

Truth wurde langsamer und setzte vorsichtig auf der großen Wiese vor dem Schloß auf. Sie überquerte mit Maggy auf dem Rücken die Brücke und steuerte auf das Tor zu. Maggy konnte sich das Schloß nun gut anschauen. Es war sehr groß und hatte links und rechts jeweils einen prächtigen Turm, zu jeder Seite des Tores erstreckten sich zwei Etagen mit vielen Fenstern und auf der linken Dachseite erhob sich ein Schornstein, aus dem Rauch aufstieg.

Truth blieb vor dem Tor stehen. „So, Maggy, Du kannst absteigen! Ich werde Dir jetzt jemanden vorstellen, der schon ganz neugierig darauf ist, Dich kennenzulernen." Dann bemerkte sie die Aufregung ihrer Begleiterin und beruhigte sie: „Keine Sorge. Es ist jemand sehr nettes. Du wirst ihn mögen!"

Sie näherten sich dem Tor und als sie davor standen, schlug Truth mit dem eisernen Ring dagegen. „*Tok, tok, tok*", machte es und Maggy erinnerte sich an das Klopfen an der Luke im See, welches sich genauso angehört hatte. Die Tür öffnete sich langsam mit einem knarrenden Geräusch und sie konnten eintreten.

Seltsam, dachte sich Maggy. Wer hat die Tür aufgemacht? Weit und breit war niemand zu sehen. Sie kamen in eine weite Halle, von der große Flure abgingen. In der Mitte führte eine große Wendeltreppe hinauf in die obere Etage. Als Maggy jemanden herunterkommen sah, drängte sie sich dichter an Truth, ja, sie versteckte sich fast hinter ihr.

„Truth!" hörte sie eine angenehme Stimme sagen. „Ich habe schon auf Euch gewartet!" Maggy starrte weiter auf die Wendeltreppe und sah einen alten Herrn die Treppe herunterschreiten. Er hatte steingraues, langes Haar und einen ebenso langen Bart. Der Fremde trug eine Art bodenlanges Leinengewand und hielt eine flackernde Kerze in der Hand, da die Halle ziemlich düster war.

„Guten Abend, Wisl" grüßte Truth zurück. Die beiden gingen aufeinander zu und umarmten sich herzlich. Maggy, die sich etwas verloren fühlte und noch wie angewurzelt dastand, wurde von dem alten Herrn aufgefordert, doch näherzutreten. Er streckte ihr seine Hand entgegen und kniete sich zu ihr hinab.

„Hallo, liebe Maggy. Schön, Dich endlich kennenzulernen, ich habe schon viel von Dir gehört."

„Hallo", piepste Maggy. „Sie kennen mich? Woher denn?"

„Laßt uns nach nebenan gehen", meinte Wisl und ging durch die Halle auf eines der angrenzenden Zimmer zu. Er öffnete die schwere Holztür und aus dem Zimmer strahlte helles Licht in die dunkle Halle.

Sie traten nacheinander ein und Maggy überkam sofort ein wohliges und warmes Gefühl. Sie erblickte einen großen, gemauerten Kamin, in dem ein Feuer knisterte. Der ganze Raum war mit schweren hellen Holzmöbeln eingerichtet. Sie folgten Wisl zu einer gemütlichen Sitzecke, die direkt in der Nähe des Kamins stand. Der dort stehende Tisch war bereits mit drei Tassen, einer großen dampfenden Teekanne, die auf einem Stövchen stand, und einem großen Teller mit selbstgebackenen Plätzchen gedeckt.

„Setz Dich und bedien Dich ruhig", forderte der alte Mann Maggy auf. Diese ließ sich nicht zweimal bitten und nahm sich eines der Plätzchen, um genüßlich hineinzubeißen, nachdem sie auf der Couch neben dem alten Herrn Platz genommen hatte. Irgend etwas an ihm zog Maggy magisch an und sie merkte, daß ihre Aufregung immer mehr nachließ.

„Um auf Deine Frage zurückzukommen: Ja, ich kenne Dich. Ich kannte Dich bereits, noch bevor Du die Luke in Eurem See gefunden hattest, und ich war derjenige, der Dir gedanklich geholfen hat, die Luke zu finden. Ich habe zusammen mit den anderen entschieden, daß Du für die Zeit Deines Aufenthaltes bei uns zu Viola und Martin kommst."

Maggy, die bereits zum zweiten Plätzchen gegriffen hatte, war sehr erstaunt und man sah ihr an, daß sie das alles nicht so recht verstand. Noch mehr wunderte sie jedoch, daß sie all das so gar nicht beunruhigte, und sie schaute Wisl immer länger an, da ihr auch seine Augen immer vertrauter vorkamen und sein Anblick sie auf eine seltsame Art beruhigte.

„Wir begegnen vielen Menschen in Eurer Welt – mal in Gedanken, mal in Euren Träumen –, und wir versuchen, Euch auf Fehler oder wichtige Dinge aufmerksam zu machen. Nur wenige von Euch greifen dies auf, die meisten verwerfen unsere Botschaften wieder. Mit Dir haben wir auch Kontakt aufgenommen, da wir den Eindruck hatten, daß Du mit dem Leben anders umgehst als viele andere. Und das ist auch der Grund, warum entschieden wurde, daß Du zu uns kommen darfst."

„Was mache ich denn anders als die anderen?" fragte Maggy neugierig.

„Nun …", begann Wisl, „…Du schätzt die Natur und respektierst das Leben in ihr: die Vögel und auch alle anderen Tiere. Trotz Deiner Schulausbildung und Deiner Pflichten hältst Du auch mal inne, beschäftigst Dich mit Gedichten und mit Deinen Gedanken, und Du bist immer zufrieden mit dem, was da ist. Für Dich sind Kleidungsstücke nicht das Wichtigste, ebensowenig wie andere materielle Dinge. Dir sind Deine Familie und auch Deine Freunde wichtig. Wenn jemand mal Deine Hilfe benötigt, dann versuchst Du zu helfen, wenn Du es kannst."

„Aber machen das denn nicht alle Menschen?" fragte Maggy irritiert.

„Oh, nein. Allerdings bekommst Du das nicht mit, weil Du nicht in andere Menschen hineinblicken kannst. Die meisten erzählen ja nicht, was sie wirklich denken, und es gibt auch den einen oder anderen, der etwas anderes als das berichtet, was er wirklich denkt und fühlt."

Maggy sog jedes einzelne Wort von Wisl in sich auf. Sie spürte, daß sie irgendwo tief im Innersten verstand, was er meinte.

„Wen meinst Du, wenn Du von ‚Euch' in der Mehrzahl sprichst?"

Wisl erwiderte lächelnd: „Ich habe schon mit dieser Frage gerechnet. Wir, das sind fünf von uns, die hier unterhalb des Wassers leben. Wir sind wohl das, was Ihr in Eurer Welt ‚Regierende' nennt. Aber wir regieren nicht in dem Sinne. Die Menschen in unserer Welt organisieren und verwalten sich selbst. Sie bilden regelmäßig neue Gruppen, die übergeordnete Aufgaben wahrnehmen. Wir fünf werden beispielsweise um Rat gefragt, wenn jemand in seinem Leben mit schwierigen Situationen nicht zurechtkommt oder wenn es innerhalb eines Verwaltungsbezirkes Probleme gibt, die die organisierende Gruppe nicht lösen kann. Wir fünf beraten uns dann und treffen übergeordnete Entscheidungen, aber niemals, ohne die beteiligten Menschen gefragt zu haben. Ist Deine Frage damit beantwortet, liebe Maggy?"

„Ja, das schon. Aber weshalb könnt Ihr mit uns Kontakt aufnehmen, und warum wissen die meisten von meiner Welt nichts von Eurer Existenz?"

„Wir haben einst alle zusammen gelebt, bis es zu einem großen Unglück kam. Die Menschen haben sich gegenseitig nur bekämpft und die eigene Umwelt zerstört, so daß entschieden wurde, die Menschen in zwei Welten aufzuteilen. In Eurer Welt leben beispielsweise diejenigen, die noch nicht gelernt haben, friedlich mit anderen zusammenzuleben oder daß es Wichtigeres als Geld und Macht gibt. Bei Euch leben jedoch auch Menschen, die all das schon gelernt haben, aber in diesem Wissen noch nicht gefestigt sind. Einige von Euch haben es sich auch selbst ausgesucht, in Eurer Welt zu leben."

„Das heißt, daß bei Euch diejenigen leben, die das alles bereits verstanden haben?"

„Diese Dinge schon, doch sie haben noch immer sehr viel zu lernen. Nur ist bei uns das Lernen einfacher, weil die Menschen hier sich dabei gegenseitig unterstützen und sich nicht behindern. Hinzu kommt, daß unsere Umwelt für die Menschen gesünder ist, was ein zügiges Lernen begünstigt, weil wir nicht so viel mit Krankheiten zu tun haben wie Ihr. Wenn jemand in unserer Welt mal krank sein sollte, dann fragen sich die meisten, was sie falsch gemacht haben, und ziehen sich zurück. Sie nehmen sich dann Zeit für sich und ihre Gedanken. Es gibt natürlich auch bei uns solche, die sich nicht angemessen damit beschäftigen … Wie gesagt, auch bei uns machen Menschen Fehler und müssen noch lernen. Wir haben auch Heiler, die helfen können, wenn sich eine Erkrankung zu sehr körperlich festgesetzt hat. Aber auch die medizinischen Behandlungen sind hier nicht so ausgeprägt wie in Eurer Welt, was sich allerdings auch positiv auf die Gesundheit auswirkt."

Wisl machte eine Redepause, da er Maggy nicht überfordern wollte. Diese wurde sehr nachdenklich, schweifte mit ihren Gedanken in ihre eigene Welt ab und hörte, wie sich Wisl und Truth im Hintergrund weiter unterhielten. Als sie den beiden wieder ihre volle Aufmerksamkeit widmete und sie betrachtete, platzten die Worte fast aus ihr heraus.

„Wisl, was ist mit Truth? – Sie ist kein Mensch!"

„Das stimmt", erwiderte Wisl. „Aber so wie ihr Tiere und Pflanzen habt wie wir auch, leben bei uns auch Wesen, die man nicht in diese Kategorien einordnen kann. Wir nennen sie die

‚Hüter der Elemente'." Damit sind die Luft, die Erde, das Wasser und das Feuer gemeint. Ihre Körper sind so entwickelt, daß sie in all den Elementen zurechtkommen. Sie können ihre Gestalt verändern, so daß sie sich den Erfordernissen anpaßt, so wie bei Truth eben. Ich denke Du weißt, daß sie diejenige war, die Dich durch das Wasser zu uns gebracht hat."

Maggy nickte und beobachtete Truth intensiver. Ja, sie hatte sie vorhin wiedererkannt, vor allem ihr Gesicht und ihre Augen. Aber nun waren durch Wisls Erklärungen auch ihre letzten Zweifel verbannt worden, die sie aufgrund der anderen körperlichen Gestalt von Truth damals immer noch gespürt hatte.

„Wieso habt Ihr mehr Lebewesen als wir?"

„Du mußt wissen, Maggy, das Leben paßt sich immer an. Und da sich unsere Welt unter dem Wasserspiegel und auf einer höheren Erkenntnisstufe befindet, sind andere Voraussetzungen und auch Notwendigkeiten da. Es werden also auch Wesen benötigt, die andere Aufgaben haben, als Ihr es vielleicht kennt."

Maggys Augen wurden immer schwerer und sie konnte sie kaum mehr offenhalten. Einen Moment später schlief sie kurzerhand ein.

Als sie wach wurde, erschrak sie für einen Moment, erinnerte sich dann aber wieder daran, wo sie war. Es beruhigte sie, festzustellen, daß Wisl und Truth immer noch da waren. Maggy rieb sich die Augen.

„Es wird Zeit", sagte Truth zu ihr, „es dämmert bereits. Wir machen uns auf den Rückweg!" Sie gingen gemeinsam in die Halle. Das große Tor öffnete sich und Maggy konnte sehen, daß es draußen bereits langsam hell wurde. Auf der Wiese lag ein dünner Nebelschleier, durch den man die grüne Farbe des Grases nur zart erkennen konnte.

Vor dem Tor verabschiedeten Maggy und Truth sich herzlich von Wisl. „Wir werden uns wiedersehen", sagte dieser, an das Mädchen gewandt. Wie vorhin wurde sie von Truth auf deren Rücken gehoben, der Heimweg stand bevor. Langsam lief Truth los und hob nach einem kurzen Moment vom Boden ab. Als Maggy sich noch einmal umdrehte, um Wisl zu winken, konnte sie ihn erst gar nicht entdecken – zumindest nicht dort, wo sie ihn vermutet hatte. Er stand plötzlich oben auf einem der beiden Türme und winkte ihnen hinterher.

„Na, steht er wieder oben?" lachte Truth. Maggy antwortete nicht. Sie winkte noch eine ganze Weile, trug ein schweres Gefühl in sich und hoffte inständig, diesen lieben alten Herrn noch einmal wiedersehen zu dürfen.

Als sie wieder nach vorne schaute, konnte Maggy in der Morgendämmerung die volle Schönheit der Landschaft erkennen. Am rechten Horizont färbte sich der Himmel rot und wurde heller und heller, bis sie den runden, orangefarbenen Kranz der Sonne sehen konnte. Sämtliche Vögel stiegen in die Lüfte und fingen an zu zwitschern. Was für ein reges Treiben!

Sie flogen über den großen Wald, den Maggy bereits auf dem Hinweg bewundert hatte. Plötzlich bog Truth etwas schärfer nach rechts ab und sie steuerten auf die Hügel am Waldesrand zu. Sie hörte Truth sagen: „So viel Zeit muß sein."

Fast hatten sie schon die Berge überquert, da sah Maggy vor sich nichts außer einem wunderschönen gelbblauen Himmel, der von der gerade vor ihnen aufgehenden gelb leuchtenden Sonne in helles Licht getränkt war. Nach wenigen Minuten war die Bergreihe auf einmal zu Ende. Truth flog langsamer und Maggy blickte nach unten. Am Fuße der Hügel schloß sich unmittelbar ein Palmenwald an. Dort, wo die Palmen sich lichteten, befand sich ein weißer Sandstrand, hinter dem ein prächtiges himmelblaues Meer zu erkennen war.

„Wow, ist das schön", hauchte Maggy, fasziniert von diesem Anblick. Der Strand war kilometerlang und das Meer verlor sein Ende im Horizont. So etwas hatte Maggy zuvor noch nie gesehen. Die Palmen hatten grüne und rötliche Wedel in allen Farbschattierungen. Zum Wasser hin standen sie nur noch vereinzelt, bis schließlich nur noch weißer Sand zu sehen war.

„Wir werden besser den Heimweg antreten", rief Truth, „sonst wirst Du nachher noch vermißt."

Sie machten eine weite Linksdrehung und nach einem guten Stück ging es wieder über die Felsen, den riesengroßen Wald und die Bergkette, bis sie schließlich das dichter bewohnte Gebiet erreichten, in dem auch Martin und Viola lebten.

Truth landete sanft in deren Garten und half Maggy herunter. Diese war von dem Ausflug noch ganz überwältigt und hatte mittlerweile zu Truth einen innigen Bezug gewonnen; fast schon war es so, als würde sie sie schon immer kennen. Maggy umarmte ihre Begleiterin herzlich.

„Vielen Dank, daß ich das alles sehen durfte, Truth! Es war so wunderschön!" Eigentlich hätte sie gern noch mehr gesagt, doch irgendwie fand sie nicht die richtigen Worte.

„Ich weiß, was Du gerade fühlst", erwiderte Truth. „Geh jetzt hinein und schlaf noch etwas! Es wird nicht unsere letzte gemeinsame Reise bleiben."

Truth gab Maggy liebevoll einen Kuß auf die Wange und drehte sich um. Maggy blickte kurz in Richtung des Hauses und wollte sich dann Truth noch einmal zuwenden, da war diese jedoch schon nur noch als winziger Punkt oben in der Luft zu erkennen.

Müde ging Maggy auf die Terrasse zu. Die Tür stand noch immer offen. Leise zog sie diese hinter sich zu, schlich sich ins Haus und hinauf in ihr Zimmer. An dem kleinen Waschbecken in ihrem Zimmer wusch sie sich etwas, zog sich aus und schlüpfte dann in den auf ihrem Bett zurechtdrapierten Schlafanzug. Sie fiel fast in ihr Bett, so müde war sie. Kaum hatte sie sich zugedeckt, schlief sie auch schon ein.

„Maggy, ... Maggy! Guten Morgen!" ertönte eine Stimme wie durch eine Wand hindurch. Maggy konnte diese erst gar nicht zuordnen. Schläfrig öffnete sie ihre Augen und sah in Violas Gesicht, die fröhlich auf ihrem Bett saß und sich über sie beugte.

„Wir haben bereits zwölf Uhr, hast Du keinen Hunger?"

Maggy fühlte sich nicht wohl. Ihr Körper fühlte sich heiß und schwer an. „Sei mir nicht böse, Viola, ich würde am liebsten einfach nur schlafen."

Besorgt legte Viola daraufhin eine Hand auf Maggys Stirn. „Die ist ja ganz heiß, als hättest Du Fieber. Ich bin gleich wieder bei Dir." Schon war sie aus dem Zimmer gehuscht.

Maggy war schon fast wieder eingeschlafen, als Viola mit einem Fieberthermometer, einer Flasche Wasser und einem Glas zurückkam. Sie reichte Maggy ein Glas voll Wasser.

„Hier, trink etwas." Zurückhaltend folgte Maggy ihrer Aufforderung. Das Fieberthermometer zeigte wenig später 39 Grad, als Viola es wieder unter Maggys Achselhöhle hervorzog.

„Du hast Fieber, junge Dame! Ich koche Dir einen Tee und bringe Dir etwas zu Essen."

Gesagt, getan. Nach ein paar Minuten kam Viola mit einem Tablett zurück, auf dem sich ein Croissant und eine Tasse mit heißem Kräutertee befanden. Sie stellte das Tablett auf Maggys Schoß und half ihr, sich etwas aufzusetzen. Maggy fiel es schwer, etwas zu sich zu nehmen. Eigentlich wollte sie doch nur schlafen.

„Komm, Maggy", motivierte Viola sie, „sobald Du den Tee getrunken und etwas gegessen hast, lasse ich Dich schlafen."

Etwas widerwillig, aber einsichtig, trank Maggy den Tee und biß ein paarmal in das Gebäck. Viola räumte dann leise das Tablett wieder weg und verließ den Raum. Nach nur wenigen Minuten fiel Maggy wieder in einen tiefen Schlaf.

Ihre Träume waren wüst und durcheinander. Sie träumte von Wisl und dem Ausflug mit Truth, sah ihre Eltern und ihren Bruder. Sämtliche Bilder liefen quer durcheinander, unsortiert und ohne erkennbaren Zusammenhang. Unruhig wachte sie zwischendurch mehrmals auf, schlief aber immer wieder sofort ein. Die einzigen Unterbrechungen waren ein paar Toilettengänge und die Minuten, wenn Viola Maggy etwas zu essen und zu trinken ans Bett brachte. So vergingen zwei ganze Tage und Nächte.

Als Maggy am Morgen ihres fünften Tages in der anderen Welt erwachte, hatte sie endlich das Gefühl, wieder etwas kräftiger und ausgeruht zu sein. Sie reckte und streckte sich und rieb sich die Augen. Sonnenstrahlen schienen durch das schräge Dachfenster und lockten sie, aufzustehen. Als sie gerade ins Bad gehen wollte, öffnete Viola nach einem leisen Klopfen die Tür und steckte ihren Kopf ins Zimmer.

„Guten Morgen! Ich wollte nur mal sehen, ob Du wach bist und ob es Dir besser geht. Aber wie ich sehe, geht es dir dank Linde und Holunder schon wieder gut."

„Hallo Viola, ich wollte mich gerade waschen gehen und dann runterkommen. Ich habe einen Mordshunger."

„Das trifft sich gut. Ich habe auch noch nichts gegessen. Mach Dich fertig, dann werden wir in aller Ruhe frühstücken."

Maggy ging ins Bad und schaute sich dort um. Obwohl ihr die Räumlichkeiten mittlerweile bekannt waren, hatte sie seltsamerweise den Eindruck, das Badezimmer zum ersten Mal richtig wahrzunehmen. Sie sah es heute irgendwie mit anderen Augen, es kam ihr viel heller und geräumiger vor. Der Raum hatte cremefarbene Fliesen; Badewanne, Dusche, Waschbecken und Toilette waren aus einem keramikähnlichen Material, aber nicht so glatt, wie Maggy es von zu Hause her kannte. Es war stumpfer, steinartiger und in einem gelblich-orangefarbenen Ton. Der Schrank, der kleine Hocker, die Fensterrahmen, der Handtuchhalter und auch die meisten anderen Dinge in diesem Raum waren aus Holz. Alles harmonierte sehr gut und Maggy erheischte ein wohliges Gefühl.

Nachdem sie sich gewaschen hatte, zog sie frische Sachen über und ging hinunter in die Wohnküche, wo Viola bereits auf sie wartete.

„Oh, gut, Du hast die Sachen gefunden, die ich dir ins Bad gelegt habe! Jetzt werden wir erst mal ausgiebig frühstücken!"

„Wo sind die anderen?" fragte Maggy und blickte sich um.

„Martin muß heute arbeiten. Er hat in den letzten beiden Tagen mehrere Anrufe erhalten, daß bei verschiedenen Leuten Elektrogeräte kaputtgegangen seien, so daß er heute mit zwei anderen Kollegen herumfährt, um diese zu reparieren. Die Kinder sind im Schulheim zum Unterricht. Sie werden heute mittag um eins zurück sein."

„Was für ein Wochentag ist heute?" fragte Maggy.

„Mittwoch. Von dienstags bis freitags ist für alle Kinder Unterricht, an den anderen Tagen haben sie frei. Aber dazu später. Ich denke, daß *Du* vor allem zuerst eine Menge zu erzählen hast."

Maggy setzte sich an den Tisch, der reichhaltig mit frischen Brötchen, Wurst, Käse, Obst und Joghurt gedeckt war. Viola schenkte ihr eine große Tasse warmen Kakao ein, und nachdem Maggy das erste Brötchen verschlungen hatte, begann sie, Viola von ihrem Ausflug zu Wisl und dem beeindruckenden Flug mit Truth zu erzählen. Sie schilderte all die vielen Eindrücke von der wunderschönen Landschaft und auch, wie es ihr in den letzten beiden Tagen ergangen war, als sie das Bett nicht mehr verlassen wollte.

„Dein Körper und Deine Seele hatten viele Veränderungen zu verarbeiten", erklärte Viola. „Das Fieber und der Schlaf waren wichtig, damit alles neugeordnet werden kann."

„Der Tee war ja eklig, hat aber wohl geholfen", grinste Maggy.

„Es war ein Gemisch aus verschiedenen Kräutern, welches wir geben, um den Ausscheidungsprozeß des Körpers zu unterstützen und ihn zu kräftigen."

„Geht Ihr denn nicht zum Arzt, wenn Ihr krank seid? Oder wie nennt Ihr Menschen, die anderen Medikamente verschreiben?"

„Ich denke, ich weiß, was Du meinst", erwiderte Viola. „Bei uns nennen wir diese Menschen Heiler. Wir gehen jedoch nur sehr selten dorthin – nämlich nur dann, wenn wir mit einer Krankheit gar nicht mehr weiter wissen. Das ist aber nicht oft erforderlich, weil die Menschen hier nur selten krank werden."

„Woran liegt das?" fragte Maggy erstaunt.

„Jede Krankheit möchte ihrem Besitzer etwas sagen. Sie signalisiert ihm, daß er in seinem Leben etwas falsch macht. Und wenn er diesen Fehler abstellt, verläßt die Krankheit diesen Menschen auch wieder, da ja der Zweck der Krankheit erfüllt ist, und damit wird sie überflüssig."

„Verstehe ich nicht", unterbrach Maggy Violas Ausführungen irritiert.

„Nun, das ist für Dich ja auch nicht ganz einfach zu verstehen, da Du noch nicht so sehr von Deinen Gedanken beeinflußt bist und noch sehr aus Deinem Gefühl heraus, also spontan handelst. Aber gerade Erwachsene in Deiner Welt leben leider nur selten nach ihrem eigenen Gefühl. Im Gegenteil, sie haben sogar meist schon verlernt, auf ihre innere Stimme zu hören. Sie sind durch Vorgaben, Gebote und Verbote geprägt und verhalten sich oft sogar so, daß es ihrer inneren Überzeugung widerspricht, die sie aber im Grunde gar nicht mehr kennen. Das macht die Menschen auf Dauer krank. Und wenn dieser Fehler nicht abgestellt wird, können sogar sehr ernsthafte Krankheiten daraus entstehen. Die ganzen Tabletten und Medikamente, die Du meinst, können nicht nur helfen, sondern sind auch häufig Gift für den Körper. Er verlernt dadurch, seine eigenen Selbstheilungskräfte zu mobilisieren und aus eigener Kraft zu gesunden. Deshalb sind in Eurer Welt so viele Menschen dauerhaft auf Medikamente angewiesen – bzw. meinen sie, es zu sein. Wir in unserer Welt haben gar nicht solche Arzneimittel wie Ihr. Es gibt bei uns auch nicht diese Krankenhäuser, wie Ihr sie habt, in denen an den Menschen herumgeschnitten wird. Zumindest nicht in der gleichen Form und dieser Häufigkeit."

„Aber werdet Ihr denn gar nicht krank?" fragte Maggy erstaunt.

„Doch, das schon, aber anders. Einmal kennen wir Krankheiten nicht in dieser Häufigkeit und Vielseitigkeit wie Ihr, da wir vielmehr mit und in der Natur leben. Wenn jemand von uns krank wird, nehmen wir uns die Zeit, so ähnlich, wie Du dies in den letzten beiden Tagen auch gemacht hast. Du hast viel geschlafen, weil Deine Seele und Dein Körper den Schlaf brauchten, um all die neuen Eindrücke und Erfahrungen zu verarbeiten. Nicht immer ist es damit getan. Manchmal ist es auch erforderlich, daß ein Mensch sein Leben oder eine Lebenssituation überdenkt und etwas verändert, damit es ihm wieder gutgeht.

Aber es gibt auch Erkrankungen wie eine Erkältung, die einem Menschen nur sagen wollen, daß er vielleicht zu unvorsichtig war oder etwas gemacht hat, was ihm und seinem Körper nicht gutgetan hat. Das kann sehr unterschiedlich sein.

Vieles von dem, was ich Dir gerade erklärt habe, kennen wir hier natürlich auch – mit dem Unterschied zu Euch, daß wir die Signale des Körpers eher berücksichtigen und danach handeln, so daß sich vieles erst gar nicht so festsetzen kann.

Hinzu kommt, daß wir oft mit Heilkräutern arbeiten, die wir zur Unterstützung eines Heilungsprozesses einsetzen, so wie ich Dir diesen Kräutertee zum Trinken gegeben habe. Und sollte mal jemand mit einer Krankheit gar nicht weiter wissen, haben wir Menschen, zu denen wir fahren und die wir wie gesagt ‚Heiler' nennen. Diese geben uns dann Ratschläge, wie wir mit der Krankheit umgehen können. Es gibt auch Situationen, wenn jemand so viele Fehler gemacht hat, daß sich im Körper Blockaden und Ablagerungen festgesetzt haben. Dann hilft eben solch ein Heiler oder eine Heilerin, diese zu lösen, so daß sie den Körper wieder verlassen können."

Maggy erinnerte sich plötzlich an ihren Besuch bei Wisl. Auch er hatte ihr in ähnlicher Weise etwas zu den Krankheiten gesagt.

„Und was ist, wenn Ihr mal einen Unfall habt und euch verletzt?"

„Dafür haben wir ein paar wenige Institute, die in unausweichlichen Fällen operieren, also wenn man mal so etwas wie ein gebrochenes Bein hat. Dort werden die Menschen auch noch ein paar Tage danach beobachtet und versorgt. Von solchen Häusern haben wir aber nur wenige, und das Personal dort wird, wie bei anderen Berufen, nur im Bedarfsfall abgerufen. Da die Menschen hier meist auf ihr Gefühl hören, haben wir sehr wenige Unfälle, denn auch diese geschehen vor allem dann, wenn jemand nicht auf sein Inneres gehört hat oder an seinem Leben etwas verändern sollte."

Viola und Maggy saßen noch eine ganze Weile am Frühstückstisch, redeten und aßen. Es war, als würde um sie herum alles stillstehen. Gegen elf stand Viola auf und kümmerte sich um den Haushalt, bis die Kinder der Familie aus der Schule kamen. Maggy ging in den Garten, nach dem sie beim Abwasch geholfen hatte, und legte sich in die Hängematte, die zwischen zwei kräftigen großen Bäumen gespannt war.

„Kommst Du mit?" weckte sie die Stimme von Jonathan, dem ältesten Sohn der Familie. „Wir wollen im Meer schwimmen gehen."

„Schwimmen?" erwiderte Maggy. Ja, warum eigentlich nicht? dachte sie bei sich, denn es war ein schöner warmer Junitag. Die anderen beiden Jungen standen mittlerweile auch um sie herum und Viola war ebenfalls hinzugetreten.

„Maggy, wir wollen schwimmen fahren", sagte sie. „Hast Du Lust mitzukommen? Essen gibt es heute abend. Auch Martin wird nach seiner Arbeit zum Strand kommen. Wir müssen uns nur etwas beeilen, da wir eine ziemliche Strecke zu fahren haben."

Maggy stimmte zu und eilte ins Haus. Nur was sollte sie mitnehmen? – Hatte sie doch gar keine Badesachen dabei. Als hätte Viola ihre Gedanken gelesen, drückte sie Maggy einen Badeanzug in die Hand. „Falls Du ihn schon vor dem Fahren anziehen möchtest. Er paßt mir nicht mehr. Für Dich müßte er aber groß genug sein", meinte sie lächelnd.

Maggy ging hinauf in ihr Zimmer und zog den Badeanzug an. Er paßte wie angegossen, wie auch schon all die anderen Sachen. Sie schlüpfte in eine kurze Hose und ein T-Shirt, welche Viola ihr ebenfalls mitgegeben hatte. Dann griff sie noch vorsichtshalber nach der Sonnenbrille, die ihre Augen vor dem Licht schützen sollte.

Als Maggy herunterkam, warteten schon alle auf sie. Auch Susann stand mit einer Tasche dort, um mitzufahren.

„Los geht's", rief Viola. Sie schnappte eine Kühltasche mit der einen und mit der anderen Hand eine Reisetasche mit Utensilien und ging zusammen mit den Kindern zur Garage. Diese hatte Jonathan bereits geöffnet, also setzte sich Viola in den dunkelblauen Jeep und fuhr ihn heraus. Alle stiegen in das Auto, und als Jonathan die Garage wieder verschlossen hatte, fuhren sie los.

Jonathan war vierzehn Jahre alt und, wie es schien, sehr an Technik interessiert. Er erklärte Maggy, daß der Wagen von einem großen Akku betrieben würde, der wiederum mit Solarenergie aufgeladen wurde. Ungefähr fünfhundert Kilometer könne man damit fahren, ohne nachzuladen.

Sie zuckelten auf schmalen Straßen neben Wiesen und Feldern entlang und kamen an einer Felsenlandschaft vorbei, die mit einzelnen Bäumen durchsetzt war. Nach mehreren Kilometern wurde die Vegetation immer dichter, bis sie sich einem Wald näherten und es bergauf ging. Maggy kam die Gegend bekannt vor und plötzlich fiel ihr ein, daß sie ja bereits mit Truth über diese geflogen war – nur mit dem Unterschied, daß sie rechts abgebogen waren. Jetzt dagegen fuhren sie in die linke Richtung.

Es ging ziemlich steil bergauf, der Wagen war relativ langsam. Als sie am höchsten Punkt angekommen waren, verlief die Straße weiter durch den Wald. Die Bäume veränderten sich: Bergauf waren es große Laubbäume gewesen, aber nach und nach gesellten sich nun palmenartige hinzu. Sie kamen auf eine Art Küstenstraße und linkerhand sah Maggy schon das Wasser bläulich schimmern. Gebannt ließ sie den Blick durch die Gegend schweifen. Es war völlig ruhig im Auto. Wenig später fuhren sie wieder bergab und nach einer guten halben Stunde erreichten sie den Strand, wo sie auf einem Parkplatz den Wagen abstellten.

„Ein paar Minuten müssen wir noch laufen", meinte Viola. „Am besten wird sein, Du läßt die Sandalen noch an, damit Du Dir beim Laufen nicht weh tust", riet sie Maggy. Die anderen Kinder rannten schon vor, Maggy und Viola trotteten in aller Ruhe hinterher.

Vom Anblick des Meeres war Maggy schwer beeindruckt. Sie erinnerte sich an den wunderschönen Strand und das Meer, die sie letztens auf Truths Rücken bereits bewundert hatte, und fragte sich, ob es nicht sogar die gleiche Stelle gewesen war.

Sie liefen ein ganzes Stück über den Strand, bis sie zu einem gigantischen Felsen gelangten, der seitlich fast bis ins Wasser hineinragte. Bevor sie links zum Meer abbogen, blieb Maggy kurz vor dem Felsen stehen und schaute an der steilen Wand hinauf. Das obere Ende ragte majestätisch bis in den Himmel. Um an ihm vorbeizugelangen, mußten sie sich die Schuhe ausziehen und barfuß durch das knietiefe Wasser waten.

Als sie um den Felsen herumgegangen waren, traute Maggy ihren Augen kaum: Sie waren an einer paradiesischen Bucht angelangt. Das Wasser strömte hier viel weiter in das Land hinein als auf der anderen Seite, von der sie gekommen waren. Ein schmales Stück Strand verlief entlang des Felsens bis zum Hauptstrand. Ungefähr fünfhundert Meter mußten sie noch laufen, um diesen zu erreichen.

Maggys Blicke schweiften umher. Dieser Platz war einfach nur traumhaft! Der Sand war so weiß, daß Maggy ihre Sonnenbrille aufsetzen mußte, um nicht geblendet zu werden. Der

Hauptstrand umfaßte eine Fläche von um die fünfzig mal dreißig Meter und verlor sich hinten in einem Palmenwald. Das Wasser schillerte smaragdgrün und vereinte sich vorn mit dem glitzernden Sand. Hinten, auf der gegenüberliegenden Strandseite, ragte ebenfalls ein großer Felsen in die Höhe, so daß der Strand auf beiden Seiten abgetrennt war.

„Na, schön hier?" lachte Viola. „Wir haben uns gedacht, daß es Dir gefallen könnte."

„Und wie!" tönte Maggy begeistert.

Bevor sie ihre Sachen auszog, setzte sie sich zu den anderen in den Sand und schaute sich um. Sie hatte noch nie zuvor etwas so Schönes gesehen! Gemeinsam breiteten alle die mitgebrachten Decken und Handtücher aus. Während Violas Kinder sich dann eilig ihre Sachen auszogen und so schnell sie konnten in Richtung Wasser liefen, zog sich Viola einen Hut auf und nahm ein Buch aus ihrer Tasche. Maggy war eben im Begriff, ihre Kleidung über dem Badeanzug auszuziehen und den anderen ins Wasser zu folgen, als Viola sie stoppte.

„Sobald Du nicht mehr im Wasser stehen kannst und weiter hinaus schwimmst, achte bitte auf die Absperrungen unter Wasser. Sie sind nur knapp unter der Wasseroberfläche zu erkennen. Es sind rote, grobgliedrige Ketten. Diese dürfen nicht über-

schritten werden. Sie dienen dem Schutz der im Wasser lebenden Tiere." Viola sah Maggys fragenden Blick und fügte hinzu: „Wenn wir Menschen diese überqueren würden, um in den anderen Wasserregionen zu schwimmen, bestünde die Gefahr, daß wir die dort lebenden Tiere stören und verängstigen. Sie halten sich zwar auch in den Bereichen auf, in denen wir schwimmen, aber sie haben mittlerweile gelernt, daß dort auch Menschen sein können. So haben sie die Möglichkeit, sich zurückziehen, wenn sie den Kontakt nicht mehr möchten. Zudem laichen sie in den geschützten Bereichen und ziehen dort auch manchmal ihre Jungen auf."

Maggy nickte verständnisvoll und folgte dann den anderen Kindern zum Wasser. Zuerst tauchte sie nur vorsichtig die Füße hinein. Das Wasser war angenehm warm.

„Komm rein!" hörte sie die anderen rufen, die bereits ein gutes Stück hinausgeschwommen waren. Maggy schaute sich um. Zu ihrer Linken ragte ein großer Fels, zu ihrer Rechten ebenfalls, und vor ihr glitzerte der Ozean mit seinen sich leicht wiegenden Wellen.

„Beeindruckend", murmelte Maggy, ging ein paar Schritte zurück, nahm Anlauf und rannte los, bis das Wasser oberschenkeltief war. Dann sprang sie wie ein Delphin hinein und tauchte hinab. Maggy hatte keinerlei Berührungsängste, dafür schwamm sie schon zu lange. Zudem liebte sie das Wasser, vor allem in der freien Natur. Egal, wo sie draußen schwamm – sie war immer schon neugierig gewesen, was sie alles unter sich entdecken konnte.

Auf dem Grund konnte sie den Sand klar erkennen. Er war von verschiedenen Grasbüscheln durchsetzt, in denen sich kleine Fische versteckten. Sie sah auch die Absperrung, von der Viola gesprochen hatte. Als sie auftauchte, merkte sie, daß sowohl Viola als auch die vier Kinder bereits sorgenvoll in ihre Richtung blickten.

„Keine Angst", rief sie ihnen zu, „ich bin eine gute Schwimmerin!"

Und das war Maggy wirklich. Zu Hause – in ihrer Welt – war Maggy Mitglied im Schwimmverein. Sie hatte auch bereits an mehreren Meisterschaften teilgenommen. Vor allem tauchte sie gern. Maggy schwamm weiter hinaus und an den anderen vorbei. Sie genoß die sanften Bewegungen der Wellen, die Sonne über sich und vergaß für einen Moment ganz und gar, daß sie im Grunde hier nicht zu Hause war.

Erneut tauchte sie ab und versuchte, den Meeresboden zu erreichen, der mittlerweile viel tiefer lag. Unter ihr tummelten sich eine Menge Fische und Kriechtiere in den verschiedensten Farben. Manche schimmerten gelblich-grün, andere bläulich-violett. Vor ihr taten sich mehr und mehr Höhlen auf, die immer größer wurden. Da sie bereits sehr tief und lange getaucht war, ließ ihre Luft nach, so daß sie auftauchte und erst einmal ordentlich nach Luft schnappen mußte.

Das wollte sie sich aber noch genauer ansehen! Sie holte tief Luft und tauchte erneut hinab. Als sie wieder bei den Höhlen ankam, entdeckte sie einen Eingang, der direkt in eine Höhle hineinführte. Als sie näher herangetaucht und dann ein paar Meter in die Höhle hineingeschwommen war, hörte sie ein Geräusch, das dem ihr bereits bekannten Klopfen ähnelte. *Tok, tok, tok.*

Sie schwamm noch weiter hinein und kam zu einer Art großen Lichtung innerhalb der Höhle. Die Wände hier waren glatt und der Weg führte nicht weiter. Maggy vernahm immer deutlicher dieses Klopfen, das sie magisch anzog. Sie wunderte sich zwar einerseits darüber, wie lange sie die Luft anhalten konnte, andererseits machte sie sich aber kaum Gedanken darüber, da sie nur noch auf die Klopfzeichen achtete: *Tok, tok, tok, tok, tok.*

Das Klopfen wurde immer energischer und plötzlich veränderte sich etwas an der linken Felswand der Lichtung. Es entstand so etwas wie ein Bild, das immer deutlicher wurde. Maggy rieb sich die Augen, und als sie wieder hinschaute, erkannte sie den Grund des Sees in ihrer Welt. Jemand klopfte dort energisch gegen die Luke, wie sie es selbst noch vor fünf Tagen getan hatte! Einen Moment später bemerkte sie, daß es ihr Vater war, den sie dort auf der Felswand erkannte. Maggy erschrak beim Anblick des Bildes. Ihr wurde schlagartig klar, daß ihre Familie sicher verrückt vor Sorge nach ihr suchen würde.

Ohne zu bemerken, daß ihr mittlerweile die Luft ausging, klopfte sie wie wild gegen die Felswand, um sich bemerkbar zu machen. Sie versuchte es immer weiter, obwohl ihr eigentlich klar war, daß ihr Vater sie mit ziemlicher Sicherheit nicht hören würde. Doch ihre Kräfte ließen nach und erschöpft sank sie zu Boden. Im Fallen richtete sie für einen kurzen Moment ihren Blick nach unten und sah sich nicht auf den Boden, sondern auf einen weichen Untergrund sinken. Ängstlich zuckte sie zusammen. Dann schaute sie in ein ihr sehr vertrautes Augenpaar.

Diese Augen kenne ich!, dachte sie bei sich. Es waren Truths Augen und Maggy erkannte ihre Gestalt, so wie sie Truth bereits bei ihrer Reise in die andere Welt gesehen hatte – halb Mensch, halb Fisch. Aus einem Impuls heraus blickte sie auf Truths große Schwanzflosse. Dort bildeten sich in einer Art Leuchtschrift die Worte: *Halt Dich fest!*

Maggy griff nach der Flosse und wurde ohnmächtig.

Es war bereits acht Uhr abends und es ging äußerst unruhig und hektisch in Maggys Elternhaus zu. Niemand hatte etwas von Maggy gehört oder gesehen.

„Wieso hast Du nicht gefragt, wo sie hingeht?" fragte Maggys Vater seine Frau.

„Du weißt doch, wie sie ist", entgegnete sie ihm. „So verträumt, wie sie ist, geht sie einfach los, ohne jemandem etwas zu sagen."

Francis kam derweil vom See zurück. „Nichts zu sehen, da ist sie nicht."

Maggy hatte an diesem heißen Junitag mittags so gegen zwölf das Haus verlassen. Es war wieder einer dieser Samstage, an denen ihr Vater in die Stadt fuhr, um Dinge zu besorgen und ihre Mutter sich um den Haushalt kümmerte. Geschlagene acht Stunden waren seitdem bereits vergangen.

„Das ist nicht ihre Art, so viele Stunden wegzubleiben. Da muß etwas passiert sein!" rief Maggys Vater besorgt. „Ich gehe sie suchen – im Wald."

Er machte sich auf den Weg. Draußen hatte es sich zugezogen, der Himmel war wolkenverhangen und ein Gewitter kündigte sich mit ersten leisen Donnergeräuschen an. Davon unbeeindruckt und seine Regenjacke unter dem Arm machte sich Maggys Vater auf den Weg. Er schlug den Weg Richtung Wald ein. Als er an die Biegung zum See kam, hielt er kurz inne, entschied sich dann aber, weiter zum Wald zu gehen, da sein Sohn den See schon abgesucht hatte.

Am Waldesrand angekommen schrie er mit all seiner Kraft: „Maggy! Maggy! ... Hörst Du mich? Maaaaggiieeee!"

Keiner antwortete ihm. Er suchte sämtliche Wege ab. Da es mittlerweile stark zu regnen begonnen hatte, zog er seine Regenjacke über. Es donnerte und blitzte, aber die Sorge um seine Tochter ließ ihn unermüdlich weitergehen und −rufen, nur leider ohne Erfolg.

Da Maggys Vater sehr lange weg war, hatte ihre Mutter zu Hause bereits sämtliche Freunde ihrer Tochter angerufen und nach ihr gefragt. Da sie ihr jedoch alle nichts sagen konnten, rief sie kurzerhand die Polizei an und als ihr Mann zurückkam, waren bereits zwei Beamte bei ihnen zu Hause. Er legte die triefenden Klamotten in die Badewanne, zog sich einen Jogginganzug an und trat zu ihnen ins Wohnzimmer, wo seine Frau weinend den beiden Polizisten von dem Verschwinden ihrer Tochter berichtete. Auch Francis saß schweigend dabei.

„Nichts zu sehen. Weit und breit keine Spur von ihr", seufzte Maggys Vater und setzte sich neben seine Frau auf die Couch. Er erzählte den Polizisten, wo er überall nach Maggy gesucht hatte. Sie notierten sich alles genau und ließen sich ein Foto von ihr geben. Dann händigten sie der Familie noch eine Visitenkarte mit ihrer Telefonnummer aus und versprachen, sich sofort zu melden, wenn sie etwas Neues wüßten.

Sorgenvoll und abgekämpft ging die Familie gegen Mitternacht zu Bett. An Schlafen war jetzt sowieso nicht zu denken, aber wenigstens wollten sie etwas ausruhen. Was sollten sie auch sonst tun?

Lange lagen sie wach, gingen immer wieder in Gedanken den Tag durch und überlegten verzweifelt, ob ihnen doch noch etwas auffiel, was als Hinweis dienen könnte. Doch auch an Maggys Verhalten in der letzten Zeit war beiden nichts Ungewöhnliches aufgefallen. Sie war wie immer gewesen: fröhlich und ab und zu sehr verträumt.

„Manchmal wüßte ich ja gern, was in unserer Maggy vor sich geht", murmelte die Mutter. „Sie macht ab und zu einen so abwesenden Eindruck. Wenn man sie dann aber anspricht, hat sie alles mitbekommen, was man gesagt hat, und so frage ich mich dann, ob ich mir das eingebildet habe."

„Versuch etwas zu schlafen", beruhigte sie ihr Mann und streichelte ihr liebevoll über den Kopf. „Morgen werden wir sie mit Sicherheit finden."

Nach einiger Zeit fielen beide vor Erschöpfung in einen leichten Schlaf.

Als Maggys Mutter um sechs Uhr in der Früh aufwachte, stellte sie fest, daß ihr Mann bereits aufgestanden war. Er saß mit einer Tasse Kaffee auf der Terrasse.

„Hallo, Schatz!" rief er. „Da ist noch Kaffee in der Kanne. Ich habe Josch angerufen und aus dem Bett geschmissen. Er kommt gleich mit seinem Jeep vorbei. Ich habe ihn gebeten, mit mir durch die Gegend zu fahren und nach Maggy zu suchen."

„Ich komme mit!"

„Nein. Bleib Du hier für den Fall, daß sich die Polizei meldet oder Maggy nach Hause kommt. Dann ruf mich auf dem Handy an, hörst Du? Außerdem kommt ja Mona mit den Kindern mit. Sie bleiben bei Dir und Francis, bis wir wieder zurück sind."

Josch und Mona waren gute Freunde der Familie. Sie halfen sich immer gegenseitig, wenn jemand ein Problem hatte. Auch Maggy mochte die beiden sehr. Sie ging zu ihnen, wenn sie Probleme hatte und mit ihren Eltern nicht darüber reden konnte. Das kam zwar selten vor, da Maggy zu Henry und Martha eine sehr offene und vertrauensvolle Beziehung hatte. Nur manchmal fühlte sie sich von Mona und Josch besser verstanden, weil beide um ein paar Jahre jünger waren als ihre Eltern.

Maggy machte es am Alter fest, daß Mona und Josch so manches eher nachvollziehen konnten, was ihr durch den Kopf ging, zumal sie auch ihr gegenüber neutraler waren. Die Familien wohnten ca. fünf Kilometer voneinander entfernt. Vor zwei Wochen waren Mona und Josch zum dritten Mal Eltern geworden.

Josch hupte vor dem Haus. Maggys Vater lief hinaus und half Mona, die Utensilien für den Tag ins Haus zu bringen. Danach stieg er zu Josch ins Auto und die beiden fuhren los. Den Kleinen auf dem Arm und die beiden größeren, drei und fünf Jahre alten Kinder vor sich her führend, ging Mona ins Haus. Sie gab Francis, der mittlerweile auch aufgestanden war, den Kleinen und schloß Martha wortlos in den Arm. Diese fing sofort an zu weinen.

„Ach, Mona, wenn ich doch nur wüßte, wo Maggy ist! Ich hab eine solche Angst!"

„Das würde mir genauso gehen. Laß uns gemeinsam auf Josch und Henry warten. Die werden Eure Maggy schon finden. Hoffentlich!"

Maggys Mutter brachte die beiden älteren Kinder in Maggys Bett, damit sie noch etwas schlafen konnten. Den kleinen Säugling legte Mona in das mitgebrachte transportable Babybettchen. Danach trafen sich die beiden Frauen in der Küche. Ohne viel zu sagen, begann Martha, ein Frühstück vorzubereiten. Mona half ihr dabei und drückte Francis einen Teil des Geschirrs in die Hand, damit er den Tisch decken konnte. Er war noch ziemlich verschlafen und ließ auf dem Weg zum Eßtisch im Wohnzimmer einen Teller fallen. Seine Mutter hörte das Porzellan scheppern und einen lauten Fluch, den ihr Sohn daraufhin wütend von sich gab. Sofort eilte sie zu ihm und schrie ihn an: „Was machst Du denn? Paß doch auf!" als sie die Scherben sah.

Doch das war zu viel für den Jungen. Francis knallte die übrigen Sachen auf den Tisch und rannte weinend in sein Zimmer. Mona hatte sich inzwischen einen Handfeger und eine Kehrschaufel geschnappt und begann nun, die Scherben aufzukehren.

„Setz Dich hin, Martha und ruh Dich etwas aus. Das schaffen wir doch auch alleine", sagte sie sanft zu ihrer Freundin. Dann ging sie Francis in dessen Zimmer in der oberen Etage hinterher und setzte sich zu ihm auf sein Bett. Sie legte einen Arm um ihn. „Nimm es Deiner Mutter nicht übel. Sie ist voller Sorge um Deine Schwester und da gehen einem schon mal die Nerven durch. Machst Du mit mir weiter das Frühstück? Ich glaube, wir alle können eine Stärkung vertragen!" Francis willigte ein.

Bevor sie wieder hinunterging, warf Mona einen Blick in Maggys Zimmer, um nach ihren beiden Töchtern zu sehen. Beide schliefen tief und fest. Mona deckte sie noch etwas mehr mit der Wolldecke zu und schloß dann leise hinter sich die Tür.

Wieder unten angekommen, sah sie Francis bei seiner Mutter am Eßtisch sitzen. Sie redeten miteinander und einen Moment später umarmten sie sich. Dann kümmerten sich Mona und Francis weiter um das Frühstück, während Maggys Mutter mit leerem Blick auf die Terrasse und in den Garten starrte.

Maggys Vater blickte unruhig umher, als er mit Josch durch die Gegend fuhr. Sie überquerten sämtliche ihnen bekannten Feldwege und düsten dann über die große Landstraße in Richtung Stadt. Weit und breit fanden sie keinen Anhaltpunkt, der auf irgendeine Spur von Maggy schließen ließ.

Josch rutschte unruhig auf dem Fahrersitz hin und her. Er stammelte etwas herum, bis er sich schließlich traute zu fragen: „Gab es in der letzten Zeit Probleme zwischen Euch und Maggy? Versteh mich nicht falsch, aber vielleicht gab es ja irgendein Mißverständnis?"

„Du glaubst, daß sie abgehauen ist? Nein, niemals! Nicht unsere Maggy!" rief Henry.

„War ja nur so ein Gedanke", murmelte Josch. „Aber vielleicht hat sie mit jemand anderem Schwierigkeiten gehabt. Kann es sein, daß sie Liebeskummer hat?"

Henry antwortete nicht und war in Gedanken versunken. Also konzentrierte Josch sich weiter aufs Fahren. Er spürte, daß sein Freund im Moment nicht reden wollte, und akzeptierte es. Nach einer halben Stunde trafen sie in der Stadt ein. Es war bereits acht Uhr und sie ließen sich auf eine Pause in einem Café nieder. Josch bestellte sich ein ganzes Frühstücksmenü, Henry dagegen trank nur einen Kaffee. Er bekam jetzt beim besten Willen nichts runter.

Als das Frühstück fertig war, setzten sich Francis und Mona zu Maggys Mutter an den Tisch.

„Hier, Martha, Du mußt etwas essen", sagte Mona und hielt ihrer Freundin den Korb mit warmen, aufgebackenen Brötchen entgegen. Martha nahm sich eines heraus und biß wenig später in ihre mit Käse belegte Brötchenhälfte, um sie dann im nächsten Augenblick ihrem Sohn auf den Teller zu legen. „Nimm Du es, bitte! Ich bekomme nichts herunter." Sie stand auf und ging zum Telefon. „Irgend etwas müssen wir doch tun können!", seufzte sie.

Sie rief die Nummer an, die auf der Visitenkarte der Polizisten stand, und erkundigte sich, ob man etwas gefunden hätte. Nach dem Telefonat kehrte sie in das Wohnzimmer zurück.

„Sie haben eine Suchmeldung an alle Polizeidienststellen im Land herausgegeben. Bisher keine Spur von Maggy."

„Martha, ruh Dich etwas aus", versuchte Mona es erneut. „Solltest Du einschlafen, weck ich Dich sofort, wenn sich irgend jemand meldet – versprochen."

Maggys Mutter willigte ein. Sie war wirklich völlig erschöpft. Ihre Gedanken wirbelten in ihrem Kopf hin und her. Sie legte sich auf die Couch, neben der auch Monas und Joschs Kleiner ruhig in seinem Bettchen schlief. Müde deckte sie sich mit einer Wolldecke zu und schloß die Augen. Es dauerte nicht lange und sie schlief ein.

Mona und Francis aßen noch eine Weile still zusammen. Oben hörte Mona ein Geräusch, das aus Maggys Zimmer kam, und ging nach oben. Kurz darauf kehrte sie mit ihren beiden Töchtern zurück und plazierte sie am Frühstückstisch neben Francis.

Trotz der gestiegenen Lautstärke im Raum schlief Maggys Mutter weiter. Sie träumte von ihrer Tochter.

Nach einer guten halben Stunde brachen Henry und Josch wieder auf, um zurückzufahren. Kurz bevor sie Marthas und Henrys Haus erreichten, kamen sie in die Nähe des Sees.

„Halt bitte da vorn an der Einbuchtung mal an", bat Henry. „Da führt ein kleiner Weg zum See."

Beide stiegen aus dem Wagen, nahmen zu Fuß den Weg zum See und gingen einmal komplett um ihn herum. Immer wieder rief Henry nach seiner Tochter, erhielt jedoch keine Antwort. Als sie an eine bestimmte Stelle kamen, fiel dem Vater auf, daß sich das Wasser dort farblich von dem umher liegenden unterschied. Es hatte, wenn man zurückschaute, eine smaragdgrüne Färbung, die sich stark von der des übrigen Sees absetzte. Er ahnte nicht, daß dort die Stelle mit der Luke war, und setzte seinen Weg fort, ohne weiter darüber nachzudenken.

„Komm, Henry, laß uns wieder zurückfahren – hier ist nichts!" sagte Josch kurze Zeit später. „Vielleicht haben die Frauen ja schon etwas Neues gehört."

„Dann hätte Martha sich schon längst auf dem Handy gemeldet. Aber Du hast recht, laß uns zurückfahren!"

Als Josch und Henry vor dem Haus anhielten, waren alle, bis auf Martha, im Garten. Es war sehr warm und Mona hielt sich mit den drei Kindern im Schatten auf, Francis schlief gerade in seiner Hängematte.

Mona eilte Ihnen entgegen. „Habt Ihr etwas gefunden?"

„Nichts", antwortete Josch. Die drei Erwachsenen unterhielten sich eine Weile und gingen dann leise durch die offene Terrassentür ins Haus.

„Geht es Martha nicht gut?" erkundigte sich Henry nach seiner Frau.

„Alles o. k.", beruhigte ihn Mona, „sie hat sich nur etwas hingelegt."

Sie wollten sich gerade langsam durch das Wohnzimmer in die Küche schleichen, da fuhr Martha hoch.

„Habt Ihr Maggy gefunden?" fragte sie und sprang auf, als sie die Rückkehr der beiden Männer registrierte.

„Nein, Schatz. Leider haben wir keine Neuigkeiten."

Mutlos erzählte sie ihrem Mann daraufhin von ihrem Anruf bei der Polizei, fing wieder heftig an zu weinen und Henry nahm sie tröstend in den Arm. Josch und Mona gingen hinaus zu ihren Kindern in den Garten, um das befreundete Paar für eine Zeit allein zu lassen, als es plötzlich an der Haustür klingelte.

Es war Ben, ein Schulkamerad von Maggy, der sich nach ihr erkundigen wollte. Seine Großmutter hatte ihm erzählt, daß Maggys Mutter gestern abend bei ihnen angerufen hatte. Henry öffnete ihm die Tür.

„Hallo, ist Maggy wieder da?" fiel Ben sofort mit der Tür ins Haus.

Henry konnte ihm nicht antworten. Zu sehr war er damit beschäftigt, nach seiner eigenen Fassung zu ringen.

„Aber was ist denn, Mr Fairchild? Nun sagen sie mir doch, was los ist?"

Maggys Mutter kam ebenfalls an die Tür und bat Ben herein. Sie erzählte ihm, daß sie ihre Tochter vermißten und alle bisherigen Bemühungen, sie zu finden, fehlgeschlagen waren. Ben wurde nachdenklich und verabschiedete sich, da er die Familie nicht weiter stören wollte.

Die beiden Familien verbrachten die weitere Zeit des Tages überwiegend draußen im Garten und warteten auf irgendein Zeichen von Maggy ... nur leider vergeblich. Gegen Abend fuhren Henry und Josch ein weiteres Mal mit dem Wagen los, diesmal in die entgegengesetzte Richtung. Sie fuhren über die Hauptstraße in Richtung Berge und Meer. Weit und breit war nichts von Maggy zu sehen. Als sie am Abend zurückkehrten, saßen die beiden Polizisten wieder im Wohnzimmer. Sie hatten aber nichts Neues zu berichten und wollten dies lediglich der Familie mitteilen.

Gegen neun machten sich Josch und Mona wieder mit ihren drei Kindern auf den Weg nach Hause. Sie verabredeten, daß Josch seine Frau am nächsten Tag vorbeibringen würde, bevor er zur Arbeit fuhr, damit diese Maggys Mutter beistehen konnte, wenn Henry sich wieder auf die Suche machte.

Henry rief am nächsten Morgen bereits sehr früh auf seiner Arbeitsstelle an, um Urlaub einzureichen. Er arbeitete als Bauingenieur in der öffentlichen Verwaltung, glücklicherweise konnte ein Teil seiner Termine von einem Kollegen aus seinem Team übernommen werden. Er redete länger mit seinem Chef und erklärte ihm die Situation.

Kurze Zeit später klingelte es und Mona stand mit den drei Kindern vor der Tür. Als Henry die Tür öffnete, hupte Josch kurz, winkte ihm zu und fuhr weiter zu seiner Arbeitsstelle. Er hätte sich auch gern freigenommen. Da er jedoch als Bauleiter gerade erst einen neuen Auftrag angenommen hatte und seine Firma unter hohem Termindruck stand, konnte er sich einen freien Tag nicht leisten.

„Josch versucht heute, so früh wie möglich Feierabend zu machen", sagte Mona zu Henry und begrüßte ihn mit einem Küßchen auf die Wange. Da es gerade erst halb acht war, legte sie ihre beiden älteren Töchter wie schon gestern in Maggys Bett. Das Babybettchen mit dem Säugling stellte sie neben die beiden und ging dann hinunter in die Küche zu Maggys Mutter.

„Oh, Martha", rief sie, „Du siehst ja aus, als hättest Du gar kein Auge zugemacht!" Diese schüttelte nur den Kopf und ließ sich von Mona in den Arm nehmen.

Francis schlurfte angezogen die Treppe herunter. „Mom, ich möchte heute nicht in die Schule gehen. Bitte – kann ich zu Hause bleiben?"

Martha nahm sein Gesicht in beide Hände und erwiderte: „Nein, mein Schatz. Geh Du und lenk Dich etwas ab. Tun kannst Du eh nichts. Iß noch etwas und dann bringt Dich Dein Vater zur Schule."

Wenig später frühstückten sie alle gemeinsam, Monas Kinder schliefen noch tief und fest. Die beiden älteren Mädchen hatte sie für heute vom Kindergarten abgemeldet und es schien, als würden sie die Gelegenheit auch gern nutzen, länger schlafen zu können.

Maggys Mutter bekam auch heute nicht mehr als ein halbes Brötchen herunter. Sie besprach noch mit ihrem Mann, an welchen Orten er überall nach ihrer Tochter suchen sollte. Dann machte Henry sich mit Francis auf den Weg, um ihn zur Schule zu fahren. Die beiden Frauen tranken noch eine Tasse Kaffee zusammen, anschließend räumten sie bis auf zwei Gedecke für die Kleinen und eine Flasche Babymilch den Frühstückstisch ab. Während Mona dann ihre Kinder weckte und für deren Essen sorgte, begann Martha sich mit ein wenig Hausarbeit etwas abzulenken. So verging der Vormittag.

Henry kam gegen Mittag nach Hause. Er machte einen abgekämpften Eindruck und hatte nichts Neues zu berichten. Den beiden Frauen erzählte er, auf dem Rückweg an der Polizeistation vorbeigefahren zu sein, aber auch hier gab es nichts Neues.

Da es ein recht warmer und sonniger Tag war, verbrachten alle den Nachmittag im Garten. Francis gesellte sich nach Erledigung seiner Hausaufgaben dazu. Josch kam gegen fünf vorbei und die Erwachsenen tranken gemeinsam einen Kaffee, bevor sich die Familie um Mona und Josch wieder auf den Heimweg begab. Alle machten einen niedergeschlagenen und traurigen Eindruck und die Verzweiflung wuchs von Stunde zu Stunde, da sie noch immer nichts von Maggy gehört hatten.

Vor der Abfahrt machte Mona Maggys Eltern Mut, die Hoffnung nicht aufzugeben, bald etwas von ihrer Tochter zu hören. So neigte sich auch schon der dritte Tag, an dem Maggy vermißt wurde, dem Ende entgegen. Am Abend saß die Familie im Wohnzimmer zusammen und tauschten sich über Maggy aus. Sie mußten über so einige Erinnerungen herzlich lachen und es schien, als half ihnen die ausgelassene Stimmung zumindest für den Moment über den Schmerz und Kummer ein Stück weit hinweg.

Der nächste Tag verlief ähnlich. Diesmal lehnten Henry und Martha es ab, daß ihre Freunde erneut kamen. Obwohl ihnen die Hilfe sehr entgegenkam, wußten sie doch, wie aufwendig es für Mona und Josch war, ihre alltäglichen Abläufe für sie zu unterbrechen. Sie sollten zumindest an diesem Tag ihren eigenen Dingen normal nachgehen können, damit auch die Kinder ihre gewohnte Routine hatten. Es wußte ja auch schließlich keiner, was noch kommen sollte und ob sie vielleicht zu einem späteren Zeitpunkt doch noch einmal auf ihre Unterstützung angewiesen sein würden.

Auch an diesem Tag blieb Henry seiner Arbeit fern. Vormittags fuhr er wieder sämtliche Wege ab und suchte auch im Wald und am See. Er rief so oft nach seiner Tochter, daß seine Stimme langsam versagte, doch er wollte nicht aufgeben und die Sorge um Maggy trieb ihn immer weiter an. Mittags bereitete Martha ein Essen zu, und als Francis von der Schule kam, forderte sie ihn und ihren Mann auf, der ebenfalls mittlerweile zurückgekehrt war, sich mit ihr an den Tisch zu setzen. Zwar wußte sie, daß sich der Appetit bei allen sehr in Grenzen hielt, doch es nutzte ja niemandem etwas, wenn ihre Kräfte versagten.

Gerade saßen Henry und Martha beim sich anschließenden Kaffee, als es klingelte und Ben erneut vor der Tür stand. Martha öffnete ihm.

„Entschuldigen Sie, Mrs Fairchild, daß ich Sie schon wieder störe. Ich wollte mich noch mal erkundigen, ob Sie etwas von Maggy gehört haben, da sie heute immer noch nicht in der Schule war?"

Maggys Mutter schüttelte mit Tränen in den Augen den Kopf. „Nein, Ben. Bisher gibt es keine Spur von ihr. Auch die Polizei tappt völlig im Dunkeln."

Ben schaute betreten auf den Boden und es schien, als wolle er noch etwas sagen.

„Hast du etwas?" fragte ihn Martha. Als hätte man ihn bei etwas ertappt, blickte Ben sie an. Er schüttelte verhalten den Kopf und ging dann langsam die drei Stufen vor der Haustür rückwärts hinunter. „Nein, nein. Ich frage mich nur, ob sie vielleicht ... ach nichts. Entschuldigen Sie bitte. Sie soll sich unbedingt bei mir melden, wenn sie wieder auftaucht. Würden Sie ihr das bitte sagen?"

Ben drehte sich hektisch herum und verließ zügig den Vorgarten. Martha schaute dem Jungen noch einige Zeit verwundert hinterher, bevor sie wieder ins Haus zurückkehrte.

Ben lag in der folgenden Nacht lange wach. Er konnte nicht einschlafen, da ihn die ganze Zeit die Frage umtrieb, ob er den Eltern von Maggys Vorhaben, die Luke finden zu wollen, berichten sollte. Er war nämlich derjenige gewesen, dem Maggy als Einzigem von ihrer Überlegung erzählt hatte. Am letzten Schultag vor dem besagten Samstag, an dem Maggy sich auf die Suche nach der Luke im See machte, hatte sie ihm in der Pause ihren Plan verraten. Er hatte erst gedacht, daß sie ihn auf den Arm nehmen wollte, aber jetzt, da sie vermißt wurde ...

Ben erinnerte sich an ihre Worte. Sie hatte gesagt, daß sie die Luke unbedingt suchen wolle und daß sie der Gedanke schon seit einigen Monaten beschäftigen würde. Als er sie daraufhin gefragt hatte, wie sie das anstellen wollte, konnte ihm Maggy keine Antwort geben. Er nahm ihre Äußerungen damals gar nicht so ernst. Er hätte es besser wissen müssen. Kannte er Maggy doch dafür, daß sie manchmal ungewöhnliche Ideen hatte und oft versuchte, diese auch in die Tat umzusetzen. Ben mochte sie, er mochte sie sogar sehr.

Maggy und er hatten sich angefreundet, als Ben vor zwei Jahren in ihre Klasse gekommen war. Nach dem Unfall seiner Eltern war er zu seiner Großmutter gezogen, deren Wohnort fast zweihundert Kilometer von seiner bisherigen Heimat entfernt lag. Durch den Verlust und die Umstellung hatte Ben hart zu kämpfen und Maggy hatte ihm durch ihre lebenslustige Art so manchen Schmerz erleichtert. Hinzu kam ihre manchmal auch etwas naive Weise, das Leben zu betrachten, die Ben dabei geholfen hatte, wieder aufzublühen. Maggy hatte ihn und seine Großmutter bereits einige Male besucht. Seine Oma hatte ebenfalls, so konnte man fast sagen, einen regelrechten Narren an ihr gefressen.

Im Laufe des letzten Schulhalbjahres hatten sich auch Bens Noten wesentlich verbessert. Auch das hatte er Maggy zu verdanken. Vor allem in Mathe und Physik hatte sie ihm vieles erklärt und verständlich gemacht, was er vorher einfach nicht begreifen konnte. Was würde er bloß ohne Maggy anfangen? Was, wenn ihr etwas passiert oder sie gerade irgendwo in Not war und dringend Hilfe brauchte? Quälende Gedanken überschlugen sich in Bens Kopf.

Er stand auf, um sich in der Küche ein Glas Milch zu holen. Leise schlich er zum Kühlschrank, nahm sich die Flasche Milch heraus und setzte sich an den großen robusten Holztisch, an dem er schon so oft mit Maggy gemeinsam Schulaufgaben gemacht hatte. Warum nur hatte er ihre Äußerung nicht ernstgenommen oder sie bei ihrem Vorhaben nicht begleitet? – Dann wäre vielleicht nichts passiert!

„Ben, was machst Du denn hier um diese Uhrzeit? Kannst Du nicht schlafen?" fragte ihn seine Großmutter, die Geräusche gehört hatte und nachsehen wollte. Sie setzte sich zu ihm an den Küchentisch. Ben begann zu weinen.

„Ach, Grandma! Ich mache mir Sorgen um Maggy." Er erzählte seiner Großmutter davon, daß Maggy immer noch vermißt wurde. Bisher hatte er geschwiegen, um ihr Geheimnis nicht verraten zu müssen. Dreimal hatte er Maggy versprechen müssen, es niemandem zu sagen, doch nun wußte er sich nicht mehr zu helfen und redete sich alles von der Seele.

Bens Großmutter war bereits 75 Jahre, jedoch für ihr Alter noch recht fit und bei guter Gesundheit. Sie selbst hatte so einiges in ihrem Leben erlebt und gerade deshalb immer ein offenes Ohr für die Sorgen und Nöte ihres Enkels. Aufmerksam hörte sie ihm zu und registrierte seine Traurigkeit und vor allem seine Hilflosigkeit. Nachdem Ben ihr die ganze Geschichte erzählt und auch gestanden hatte, daß er bereits zweimal bei Maggys Familie gewesen war, um sich nach ihr zu erkundigen, nahm sie seine Hand und redete mit ruhiger Stimme auf ihn ein:

„Schatz, Du solltest den Eltern von Maggy alles erzählen. Hab keine Sorge, daß Du sie damit verrätst. Sie würde es genauso machen, wenn sie Sorge um Dein Leben hätte."

„Meinst Du?" schniefte Ben. „Ich mußte ihr es mehrmals versprechen, daß ich sie nicht verrate. Aber vielleicht kann ich damit ja helfen."

Die Großmutter bestärkte Ben in seinen Überlegungen und sie vereinbarten, daß er am nächsten Tag nicht in die Schule gehen, sondern gemeinsam mit seiner Oma erneut Maggys Eltern aufsuchen würde. Ben war etwas ruhiger, als er sich wieder ins Bett legte. Er dachte an Maggy und bat sie in Gedanken um Verzeihung für das, was er vorhatte.

Martha ging gerade die Treppe zur Küche herunter und hörte, wie ihr Mann abermals mit seinem Chef telefonierte, da er heute noch zu Hause bleiben wollte. Sie bekam mit, wie schwer es ihm fiel, mit anderen über die Situation zu reden. Nach dem Telefonat brach er in Tränen aus.

„Was sollen wir denn noch machen, Martha? Ich kann das nicht, so tatenlos abwarten! Irgend etwas *muß* doch passieren!"

Martha legte einen Arm um seine Schulter und führte ihn zur Couch. Da es erst sieben Uhr war, forderte sie ihn auf, sich noch etwas hinzulegen, bis sie das Frühstück gemacht hätte. Nach einer kleinen Diskussion stimmte Henry schließlich zu und schlief zügig unter den Händen seiner Frau ein, die ihn liebevoll zudeckte.

Martha ging dann in die Küche und bereitete, wie allmorgendlich, das Frühstück zu. Sie hörte währenddessen ihren Sohn oben im Badezimmer und fragte sich, wie er wohl die ganze Situation verkraftete. Francis war sehr verschlossen, ganz anders als Maggy. Er hatte nur einen Freund, mit dem er sich jedoch nur selten traf. Ansonsten verbrachte er die meiste Zeit in seinem Zimmer am Computer. Da er mit seinen dreizehn Jahren gerade in die Pubertät kam, hoffte Martha, daß er in der nächsten Zeit vielleicht auch noch das eine oder andere Hobby für sich entdecken und mehr Zeit mit gleichaltrigen Kids verbringen würde.

Als Martha und Francis sich an den Frühstückstisch setzten, wurde auch Maggys Vater wach und gesellte sich dazu. Schweigsam aß er sein Brötchen und starrte in die Luft.

Ben saß noch sehr verschlafen am Frühstückstisch und biß in sein Butterbrot. Seine Großmutter hatte bereits gefrühstückt, da sie nach der Geschichte der letzten Nacht nicht mehr schlafen konnte und schon sehr früh aufgestanden war. Sie stellte ihm eine Tasse heißen Kakao neben seinen Teller und setzte sich zu ihm. Als Ben fertig war, zog er sich an und ging in den Keller, um die Fahrräder für sich und seine Großmutter heraufzuholen. Maggys Eltern wohnten zwar nur anderthalb Kilometer weit weg, aber seine Großmutter war nicht mehr allzugut zu Fuß, so daß sich beide entschieden hatten, lieber die Fahrräder zu nehmen als den Weg zu laufen.

Sie bogen kurze Zeit später von dem Grundstück nach links auf einen Feldweg ab und nach zweihundert Metern kreuzte dieser die Hauptstraße, auf die sie rechts abbiegen mußten. Nur noch fünf Minuten, dann würden sie bei Maggys Eltern ankommen. Ben fuhr vor seiner Großmutter. Die Straße war um diese Uhrzeit stark befahren, so daß es für beide nebeneinander zu gefährlich war. Ben war in Gedanken versunken. Er überlegte die ganze Zeit, wie er alles Maggys Eltern erzählen sollte und was wohl danach passieren würde. Ohne es zu merken, taumelte er mit dem Rad auf die linke Fahrbahn der Straße. Seine Großmutter, die etwas zurückgefallen war und dies plötzlich bemerkte, rief noch: „Ben, Ben, paß auf!" Doch es war zu spät. Es gab einen lauten Knall und Ben schoß in hohem Bogen von seinem Fahrrad herunter und landete links in der Böschung. Der Lieferwagen, der Ben erwischt hatte, bremste so scharf, daß seine Reifen quietschten. Bens Großmutter hielt an und blieb regungslos am Straßenrand stehen. Der Fahrer eilte die Böschung hinab, wo Ben auf dem Bauch lag und vor Schmerzen schrie.

„Hey, Junge, hast Du Dich verletzt?"

„Ich weiß nicht", stammelte Ben. Der Fahrer versuchte ihm aufzuhelfen. Als Ben sich auf das linke Bein stellen wollte, zog er es hoch. „Ah ... ich kann nicht auftreten!"

„Ben, Schatz, hast Du Dich verletzt?" fragte seine Großmutter, die mittlerweile den ersten Schock verwunden hatte und auch zu Ben geeilt war. Aufgeregt ergriff sie den Arm ihres Enkels, damit dieser sich bei ihr aufstützen konnte, um auf dem rechten Bein stehen zu können.

„So wie es aussieht, hast Du Dir das linke Bein gebrochen. Wir müssen Dich ins Krankenhaus bringen oder den Notarzt rufen", sagte sie. Der Fahrer des Lieferwagens bot seine Hilfe an, trug Ben kurzerhand in seinen Wagen und half der Großmutter auf den Beifahrersitz. Die beiden Räder wurden ebenfalls verstaut und es ging ab ins Krankenhaus.

Unruhig ging Bens Großmutter den langen Flur der chirurgischen Station auf und ab und wartete auf irgendeine Information von den Ärzten. Seit mittlerweile geschlagenen zwei Stunden lag ihr Enkel nun bereits im OP-Saal und immer noch hatte man ihr nichts gesagt. Bei der Aufnahme war ihr nur kurz etwas von einem komplizierten Schienbeinbruch erzählt worden, bevor die Ärzte Ben sofort in den OP brachten.

„Mrs Brown?" hörte sie plötzlich eine Stimme hinter sich sagen. Sie drehte sich um und sah jemanden vom Krankenhauspersonal geradewegs auf sie zukommen. Sie eilte der Person entgegen und rief: „Ja, das bin ich. Wie geht es meinem Enkel?"

„Ihm geht es den Umständen entsprechend gut", bekam sie zur Antwort. „Wir konnten die durch die Fraktur hervorgerufene Fehlstellung ausgleichen, aber wir haben eine Menge Splitter entfernen müssen, die sich auch ins Muskelgewebe gesetzt hatten. Es wird eine Weile dauern, bis ihr Enkel das Bein wieder voll belasten kann, aber er wird wieder normal laufen können. Er liegt im Aufwachraum. Wenn sie möchten, können sie kurz zu ihm."

Sichtbar erleichtert bedankte sich die Großmutter bei dem Arzt und ließ sich noch von ihm in den Aufwachraum bringen. Dort lag im hinteren Bereich ihr Enkel noch tief schlafend, und so setzte sie sich auf einen kleinen Hocker direkt neben seinem Bett. Nach gut einer Viertelstunde öffnete Ben die Augen und schaute seine Großmutter benommen an.

„Junge, wie geht es Dir? Ich bin bei Dir – Du hast alles gut überstanden. Der Arzt meint, daß Du wieder normal laufen wirst."

„Grandma, bitte, Du mußt die Eltern von Maggy über alles informieren! Es ist wichtig", stammelte Ben noch ganz benebelt von der Narkose und schlief im nächsten Moment wieder ein.

Seine Großmutter stand auf und lief unruhig im Raum umher. Sie dachte über Bens Worte nach und entschied sich dann, der Bitte ihres Enkels nachzukommen. Jetzt, wo sie wußte, daß es ihm gutging, würde sie ihn sicherlich für kurze Zeit allein lassen können. Sie würde anschließend daheim ein paar Sachen für ihn zusammenpacken und dann wieder zu ihm ins Krankenhaus fahren.

Da die Klinik nicht weit entfernt lag, benötigte sie nur zwanzig Minuten bis zum Haus von Maggys Eltern. Sie stellte ihr

Fahrrad vor dem Zaun des Vorgartens ab, ging bis zur Haustür und klingelte etwas aufgeregt. Es war nun bereits fast elf. Hoffentlich würde sie jemanden antreffen!

Zu Ihrer Beruhigung wurde die Haustür von Maggys Mutter geöffnet. Erstaunt über den Anblick der älteren Dame fragte Martha: „Was kann ich für Sie tun?"

„Entschuldigen Sie die Störung, Mrs Fairchild. Wenn ich mich kurz vorstellen darf, ich bin die Großmutter von Ben, Maggys Schulkamerad und gutem Freund. Ich habe Ihnen etwas Wichtiges mitzuteilen."

„Tut mir leid Mrs …?"

„Brown, Brown ist mein Name."

„Entschuldigung … Mrs Brown. Wir haben im Moment leider andere Sorgen."

Maggys Mutter war fast im Begriff, die Haustür wieder zu schließen …

„Ich weiß, Sie vermissen Ihre Tochter. Und genau darum geht es ja", äußerte Bens Großmutter hektisch, in der Hoffnung, nun endlich angehört zu werden.

Maggys Mutter wandte sich ihr überrascht wieder zu. „Wieso? – Wissen Sie denn, wo Maggy ist?"

„Nein, das nun leider nicht. Aber vielleicht habe ich eine Information für Sie, die bei Ihrer Suche erheblich weiterhelfen könnte."

Martha bat die alte Dame hinein. Sie nahmen am Eßtisch Platz und Bens Großmutter erzählte ihr alles, was sie in der letzten Nacht von ihrem Enkel erfahren hatte. Maggys Mutter hörte ihr aufmerksam zu.

„Mrs Brown, würden sie vielleicht noch ein paar Minuten bleiben? Ich würde gern meinen Mann anrufen, damit er sich ebenfalls anhören kann, was sie mir erzählt haben – bitte! Er ist wieder unterwegs, um unsere Tochter zu suchen, kann aber noch nicht sehr weit weg sein. Ich werde ihn auf dem Handy anrufen und bitten, möglichst schnell nach Hause zu kommen."

Bens Großmutter willigte ein. Nachdem Maggys Mutter ihren Mann telefonisch informiert hatte, unterhielten sich die beiden Frauen noch über das ein oder andere, auch über Bens Unfall auf dem Weg zu den Fairchilds. Gerade hatte Martha einen heißen Tee zubereitet, als ihr Mann keine zehn Minuten nach ihrem Anruf zur Haustür hereingestürmt kam und auf Bens Großmutter zuging.

„Guten Tag, Mrs …?"

„Brown. Brown ist mein Name. Guten Tag, Mr Fairchild."

„Meine Frau erzählte mir am Telefon, daß Maggy die Luke im See suchen wollte?" fragte Henry noch ganz außer Atem und sehr gespannt, was er nun zu hören bekommen würde.

Bens Großmutter erzählte im ruhigen Ton die Geschichte zum zweiten Mal. Sie spürte die Aufregung der Eltern und wollte diese nicht noch unnötig verstärken. Trotz eigener Unruhe wegen ihres Enkels gelang es ihr, sich nicht anmerken zu lassen, daß sie selbst quasi wie auf „heißen Kohlen" saß, um so schnell wie möglich wieder zurück ins Krankenhaus zu kommen. Ihre Dankbarkeit über die positive ärztliche Prognose hinsichtlich der Genesung ihres Enkels und die spürbare Sorge von Maggys Eltern ließen sie dies sogar für einen Moment vergessen. Sie nahm sich die Zeit für Martha und Henry, in der Hoffnung, sie mit den Informationen bei der Suche nach ihrer Tochter unterstützen zu können. Nachdem sie alles geschildert hatte, herrschte eine Zeitlang völlige Stille. Keiner sagte einen Ton. Die Eltern von Maggy schauten sich fragend an.

„Ich muß zum See!" platzte der Vater plötzlich entschlossen heraus und sprang von der Couch hoch.

„Aber wir wissen doch gar nicht, ob Maggy wirklich nach der Luke gesucht hat", äußerte sich Maggys Mutter sorgenvoll.

„Du kennst unsere Tochter, Martha. Zuzutrauen wäre es ihr! Ich muß zumindest nachsehen, ob ich im See nicht doch irgendeinen Hinweis finde."

Maggys Vater bedankte sich bei Bens Großmutter und schüttelte ihr die Hand. „Verzeihen Sie mir meine Unhöflichkeit, wenn ich Sie jetzt direkt wieder verlasse, aber ich habe etwas zu tun." Dann ging er nach oben, um mehrere Sachen zusammenzupacken.

Derweil wurde Bens Großmutter von Martha freundlich verabschiedet und sie vereinbarten, am Abend noch zu telefonieren. Anschließend folgte Martha schnellen Schrittes ihrem Mann nach oben.

„Henry, wir müssen die Polizei informieren!"

„Nein, Martha, die halten uns doch für nicht ganz dicht, wenn wir ihnen erzählen, daß unsere Tochter einer Legende gefolgt und wegen einer Luke im See verschwunden ist. Mach Dir keine Sorgen. Bleib hier, falls sich jemand meldet. Ich werde schnellstmöglich zurückkommen." Die beiden nahmen sich in den Arm.

„Paß auf Dich auf, hörst Du!" Mit diesen Worten begleitete Maggys Mutter ihren Mann zur Tür und schaute ihm noch eine Weile hinterher, bis sie seinen Wagen nicht mehr erkennen konnte.

Nachtwäsche, Unterhosen, Strümpfe ... was mußte sie noch einpacken? Handtücher ..., ja, und Waschlappen? – Benutzte ihr Enkel eigentlich Waschlappen? Bens Großmutter ging in Gedanken sämtliche Dinge durch, die sie für ihren Enkel einpacken wollte. Sie war vor gut fünf Minuten zu Hause angekommen und hatte sich sofort daran gemacht, die Sachen für Ben zusammenzustellen, damit sie so schnell wie möglich wieder nach ihm sehen konnte. Für einen kurzen Moment hielt sie inne und setzte sich in Bens Zimmer auf sein Bett.

Was für ein Tag!, dachte sie bei sich und atmete tief durch. Sie starrte an die gegenüberliegende Wand und ließ den bisherigen Tag vor ihrem inneren Auge Revue passieren. So unruhig war es schon lange nicht mehr gewesen. Sie dankte Gott dafür, daß es ihr gesundheitlich noch gutging, sonst wäre alles heute wesentlich schwieriger gewesen.

Ihre Gedanken wanderten in der Zeit zwei Jahre zurück, als ihr Enkel zu ihr gekommen war. Noch immer schmerzte sie der Verlust ihrer Tochter und ihres Schwiegersohnes sehr. Doch wie froh war sie nun, Ben um sich zu haben – war er doch eine enorme Bereicherung für ihr Leben! Obwohl sie sich doch manchmal fragte, ob sie für die Erziehung eines Jungen nicht mittlerweile zu alt war.

Sie stand auf, um mit dem Packen fortzufahren. Als sie fertig war, kam noch der Kulturbeutel hinzu, eine Flasche Multivitaminsaft und natürlich eine Tafel von Bens Lieblingsschokolade. Da das Hin- und Herfahren mit dem Fahrrad sie doch viel Kraft gekostet hatte, entschied sie sich, ein Taxi zu rufen, um mit den gepackten Sachen zu Ben ins Krankenhaus zu fahren.

Henry stellte den Wagen ab und ging zum Kofferraum, um die eingepackten Sachen – unter anderem den Schnorchel, das Handtuch, seine Badehose – zu holen. Er bog in den Weg links zum See ein und überlegte, wo er denn nun anfangen sollte, nach der Luke zu suchen. Als er an dem Baumstamm vorbeikam, auf dem er im Winter mit Maggy zusammen gesessen hatte, nahm er für einen Moment dort Platz und dachte an seine Tochter. Was ging in ihr nur vor, daß sie das, was er ihr erzählt hatte, so ernst nehmen konnte? Was, wenn er aber auf dem Holzweg und Maggy auf ganz andere Weise verschwunden war? Tränen liefen über seine Wange und er fühlte sich hilflos.

„Ach Maggy! Wenn ich doch nur wüßte, wie ich Dich wiederbekomme", sprach er leise vor sich hin.

Noch bevor er seinen Weg fortsetzte, erinnerte er sich an die Stelle im See, an der das Wasser sich farblich von dem anderen unterschied. Er hatte plötzlich das starke Gefühl, dort mit der Suche beginnen zu müssen. Es war ungewöhnlich für Henry, einem solchen Impuls zu folgen, stützte er doch sonst sämtliche seiner Entscheidungen ausschließlich auf rationale Überlegungen und nicht auf unbestimmbare spontane Gefühle. Diesmal war es jedoch anders. Da er sowieso keinen besseren Anhaltspunkt hatte, sprach auch von seinem Kopf her nichts gegen den Versuch, genau an dieser Stelle zu beginnen.

Er lief um den See herum und suchte mit den Augen nach der Stelle, an dem das Wasser zuletzt diese smaragdgrüne Farbe gehabt hatte. Als er etwas mehr als die Hälfte um den See herum und schon fast an der Stelle vorbei war, fiel diese ihm rückblickend gerade noch im Augenwinkel auf. Schnell eilte er einige Schritte zurück.

Seltsam, dachte er bei sich, liegt die Stelle direkt vor einem, hat sie die gleiche Färbung wie das übrige Wasser im See. Geht man allerdings daran vorbei und schaut zurück, hat sie eine besondere Färbung! Ohne diesen Gedanken jedoch weiter zu verfolgen, stellte Henry seine Tasche im Gras am Wegesrand ab und schaute sich um. Er schlüpfte hinter einem Gebüsch in seine Badehose und ging zum Ufer. Mit den Füßen fühlte er die Wassertemperatur und zuckte zusammen. Für die warmen Temperaturen in diesem Monat war das Wasser noch ziemlich frisch. Eigentlich wollte er sich erst noch seinen Schnorchel greifen, dann aber wurde ihm klar, daß dieser beim tiefen Tauchen nicht wirklich nützlich sein konnte, um länger Luft zu bekommen. Dies zeigte, wie durcheinander und aufgeregt Henry war.

Kurzerhand sprang er ins Wasser. Erst war er von der Kälte im Wasser für einen Moment benommen, einen Augenblick später merkte er diese jedoch schon gar nicht mehr. Zu sehr war er mit der Frage beschäftigt, wie ihm sein Vorhaben nun gelingen konnte. Er tauchte ab und öffnete seine Augen. Je tiefer er kam, desto wärmer wurde das Wasser. Doch schnell bekam er keine Luft mehr und mußte auftauchen. Wie sollte Maggy die Luke gefunden haben? War sie wirklich so eine gute Taucherin?

Er startete einen weiteren Versuch und tauchte diesmal sehr tief hinab. Das Wasser wurde immer wärmer und viel klarer, je weiter er nach unten kam. O nein! Die Luft ließ schon wieder nach! Henry tauchte wieder auf und schwamm zum Ufer, um sich etwas auszuruhen.

Dies tat er für wenige Minuten, bis sein Atem sich wieder beruhigt hatte und holte dann noch ein paarmal tief Luft. Zum dritten Mal ging es zügig nach unten. Er schwamm ein Stück weiter nach links und dann ein Stück weiter nach rechts. Nichts war zu sehen. Henry schwamm ein Stück geradeaus. Mittlerweile konnte er den Grund des Sees gut erkennen. Eigentlich wollte er es gar nicht glauben, dort unter ihm war doch tatsächlich eine Luke – mit Algen und Moos bewachsen, so daß sie nur schwer zu erkennen war. Unglaublich! Er erinnerte sich, wie er damals mit seinem Bruder Sam nach ihr gesucht hatte, ohne sie entdeckt zu haben. Henry griff nach dem Haken an der Luke und zog kräftig daran. Es tat sich nichts. Er rüttelte und klopfte und irgendein Gefühl brachte ihn dazu, nicht aufzugeben.

Nach einem weiteren Auftauchen, um Luft zu holen, klopfte er erneut energisch an die Luke: *tok, tok, tok.* Da das Klopfen mit seiner bloßen Faust ihm viel zu dumpf und leise vorkam, griff er einen Stein, den er in Nähe der Luke entdeckt hatte. Mit diesem hämmerte er weiter ... *tok, tok, tok, tok, tok.*

Nachdem er dies mehrere Male wiederholt hatte, fragte er sich, wer eigentlich sein Klopfen hören sollte. Glaubte er insgeheim etwa auch an die Legende, die sein Großvater ihm erzählt hatte? – So ein Quatsch, dachte er bei sich und gleichzeitig beschlich ihn ein Gefühl der Traurigkeit, bei der Suche nach seiner Tochter nicht weiter gekommen zu sein. Die Ungewißheit, ob sein Klopfen nicht doch vielleicht von irgendjemandem gehört werden konnte, quälte ihn. Deshalb gab er nicht auf.

Alles in allem verging so eine geschlagene Stunde, in der er immer wieder auftauchte, um Luft zu holen, und es danach ein weiteres Mal zu versuchen. Irgendwann verließen ihn jedoch seine Kräfte und auch die Hoffnung, daß ihn jemand hören würde, und er brach seine Suche erschöpft ab. Es machte auch keinen Sinn, derart entkräftet weiterzusuchen. Niedergeschlagen stieg er aus dem Wasser, verwirrt darüber, tatsächlich die Luke entdeckt zu haben, jedoch ohne jede Spur von seiner Tochter. Nachdenklich trocknete er sich mit seinem Handtuch ab, nahm seine Sachen und stapfte zurück zum Wagen. Fast überlegte er schon, ob er vielleicht doch jetzt sofort noch ein weiteres Mal hinabtauchen sollte, entschied sich dann aber dafür, erst einmal mit Martha über alles zu sprechen. Vielleicht würde er mit Josch noch mal zurückkommen, um erneut nach Hinweisen an der Luke zu suchen.

Maggy öffnete die Augen und spuckte eine Menge Wasser aus. Über sich sah sie Viola und die Kinder, wie sie besorgt auf sie hinabschauten. Sie mußte kräftig husten und rollte sich auf die Seite, bevor sie sich aufrichtete. Zu ihrer Überraschung lag sie mittlerweile am Strand, wobei sich ihre Beine noch bis zu den Knien im Wasser befanden.

„Da bist Du ja wieder", hörte sie Viola sagen. „Das wurde jetzt aber auch Zeit ... ein paar Sekunden länger und wir hätten jemanden rufen müssen!"

Maggy stand auf und sah sich um. Sie war noch ganz benommen und kam erst langsam wieder völlig zu sich.

„Wie bin ich denn hierhingekommen? War das Truth?" fragte Maggy und erinnerte sich an ihre Begegnung mit ihr in der Höhle. Viola nickte.

„Du weißt doch mittlerweile, daß sie die Aufgabe hat, auf Dich aufzupassen, wenn wir es nicht können. Du bist sehr lange getaucht und ohnmächtig geworden. Maggy, was hast Du gesehen?"

Das Mädchen begann zu weinen, erzählte schluchzend von dem Klopfgeräusch und den Bildern an der Felswand. Sie machte sich große Vorwürfe, daß sie in den letzten Tagen so gar nicht bedacht hatte, daß ihre Eltern sicher in großer Sorge um sie sein mußten. Viola und die Kinder hatten Mühe, Maggy zu beruhigen.

„Du warst in der Höhle des Sehens", sagte Viola. „Diese Höhle gibt Menschen, die dafür aufgeschlossen sind, Hinweise auf vergessene Dinge – wenn sie diese auch nicht mit Absicht vergessen haben. All das, was Du hier in den letzten Tagen erlebt hast, war so neu und überwältigend für Dich, daß Du gar nicht mehr an Deine Eltern gedacht hast. Das ist aber verständlich. Mach Dir deshalb keine Vorwürfe."

„Was soll ich denn jetzt tun?" murmelte Maggy. „Ich kann nicht mehr bleiben. Kann mich Truth zurückbringen?"

„Alles mit der Ruhe, kleine Maggy. Wir werden schon eine Lösung finden", besänftigte Viola sie in dem Bewußtsein, daß dies unter Umständen gar nicht so einfach werden würde. Es geschah nicht häufig, daß Menschen von Maggys Welt in die ihre kamen. Sie selbst hatte noch keine Idee, was sie jetzt tun sollten, um dieses Problem zu lösen. Mit Sicherheit wußte, Viola aber, daß es noch nicht an der Zeit war, daß Maggy in ihre Welt zurückging. Schließlich war vorgesehen, daß sie noch eine Menge hier kennenlernen sollte.

Früher als angedacht kehrten die Familie und Maggy gegen drei Uhr am Nachmittag wieder zurück. Viola hatte nach Maggys Bericht von ihrer Erfahrung in der Höhle nicht länger am Strand bleiben wollen. Ihr war klar, daß Maggy den Ausflug nicht mehr hätte genießen können und gedanklich nun viel zu sehr mit den Geschehnissen beschäftigt sein mußte.

Martin war bereits zu Hause und traf erste Vorbereitungen für ein gemeinsames Essen. Viola hatte ihn von unterwegs aus angerufen und ihm mitgeteilt, daß er nicht mehr nachkommen sollte, da sie sich bereits auf dem Rückweg befanden.

Als sie ins Haus kamen, begrüßte Maggy ihn nur kurz und ging dann schweigend und in Gedanken versunken schnurstracks auf ihr Zimmer. Irritiert schaute Martin seine Frau fragend an, begrüßte sie und die Kinder und setzte sich mit ihnen ohne Maggy an den Eßtisch. Es gab einiges zu besprechen.

Viola und die Kinder erzählten ihm, was am Strand geschehen war. Sie alle sorgten sich sehr um Maggys Wohlbefinden. So saßen sie eine ganze Weile beisammen und überlegten gemeinsam, wie sie ihrer Besucherin helfen konnten. Es war ihnen klar, daß Maggy nicht mehr in Ruhe bei ihnen bleiben konnte, wenn sie nicht sicher war, daß ihre Eltern irgendein Lebenszeichen von ihr erhalten würden. Und das war nur zu verständlich für die Familie. Ihnen würde es doch nicht anders gehen bei der Vorstellung, daß sie ein Familienmitglied vermißten. Aber was sollten sie tun? Eine konkrete Idee hatte niemand, da sie bisher noch keinerlei Erfahrung mit einer derartigen Situation gemacht hatten.

Da sie nicht weiterkamen, vertagte die Familie ihr Gespräch. Viola und Martin gingen in die Küche und bereiteten weiter das Essen vor. Es gab viel zu schnippeln: Brokkoli, Möhren, Porree, Paprika, Zucchini, Zwiebeln und natürlich Knoblauch – der durfte nicht fehlen! Wo immer es vom Essen her paßte, kam er in ausreichender Menge hinzu.

Nach dem Gemüseschneiden kümmerte sich Martin um das Fleisch ... zarte und magere Stücke kamen in die Pfanne. Dazu sollte es einen großen gemischten Salat geben, der mit Früchten angereichert wurde. Die Kinder deckten den Tisch und spielten danach bis zum Essen im Garten. Währenddessen bekam die Familie Maggy nicht zu Gesicht. Sie ließen sie in Ruhe auf ihrem Zimmer und hofften, beim Essen wieder mit ihr sprechen zu können.

Es klopfte an Maggys Zimmertür und Martin steckte den Kopf herein. „Hallo Maggy, es gibt etwas Gutes zu Essen, magst Du –?"
Maggy saß im Schneidersitz auf ihrem Bett und ihren Augen nach zu urteilen waren in der letzten Stunde viele Tränen daraus geflossen. Martin setzte sich zu ihr und nahm sie in den Arm. Er hatte aber nicht das Gefühl, sie wirklich trösten zu können.

„Ich ... ich möchte nichts essen", stammelte Maggy. Martin versuchte nicht, sie zu überreden. Er wußte, daß es im Augenblick nichts gab, was das Mädchen hätte umstimmen, geschweige denn sie trösten können.

Schweigend saß die Familie kurz darauf am Eßtisch. Augenscheinlich war auch bei ihnen der Appetit gedämpft, denn der größte Teil der Speisen blieb in den Schüsseln.

„Ich hab eine Idee", sagte Viola und erzählte den anderen von ihrem Plan. Die Familie nickte und ihre Gesichtszüge schienen sich wieder zu entspannen dank der Aussicht, daß Violas Vorschlag Maggy vielleicht helfen könnte.

Nach dem Essen und dem Abwasch begab sich die Familie noch etwas in den Garten. Maggy ließ sich nach wie vor nicht blicken. Eine gute Stunde war vergangen, als es plötzlich an der Tür klingelte. Maggy hörte es zwar, doch es war ihr egal, was sich unten abspielte. Sie war dabei, Gedichte zu schreiben, zerknüllte aber immer wieder die Seiten, weil ihr das Geschriebene nicht gefiel.

Wenn es ihr zu Hause nicht gutging, schrieb Maggy häufig Gedichte. Es beruhigte sie und lenkte sie ab. Aber diesmal wollte ihr einfach keines gelingen, und Trost gab ihr das Schreiben heute auch nicht.

Da klopfte es an ihrer Tür und Martin trat herein. „Du hast Besuch."

Maggy wollte nicht unhöflich sein, gab ihm aber zu verstehen, daß sie gar nicht für einen Besuch aufgelegt war.

„Maggy, es ist jemand gekommen, der mit Dir über Deine Sorgen um Deine Eltern sprechen möchte. Bitte komm mit mir nach unten."

Zögerlich stand Maggy auf und ergriff Martins Hand. Auf halber Höhe der Treppe erkannte sie Wisl, als sie in seine trostreichen Augen blickte.

„Wisl, bist Du es? – Ja, Du bist es!" platzte es aus Maggy heraus. Das letzte Stück der Treppe rannte sie förmlich und fiel ihm in die Arme. Wisl sah die Traurigkeit und den Kummer in Maggys Augen und drückte sie fest an sich.

Obwohl Maggy selbst über dieses vertraute Gefühl Wisl gegenüber überrascht war, verharrte sie für eine Weile in seinem Arm. Es gab ihr Trost und ein Gefühl der Sicherheit. Sie betrat gemeinsam mit ihm, Martin und Viola das Wohnzimmer. Dort standen bereits kalte Getränke, Gebäck und eine Tasse heiße Schokolade für Maggy auf dem Tisch und sie setzten sich. Nach einem kurzen Blick zu Viola, die ihr aufmunternd zunickte, nahm Maggy sich die Tasse Schokolade. Sie schien allein durch die Anwesenheit von Wisl etwas beruhigter zu sein.

Der forderte Maggy auf, ihm in aller Ausführlichkeit über ihr Erlebnis am Nachmittag zu berichten. Sie weinte bei ihren Schilderungen, ihren Vater sorgenvoll an der Luke klopfen gesehen zu haben. Wisl hörte ihr aufmerksam zu.

„Wie war es möglich, daß ich so lange unter Wasser bleiben konnte?" fragte Maggy plötzlich und blickte Wisl an.

„Nun", sagte er. „Eure und unsere Lungen können nur für einen begrenzten Zeitraum ohne Sauerstoff auskommen. In Eurer Welt jedoch ist der Körper noch mehr durch die biologischen Grenzen eingeschränkt. Grundsätzlich sind diese bei uns zwar gleich, aber sie können je nach Willensstärke und eigener Überzeugung beeinflußt werden. Und das hast Du geschafft. Als Du das Klopfen gehört und die Entwicklung des Bildes auf der Felswand gesehen hast, war Dein Wille dortzubleiben so stark, daß Du nicht mehr über das notwendige Luftholen nachgedacht hast. Du warst nur in der Situation verhaftet, ohne Dir über andere Dinge Gedanken zu machen. Dadurch hast Du die gewohnten

Abläufe in Deinem Körper beeinflußt. Nur kennt Dein Körper das nicht und es hat Dich sehr angestrengt, woraufhin Du erschöpft zusammengebrochen und in Ohnmacht gefallen bist."

Maggy stierte nachdenklich vor sich hin. Ihre heiße Schokolade war bereits ausgetrunken. Da Viola und Martin bemerkten, daß sie immer ruhiger und entspannter wurde, gingen sie in die Küche, um die beiden etwas allein zu lassen. Zudem mußte Maggy einen wahnsinnigen Hunger haben und so entschieden sie sich, ihr noch etwas zu essen vorzubereiten.

Als sie nach einer guten halben Stunde ins Wohnzimmer zurückkehrten, sahen sie Maggy zu ihrer Freude wieder lächeln. Mit ihrer Vermutung, daß Maggy Hunger haben könnte, hatten sie mehr als recht, denn in Null Komma nichts war der Teller leer, den sie Maggy und Wisl gebracht hatten.

„Habt Ihr Euch etwas überlegt?" fragte Viola.

Wisl berichtete, daß er mit Maggy verabredet hatte, ihren Eltern eine Botschaft zu übermitteln. „Es muß nur so geschehen", sagte er, „daß wir uns dadurch nicht in Gefahr bringen. Und wir müssen den richtigen Zeitpunkt abwarten."

„Vielleicht würde es ja dann gehen, wenn mein Vater noch mal zur Luke hinabtaucht", schlug Maggy vor.

Wisl überlegte für einen Moment, dann nickte er. „Ja, das könnte gehen. Wenn Dein Vater erneut zur Luke kommt, schicken wir Truth mit Deiner Botschaft dorthin. Sie ist unsere Verbindung zu Eurer Welt und sie kennt den Weg. Maggy, schreib ihm doch ein paar Zeilen auf einen Zettel und ich werde noch etwas darauf ergänzen. Ich hoffe, daß er daraufhin nichts weiter veranlaßt. Es wird für Deine Eltern zwar eine Herausforderung sein, der Botschaft Glauben zu schenken, aber vielleicht gelingt es uns."

Sie sprachen noch eine ganze Weile über die Einzelheiten ihres Vorgehens. Ohne den Grund dafür zu kennen, vertraute das Mädchen Wisl so sehr, daß sie sicher war, daß ihr Vorhaben gelingen würde.

Kurze Zeit später holte sie einen Zettel und begann zu schreiben:

Hi Dad!
Mir geht es gut! Ich habe die Luke gefunden und bin in Sicherheit. Nach meiner Rückkehr werde ich euch alles erzählen. Bitte vertraut mir. Hört mit der Suche auf. Ich werde zurückkommen. Ich liebe Euch. Grüß Mom und Francis von mir.

Wisl forderte sie auf, noch etwas Platz zu lassen, bevor sie unterschrieb, und dieses noch um folgende Worte zu ergänzen:

Sei am 10. Tag meiner Abwesenheit mittags um 13:00 Uhr am Ufer des Sees, wo sich die Luke befindet. Dann werde ich wieder zurück sein.

Maggy schrieb alles nach Wisls Angaben auf, ohne weiter darüber nachzudenken. Anschließend setzte sie ihren Namen darunter und gab Wisl den Zettel. Dieser holte aus seiner Tasche eine schillernde Glaskugel hervor, die so groß war, daß Maggy sie gerade mit ihren beiden Händen halten konnte. Vorsichtig reichte er sie ihr.

„Das ist eine Kugel von zweien, die zusammen gehören. Bewahre sie gut auf und verliere sie nicht! Die andere wird Truth Deinem Vater mit Deiner Botschaft übergeben. Wenn sie sich grünlich verfärbt, kannst Du Deinen Vater und er Dich sehen. Die Kugeln sind ausschließlich für Euch beide gedacht. Niemand sonst kann in der Kugel etwas erkennen – weder in Eurer noch in unserer Welt, und Dein Vater kann nur Dich darin sehen und wie es Dir geht. Er kann nicht daraus schließen, wo Du Dich aufhältst oder wer gerade um Dich herum ist. Dies werden wir ihm alles auch noch auf einem weiteren Zettel mitteilen."

Maggy hob die Kugel hoch. Obwohl sie relativ groß war, kam sie ihr doch sehr leicht vor. Die Kugel bestand aus sehr dünnem geschliffenem Glas, das in allen Regenbogenfarben schimmerte, je nachdem, wie man sie zum Licht drehte.

„Wann verfärbt sie sich denn?" fragte sie Wisl.

„Frühestens, wenn Dein Vater seine Kugel auch in den Händen hält. Die beiden Kugeln bauen erst dann eine Verbindung auf, wenn sich eine der beiden in Eurer Welt befindet. Sie sind

eigens dafür hergestellt worden. Wir haben jedoch lange keine Kugeln mehr ausgeteilt. Und, um auf Deine Frage zurückzukommen: Immer dann, wenn einer der beiden Menschen intensiv an den jeweils anderen denkt, und das in Liebe, verfärbt sich die Kugel des anderen grünlich. Dann entscheidet dieser, ob er auch in Kontakt treten möchte. Ist er damit einverstanden, verfärbt sich auch das andere Gegenstück und beide Menschen können sich sehen. Wenn Truth Deinem Vater die Botschaft überbracht hat, wird sich Deine Kugel mit Sicherheit zuerst verfärben, weil davon auszugehen ist, daß Dein Vater gedanklich mit Dir Kontakt aufnimmt. Dann weißt Du, daß er Deine Nachricht erhalten hat. Ach ja, noch etwas. Ihr könnt Euch zwar durch diese Kugeln sehen, aber nicht miteinander sprechen."

Maggy setzte die Kugel vorsichtig auf dem Tisch ab, öffnete die große Samttasche, die Wisl ihr eben hierfür gegeben hatte und legte die Kugel vorsichtig hinein.

Es war mittlerweile schon nach zehn am Abend. Die vier tranken noch etwas und unterhielten sich über Maggys bisherigen Aufenthalt. Durch das Gespräch wußte sie nun, daß ihr noch weitere fünf Tage bleiben sollten, um die andere Welt kennenzulernen. Irgendwann rieb sie sich müde die Augen.

„Komm, Maggy, ich bring Dich nach oben", schlug Viola vor. Maggy verabschiedete sich von Wisl. Dieser drückte sie fest an sich und sagte leise: „Wir werden uns wiedersehen, keine Sorge!"

Wisl blieb mit Martin im Wohnzimmer zurück. Seine Frau brachte Maggy in ihr Zimmer und wartete, bis diese sich ihre Zähne geputzt hatte. Als Maggy sich hingelegt hatte, deckte Viola sie zu, gab ihr ein Küßchen auf die Wange und sagte: „Maggy, Du bist ein außergewöhnliches Mädchen. Es ist schön, Dich bei uns zu haben! Schlaf jetzt tief und fest. Morgen ist ein neuer Tag!"

Maggy drehte sich auf die Seite, und noch bevor Viola ihr Zimmer verlassen hatte, war sie eingeschlafen.

Als Henry zu Hause ankam, lief ihm seine Frau Martha in der Einfahrt bereits entgegen. „Und? Irgendeine Spur von Maggy?"

Am Gesicht ihres Mannes konnte Martha erkennen, daß Henry nichts gefunden hatte. Sie spürte sein Zittern, trotz des warmen Wetters war er völlig durchgefroren. Kein Wunder – nach dem fehlenden Schlaf in den vergangenen Tagen! Gegessen hatte er bisher ja nun auch kaum etwas.

Sie ergriff seine Hand und die beiden gingen ins Haus. Um sich abzulenken, hatte Martha ein feudales Essen gezaubert. Es gab einen leckeren Braten, eine große Pfanne gemischtes Gemüse, dazu Nudeln und Klöße. Zum Nachtisch hatte sie einen Früchtequark vorbereitet. Sie rief ihren Sohn zum Essen, der nach der Schule in sein Zimmer gegangen war, um Hausaufgaben zu machen.

Als würden sie von einer unsichtbaren Zuversicht getragen, verspürten sie alle einen enormen Appetit. Das Essen, welches Martha in Schüsseln verteilt hatte, wurde freudig zum Tisch getragen, der bereits eingedeckt war. Die Familie setzte sich und jeder langte ordentlich zu. Als hätten sie für eine kurze Zeit Maggys Verschwinden vergessen, sprachen sie über Francis Erlebnisse in der Schule und über andere Dinge.

Als sie fertig gegessen hatten, schien es jedoch, als würde sie der Verlust von Maggy wieder einholen. Francis begann zu weinen. „Ich vermisse sie so", schniefte er. „Wo kann sie nur sein?"

Henry erzählte den beiden von seinen Bemühungen, am See irgendeine Spur von Maggy zu finden. Zu ihrem Erstaunen berichtete er dann auch von der gefundenen Luke.

„Das müssen wir der Polizei sagen!" rief Martha.

„Nein", widersprach Henry. „Die halten uns doch für verrückt, auch nur ansatzweise zu glauben, daß die Luke etwas mit Maggys Verschwinden zu tun hätte!"

Dann erzählte er seiner Familie auch von dem seltsam gefärbten Wasser über der Luke und gestand, daß er, seitdem er dort gewesen war, ein ruhigeres Gefühl hatte, das er sich selbst aber nicht erklären konnte.

Francis hing förmlich an seinen Lippen. Er erlebte seinen Vater plötzlich auf eine ihm fremde, aber sehr angenehme Weise. Das, was Henry sagte, fühlte sich warm an und nicht wie sonst sachlich und rational durchdacht. Dennoch hörte er Klarheit und Sicherheit aus der Stimme seines Vaters, was ihn irgendwie beruhigte.

Die Familie überlegte gemeinsam, was sie weiter unternehmen konnten. Sie saßen noch lange am Tisch beisammen und genossen die nun etwas entspanntere und ruhigere Atmosphäre. Als sie mit dem Essen fertig waren, hatte Martha noch Kaffee gebracht – für Francis eine Tasse heiße Schokolade – und einen selbstgebackenen Kuchen. So vergingen ganze zwei Stunden, bis das Telefon klingelte. Henry hob ab. Als Martha gerade aufstehen und zu ihm eilen wollte, signalisierte er ihr, daß die Polizei am Apparat war, aber keine Neuigkeiten für sie hatte.

Also begann Martha, den Tisch abzuräumen und die Küche in Ordnung zu bringen. Francis ging in sein Zimmer, um seine Hausaufgaben fertigzustellen, und Henry ließ sich auf der Couch nieder.

Als es plötzlich gegen acht an der Tür klingelte, schreckte Henry auf. Er war tatsächlich eingenickt. Martha öffnete, Bens Oma stand vor der Tür.

„Entschuldigen Sie die Störung", begrüßte sie Martha. „Ich wollte mich nur erkundigen, ob es etwas Neues von Maggy gibt. Außerdem war es mir ohne Ben zu still zu Hause. Da habe ich mir gedacht, Sie kurz zu besuchen."

Martha bat die alte Dame herein und ging mit ihr ins Wohnzimmer. Als Maggys Eltern sich nach Bens Befinden erkundigten, erwiderte sie, daß ihr der Arzt vorhin noch gesagt habe, daß Ben in ein paar Tagen mit einem Gehgips nach Hause könne. Ihm ginge es schon wieder viel besser.

Henry erzählte ihr von seinen heutigen Erlebnissen am See. Es drängte ihn förmlich dazu. Obwohl er die alte Dame erst heute kennengelernt hatte, spürte er ein ungewöhnlich großes Vertrauen zu ihr. Bens Oma hörte sich alles aufmerksam an. Plötzlich riet sie ihm: „Sie sollten es morgen noch einmal versuchen!"

Henry war etwas überrascht über diese Aussage, widersprach aber nicht. Stattdessen fragte er sie sogar, ob sie ihn nicht bei seiner Suche begleiten wolle, und sie stimmte tatsächlich zu. Sie verabredeten sich für neun Uhr am nächsten Morgen. Henry bot ihr an, sie dann von zu Hause abzuholen.

„Ich würde auch gern dabei sein", warf Martha ein.

„Bleib Du lieber zu Hause für den Fall, daß uns jemand erreichen will", sagte Henry. „Ich werde Mona gleich fragen, ob sie uns morgen noch mal mit den Kindern besuchen kommt."

Bens Oma nickte. „Dann sind Sie nicht allein."

Obwohl sie sich noch nicht lange kannten, nahmen Maggys Eltern Bens Oma zum Abschied in den Arm. Sie hatten das Gefühl, eine Verbündete gefunden zu haben. Abends im Bett sprachen sie noch eine Weile über ihre Eindrücke von der alten Dame. Martha war sehr überrascht über die weiche Seite, die sie bei ihrem Mann entdeckte. Er war fremden Menschen gegenüber sonst immer recht kritisch und brauchte lange, um mit ihnen warm zu werden. Irgend etwas hatte Bens Oma an sich, was diese Eigenart ihres Mannes aufbrach. Was immer es auch war ...

Tag 6

Maggy wachte am nächsten Tag zeitig auf. Es war noch still im ganzen Haus. Sie schaute auf die Uhr an der gegenüberliegenden Wand, es war gerade mal halb sieben. Die Sonne schien schon in ihr Zimmer und sie beschloß, sich leise anzuziehen und etwas in den Garten zu gehen. Gerade wollte sie die Zimmertüre leise von außen schließen, als ihr die Glaskugel wieder einfiel, die Wisl ihr gestern gegeben hatte. Schnell eilte sie wieder zu ihrem Nachttisch zurück, nahm die Samttasche mit der Kugel und packte diese in den Rucksack, den sie schon zum Strand mitgenommen hatte. Dann lief sie leise hinunter.

Maggy schlich sich durch die Terrassentür hinaus in den Garten und ging auf das angrenzende Feld zu. Weiter hinten entdeckte sie eine kleine Gruppe von Pferden und entschloß sich, etwas näher heranzugehen.

Sie kämpfte noch etwas mit ihrer Angst. Insbesondere Pferden gegenüber war sie stets sehr ängstlich gewesen, da sie bisher in ihrer Welt noch nicht wirklich viel Kontakt mit solchen oder ähnlich großen Tieren gehabt hatte. In ihrem Schlafanzug und mit dem Rucksack auf dem Rücken schritt Maggy entschlossen auf die Tiere zu. Die Weide, auf der sie grasten, war wie alle anderen nicht umzäumt, so daß sie ohne weiteres sehr nah an sie herangehen konnte. Es standen insgesamt fünf Tiere dort: zwei braune und zwei schwarze Pferde und ein Schimmel.

Als die Tiere das Mädchen in ihrer Nähe bemerkten, hoben sie ihre Köpfe. Bis auf den Schimmel grasten die anderen jedoch bald in Ruhe weiter. Der Schimmel jedoch schaute Maggy geradewegs in die Augen und setzte sich dann langsam in ihre Richtung in Bewegung. Maggy wurde ziemlich mulmig zumute, aber sie wich nicht zurück. Sie dachte bei sich, daß die Tiere ja eigentlich nicht gefährlich sein konnten, wenn die Weide nicht abgezäumt war.

Keine zwei Meter vor Maggy blieb der Schimmel stehen und brummelte etwas. Ohne zu wissen, was das Geräusch bedeuten könnte, näherte sich das Mädchen langsam dem Tier.

„Na, Du Hübscher. Ich möchte Dich nicht erschrecken. Ich bin Maggy und komme von weit her. Darf ich Dich anfassen?"

Behutsam und vorsichtig hob sie ihren Arm und strich dem Pferd über den Hals und die Mähne, dann in Richtung des Vorderlaufes. Als sie weitersprach, bemerkte Maggy, daß auch die anderen Pferde immer näher kamen. Nach und nach streichelte sie auch diese und bald stand sie inmitten der fünf Pferde und stellte fest, daß es ihr gar nichts ausmachte und sie gar keine Angst mehr hatte. Im Gegenteil! Sie hatte den Eindruck, daß sie genau spüren konnte, was die Tiere fühlten. Wurde eines der Pferde unruhig, zog sie ihre Hand weg und sprach mit ihm, bis es sich wieder beruhigt hatte. Der Schimmel allerdings war die ganze Zeit sehr friedlich und wich ihr kaum von der Seite. Er wieherte und stupste sie immer wieder an.

Maggy überlegte, sich auf ihn zu setzen, doch wie sollte sie hochkommen? Er war viel zu groß, ohne Steighilfe könnte sie das niemals schaffen und außerdem hatte sie bisher noch nie auf einem Pferd gesessen. Sie fing an, dies laut dem Schimmel zu erzählen, als sich dieser auf einmal auf seine Vorderbeine kniete. Maggy traute ihren Augen nicht, schwang sich jedoch ohne weiter nachzudenken auf das Pferd. Langsam richtete es sich wieder auf und beide setzten sich in Bewegung. Da es doch sehr wackelte, hielt Maggy sich an seiner Mähne fest. Nicht zu fest, weil sie ihm nicht weh tun wollte. Der Schimmel trug Maggy immer weiter in Richtung der hinteren Felder. Sie blickte sich um und nahm wahr, daß die anderen Pferde ihnen hinterherkamen.

Interessiert und neugierig sah sie sich die Umgebung an und war fasziniert von der Weite, die sich ihr bot. Keine Menschenseele war zu sehen. Links und rechts standen kleine Häuschen, um sie herum war es völlig ruhig. Rechter Hand sah sie vor sich ein kleines Wäldchen, wo sie gern hinwollte. Es erinnerte sie an den Wald, zu dem sie in ihrer Welt regelmäßig hinging. Ohne lange zu überlegen, zog sie vorsichtig ein wenig rechts an der Mähne. Der Schimmel schien sie verstanden zu haben und änderte seine Richtung. Er wurde schneller, und schließlich erreichten sie den Wald. Maggy mußte ganz nach oben schauen, um die Baumkronen zu erblicken. Um nicht vom Pferd zu fallen, entschied sie sich abzusteigen. Sie rief „Brr", weil ihr nichts anderes einfiel, und der Schimmel kniete sich erneut auf seine Vorderbeine, so daß Maggy bequem hinuntersteigen konnte.

„Bitte bleibt bei mir", sagte sie in Richtung der Pferde und schaute sich um. Gebannt von der Größe und Schönheit der Bäume blickte sie umher. Die Bäume hatten enorm dicke Baumstämme und dichtes Blattwerk. Von unten sah es aus wie eine riesige satt-grüne Kugel, die von einem starken Stamm getragen wurde. Hier und da gab es viele Sträucher und auch kleinere Bäume, die eher so aussahen, wie Maggy es von zu Hause her kannte. Die anderen waren fast doppelt so hoch. Vorsichtig ging sie in den Wald hinein.

Aus allen Richtungen hörte sie Geräusche, und aus den Augenwinkeln nahm sie ein Hin- und Herhuschen wahr. Und da war noch diese Musik in ihren Ohren! Ein Konzert aus Vogelstimmen, die sowohl aus den kleineren Bäumen als auch aus den Kronen der großen kamen, erhob sich. Es war ein wunderschöner Moment. Maggy atmete tief ein und es kam ihr vor, als würde ihr Atem viel tiefer gehen als sonst. Dann dieser intensive Geruch nach Holz, Moos und Gras! – Irgendwie schien ihr alles viel ausgeprägter als sie es bisher kannte.

Sie war gelassen und ruhig. Fast hätte man meinen können, Maggy hätte die Gedanken an ihre Eltern und ihr zu Hause komplett vergessen.

So langsam vernahm sie ein heftiges Knurren ihres Magens und ... o je, sie trug ja noch ihre Schlafkleidung! Maggy schaute an sich herunter und schmunzelte. Das wäre ihr zu Hause nie passiert. Nur gut, daß bisher weit und breit kein Mensch zu sehen war!

Da sie nun schon länger unterwegs war, war es an der Zeit, langsam wieder zurückzureiten. Sie ging aus dem Wald, pfiff nach dem Schimmel und bat ihn, ihr noch ein wenig die Umgebung zu zeigen. Einerseits wollte sie zwar so schnell wie möglich zurück, andererseits war sie von der Natur so begeistert, daß sie nicht genug davon kriegen konnte. Und was ihre Kleidung betraf … – Ach, wen störte das schon? Maggy wollte den wunderbaren Moment nicht aus diesem unwichtigen Grund stören.

Nachdem sie wieder aufgestiegen war, setzte sich der Schimmel zügig in Bewegung. Maggy saß bereits viel sicherer auf dem Pferd, und in gleichmäßigem Galopp ging es über die weiten Felder am Wald vorbei. Auch diesmal liefen die anderen Pferde wieder hinter ihnen her.

Sie kamen an einen See, auf dem viele weiße und braune Enten paddelten. Ein paar Minuten später bog der Schimmel wie von allein nach links ab und sie ritten zurück in Richtung Violas und Martins Haus. Bald erreichten sie den Garten. Maggy stieg ab, streichelte den Schimmel und dankte ihm und den anderen für diesen wundersamen Ausflug durch die Natur. Dann ging sie zur Terrassentür. Als sie sich noch einmal umdrehte, waren die fünf Pferde wieder genau an der Stelle, wo sie heute früh gegrast hatten, als Maggy auf sie zugekommen war. Es war beinahe so, als wären sie gar nicht weg gewesen, nur daß es mittlerweile neun Uhr war, wie sich herausstellte.

Als Maggy sich durch die Terrassentür ins Wohnzimmer schlich, hörte sie ein Klappern aus der Küche. Viola war bereits aufgestanden, um das Frühstück vorzubereiten. Als sie ins Wohnzimmer kam und Maggy erblickte, sagte sie lächelnd: „Hab ich's mir doch gedacht, daß Du schon unterwegs warst! Ich habe eben mal kurz in Dein Zimmer geschaut und Dich nicht gesehen. Es hätte mich aber auch gewundert, wenn Du jetzt noch geschlafen hättest. Was hältst Du davon, wenn wir Dir heute die Stadt zeigen? Dort gibt es viele Geschäfte und man kann sich so manche tolle Sachen ansehen!"

Maggy dachte auf einmal an die Kugel in ihrem Rucksack. „Was ist denn, wenn ich unterwegs etwas in der Kugel sehe?" wollte sie wissen.

„Dann kannst Du irgendwohin gehen, wo es ruhig ist, und darauf reagieren. Das ist das Gute daran. Du hast die Kugel immer bei Dir und kannst jederzeit mit Deinem Vater in Kontakt treten, wenn Ihr es möchtet."

Maggy legte ihren Rucksack auf der Couch ab und folgte Viola in die Küche. Nach und nach kamen auch Martin und die Kinder herunter. Martin nahm Maggy zur Begrüßung in den Arm.

„Na, warst Du schon unterwegs? Du hast sicherlich Bekanntschaft mit den Pferden gemacht, nicht wahr?"

Maggy erzählte Viola und Martin von ihren Erlebnissen und den wunderschönen Eindrücken. Seltsamerweise war sie gar nicht darüber verwundert, daß die Familie wohl schon über ihren Ausflug informiert gewesen war. Dies gehörte zu den Dingen, die Maggy immer weniger hinterfragte. Schon öfter hatte sie hier die Erfahrung gemacht, daß die Menschen Dinge mitbekamen, ohne daß sie sich das hätte erklären können.

Sie frühstückten gemütlich und planten den Ausflug in die Stadt. Heute mußte niemand aus dem Haus, weder die Kinder noch Martin, da es nichts zu tun gab und die Kinder aufgrund von Maggys Besuch vom Unterricht befreit worden waren.

So gegen halb elf hatten alle fertig gegessen, sich angezogen und die Sachen gepackt. Gemeinsam machten sie sich auf den Weg. Maggy schnappte sich den Rucksack, um auch ja die Glaskugel bei sich zu haben. Beim Hinausgehen fiel ihr auf, daß sie am Morgen ihre Sonnenbrille gar nicht aufgesetzt hatte, und sie sagte zu Martin: „Ich glaube, meine Augen haben sich jetzt wirklich an das Licht hier gewöhnt."

Martin lächelte. „Du bist ja mittlerweile auch ein paar Tage hier. Die Zeit reicht aus, daß sich Dein Körper an unsere Begebenheiten gewöhnt – und damit meine ich nicht nur Deine Augen. Das wirst Du noch merken."

Die Stadt lag etwa eine halbe Stunde entfernt, sie fuhren mit dem Auto. Maggy war überrascht, als sie ankamen. Sie hatte sich die Stadt viel größer vorgestellt. Das, was sie sah, hätte man in ihrer Welt eher als „großes Dorf" bezeichnet!. Sie fuhren ein Stück auf der Hauptstraße entlang und stellten dann den Wagen auf einem abseits gelegenen Parkplatz ab.

„So, alle aussteigen!" rief Martin. „Weiter dürfen wir mit dem Auto nicht fahren."

Maggy stutzte, sah sie weiter vorn doch noch andere Wagen fahren – es waren nicht viele, aber immerhin ein paar. „Sieh doch!" sagte sie zu Martin und streckte den Arm aus. „Dort fahren auch noch andere!"

„Stimmt, aber die haben eine besondere Erlaubnis. Sie müssen entweder etwas abholen oder etwas hinbringen. Auch die Bewohner der Stadt dürfen mit ihrem Wagen durch die Stadt fahren. Nicht aber Besucher von weiter weg – es sei denn, daß sie auch etwas zu transportieren haben, und das haben wir nicht."

„Wozu soll das gut sein?" fragte Maggy.

„Nun, der Verkehr soll nur auf das nötigste beschränkt werden, um Menschen und Tiere vor Gefahren zu schützen. Die meisten Erledigungen können zu Fuß gemacht werden, weil hier die Geschäfte sehr nah beieinanderliegen. Nur, wenn größere Dinge gekauft und transportiert werden müssen, kann man seinen Beförderungsschein anbringen und darf durch den ganzen Ort fahren. Auch wir haben eine solchen Schein, benutzen ihn aber nur, wenn wir ihn auch wirklich brauchen."

„Wird das denn auch kontrolliert?"

„Es wird nur sehr selten überprüft, weil hier alle das gleiche Interesse verfolgen, nämlich Menschen und Tiere vor gefährlichen Situationen zu schützen. Wir benutzen den Wagen in der Stadt nur, wenn es auch wirklich erforderlich ist." Das leuchtete Maggy ein.

Vom Parkplatz aus gingen sie in eine Gasse. Die Häuser hier ähnelten sich alle: Sie waren stets mit einem großen Holzbalkon ausgestattet, von dem üppig blühende Pflanzen aus großen und kleinen Kübeln herabhingen. Zwischen den Häusern lagerte Holz in unterschiedlichen Varianten: von kleingeschnittenen Baumstämmen bis zu fertig verarbeitetem Brennholz war alles dabei.

Zwischen zwei Häusern blieb Maggy auf einmal stehen und schaute in die Gärten, die sehr weit nach hinten hinausgingen. Da standen Bäume, die jenen im Garten von Viola und Martin ähnlich sahen. Als sie weiter gingen und kurz darauf links abbogen, gelangten sie in eine weitere Gasse, in der die Häuser jedoch näher beisammenstanden. Diese waren breiter und teilweise auch größer als die Häuser zuvor. Als sie an ihnen vorbeikamen, erkannte Maggy, daß dies wohl die Geschäfte sein mußten. Sie hatten zur Gasse hin große Schaufenster, in denen teilweise Waren ausgestellt wurden. Es gab zum Beispiel Kinder-, Frauen- und Männerbekleidung, ein Schuhgeschäft, einen Laden für Werkzeuge, einen Drogeriemarkt und vieles mehr.

Auf der gegenüberliegenden Seite entdeckte Maggy fast ausschließlich Lebensmittelgeschäfte: Hier gab es Obst und Gemüse, Fleisch- und Wurstwaren und auch eine Bäckerei. Obwohl Maggy jeweils erkannte, was die Geschäfte verkauften, sahen sie doch so anders aus als bei ihr daheim. Die Schaufenster waren nicht so riesig und auch die ausgestellten Waren nicht so üppig.

Plötzlich kamen sie an einem Schreibwarengeschäft vorbei. Dieses Schaufenster sah besonders hübsch aus. Die Waren wurden in hellen, mit getrockneten Blättern und Blüten dekorierten Holzregalen ausgestellt. Ohne der Familie Bescheid zu geben, trat Maggy kurzerhand hinein und stellte innen zu ihrer Überraschung fest, daß auch Bücher und Malsachen hier angeboten wurden. Sie schaute sich um. Eine junge Verkäuferin begrüßte sie sehr nett und widmete sich anschließend wieder einer Hündin mit drei Jungtieren, die neben der Verkaufstheke in einem geflochtenen, mit einer Decke ausgelegen Korb ans Muttertier gekuschelt lagen.

In der hinteren Ecke saß ein Junge – etwa in Maggys Alter – auf einem Stuhl und war völlig in ein Buch vertieft. Obwohl sie sein Gesicht kaum erkennen konnte, fühlte sich Maggy sehr von ihm angezogen. Sie trat etwas näher an ihn heran und tat so, als würde sie sich die Bücher im Regal neben ihm ansehen.

„Was mache ich hier eigentlich?" murmelte Maggy einen Augenblick später. Als sie sich ein weiteres Mal zu ihm umdrehte, bemerkte sie, daß der Junge sie direkt anschaute und lächelte.

Sie sah in seine Augen und hatte irgendwie den Eindruck, sich mit ihm zu unterhalten, aber ohne auch nur ein einziges Wort zu sprechen. Worüber sie miteinander sprachen, hätte sie nicht beschreiben können. Doch es schien, als würden sie sich von ihrem Leben erzählen und als wüßte er genau, wo Maggy zu Hause war. Dies ging eine ganze Weile so, bis der Junge auf einmal rief: „Schau mal in Deinen Rucksack!"

Maggy war irritiert und dachte erst, etwas würde daran nicht in Ordnung sein oder ihr Rucksack würde offenstehen.

„Schau hinein!" hörte sie abermals seine Aufforderung.

Plötzlich fiel ihr die Kugel ein. Eilig nahm sie den Rucksack ab, öffnete ihn, dann die Samttasche und sah die Kugel. Diese hatte angefangen, sich grün zu verfärben. Mit dem Rucksack in der Hand stürmte Maggy aus dem Laden, bog schnell rechts in die nächste Gasse ab und suchte hektisch nach einem Ort, wo sie in Ruhe die Kugel betrachten konnte. Ohne sich umzuschauen, rannte sie weiter geradeaus. Die Gasse wurde immer schmaler und mündete dann in eine Art Feldweg, der in Richtung eines Wäldchens führte. Ein paar Augenblicke später stand sie vor einer Bank, auf die sie sich nervös setzte. Zügig packte sie die Kugel aus, in heller Aufregung, was sie darin wohl sehen würde.

Henry hatte angehalten und das Auto an der rechten Straßenseite geparkt, direkt vor dem Haus von Mrs Brown. Gerade wollte er an der Haustüre klingeln, als diese aufschwang und Bens Oma fertig angezogen mit einer kleinen, gepackten Tasche vor Henry stand.

„Guten Morgen, Mrs Brown!" grüßte Henry.

„Guten Morgen! Aber nennen Sie mich ruhig Elly, wenn Sie nichts dagegen haben", sagte Bens Oma und umarmte Henry.

„Gern", erwiderte dieser. „Ich würde mich auch freuen, wenn Sie mich Henry nennen würden ... eh, ich meine, wenn *Du* mich Henry nennen würdest."

„Dann hätten wir das Förmliche ja geklärt", lachte Elly, hakte sich bei Henry ein und beide gingen zum Auto.

Sie fuhren in Richtung des Sees, und hinter der Biegung stellte Henry den Wagen ab. Die beiden nahmen ihre Sachen aus dem Auto und gingen den Weg links zum See hinunter. In ihr Gespräch über Maggy vertieft, registrierten die beiden erst nicht, daß sie nicht allein am See waren. Als sie ungefähr auf Höhe der Luke waren, zeigte Henry Bens Oma die Wasserstelle und forderte sie auf, doch ein Stück vorzulaufen und rückblickend auf die Stelle zu sehen.

„Ja, so habe ich mir das vorgestellt", hörte Henry sie sagen, als sie vorgegangen war, und war irritiert, daß sie gar nicht so sehr überrascht über diesen Anblick schien. Er legte seine Tasche im Gras ab und wollte sich gerade bis auf die Badehose ausziehen, als plötzlich Bens Oma zischte: „Vorsicht, Kopf runter!"

Er sah, wie diese sich kurzerhand ins Gebüsch hockte.

„Was ist?" rief Henry leise.

„Die Polizei ist hier am See! Ich glaube, vier Beamte habe ich gesehen. Sie gehen in der Nähe des Wagens gerade den Weg entlang."

„O nein, so ein Mist!" platzte es aus Henry heraus und er hockte sich zu Elly ins Gebüsch, um nicht gesehen zu werden.

„Entschuldige meine Ausdrucksweise", sagte Henry leise. „Aber die Polizisten sollten uns hier nicht sehen. Wenn die merken, daß wir etwas suchen, werden sie nicht mehr gehen. Und dann werden sie keine Ruhe geben, bis sie wissen, was wir hier tun."

Henry hatte kein gutes Gefühl. Er wußte nicht genau warum, aber irgend etwas sagte ihm, daß die Polizei von seinen Bemühungen, die Luke zu finden, nichts mitbekommen durfte. „Was machen wir denn jetzt?" fragte er hilflos.

„Wir kommen später noch mal wieder. Wer weiß, wofür es gut ist. Vielleicht ist es nicht der richtige Zeitpunkt."

Etwas verwundert über Ellys Aussage, schnappte sich Henry seine Tasche und beide liefen schnellen Fußes den Weg weiter. Die ganze Zeit bewegten sie sich leicht gebückt und behielten die Polizisten im Auge, um sicherzugehen, daß diese sie nicht sehen konnten. Am Auto angelangt, sahen sie, daß die Polizisten gerade an der Stelle standen, auf dessen Höhe sich am Seegrund die Luke befand. Henry beobachtete sie noch eine Weile und hielt die Luft an.

„Gott sei Dank, sie gehen vorbei."

Der Polizeiwagen mußte woanders stehen, er war nirgends zu sehen. Wahrscheinlich sind sie vom Wald aus zum See gegangen, dachte Henry bei sich und fuhr unzufrieden gemeinsam mit Elly wieder nach Hause. Bens Großmutter versuchte Henry etwas aufzumuntern und forderte ihn auf, den Kopf nicht hängen zu lassen.

Als sie gerade vor dem Haus parkten, eilte Martha ihnen bereits entgegen. Kopfschüttelnd sagte Henry: „Die Polizei ist uns in die Quere gekommen. Wir fahren etwas später noch mal hin."

Sie traten ins Haus, Martha kochte frischen Kaffee und stellte Brot und etwas Aufschnitt auf den Tisch. Sie aßen etwas und unterhielten sich angeregt über Maggy und ihre Eigenarten.

Seltsam, dachte Martha bei sich. Sobald sich Bens Oma in unserer Nähe aufhält, ist die Stimmung viel entspannter.

Ein Teil ihrer Sorgen um Maggy schlug um in eine Art Zuversicht, vielleicht doch bald etwas von ihrer Tochter zu hören. Auch war Martha erstaunt darüber, wie offen sich ihr Mann dieser alten Dame gegenüber verhielt. Das war wirklich außergewöhnlich. Sie schien ihm gutzutun, und auch Martha verspürte ihr gegenüber eine besonders ausgeprägte Sympathie. Im Laufe des Gespräches gingen auch die beiden Frauen zum „Du" über, was die Atmosphäre auch unter ihnen noch weiter auflockerte.

Als sie so eine gute halbe Stunde am Tisch gesessen hatten, klingelte es an der Tür. Zwei Polizeibeamte standen davor.

„Guten Tag, Mrs und Mr Fairchild! Dürfen wir kurz reinkommen?"

Sie folgten den Eheleuten ins Eßzimmer. Als sie Bens Oma sahen, verstummten sie und sahen Martha und Henry fragend an.

„Sprechen Sie ruhig. Das ist Mrs Brown, eine Freundin der Familie."

Die beiden Polizisten, Martha und Henry setzten sich zu Bens Oma an den Eßtisch.

„Wir ... äh, ... w-wir haben k-keine guten Nachrichten", stotterte einer der beiden Polizisten. „Also, b-besser gesagt, wissen wir noch nicht, was es zu bedeuten hat."

„Wovon reden Sie?" drängelte Martha etwas.

„Wir haben am See eine Sweatjacke im Gebüsch gefunden", fuhr der Polizist fort und holte eine lilafarbene Jacke aus einer Plastiktüte hervor.

„Das ist Maggys Jacke", platzte es aus Martha heraus. „Was hat das zu bedeuten?" Martha schossen vor Schreck die Tränen in die Augen.

„An welcher Stelle haben Sie die Jacke gefunden?" fragte Henry vorsichtig.

„Man muß ziemlich weit um den See herumgehen, kurz vor der dritten Biegung", antwortete der Polizist. „Und, um Ihre Frage zu beantworten, wir wissen nicht, was es zu bedeuten hat. Wir werden die Jacke mit ins Präsidium nehmen und sie nach Spuren untersuchen. Vielleicht finden wir ja etwas."

Henry nahm Marthas Hand und versuchte, sie etwas zu beruhigen. Er hatte überraschenderweise ein gutes Gefühl und glaubte nicht daran, daß der Fund der Jacke etwas Schlimmes zu bedeuten hatte. Die Polizisten stellten der Familie noch ein paar Fragen zu der Zeit kurz vor Maggys Verschwinden und verabschiedeten sich dann.

„Wir melden uns bei Ihnen, wenn wir die Ergebnisse der Untersuchung haben", sagte der eine. Henry brachte sie zur Tür.

„Suchen Sie noch weiter nach Spuren am See?" wollte er wissen.

„Nein, erst mal ist unsere Suche dort beendet. Wir haben den ganzen Morgen mit einigen Leuten alles durchkämmt. Im Moment ist dort nichts mehr für uns zu tun."

Dankbar für die klare Antwort und die Gewißheit, keine Überraschungen mehr am See zu erleben, verabschiedete sich Henry von den Polizisten und ging dann zurück zu den beiden Frauen.

„So, Elly, wir können es noch mal versuchen. Die zwei sagten mir eben, daß sie erst mal nicht mehr am See suchen werden", wandte er sich an Bens Großmutter.

Elly und auch Martha standen vom Tisch auf. Als Henry gerade ansetzen wollte, seine Frau aufzufordern, erneut zu Hause zu bleiben, entgegnete sie ihm ernst und bestimmt: „Diesmal werde ich mitfahren, ob Du willst oder nicht."

Henry schwieg. Er wußte, wenn seine Frau diesen Ton anschlug, war sie nicht zum Diskutieren aufgelegt und sehr entschlossen. Henry schaute zu Elly, und diese gab ihm mit ihrem Blick zu verstehen, dem Wunsch seiner Frau besser Folge zu leisten.

„In Ordnung", murmelte er, „fahren wir halt zu dritt zum See."
„Wonach willst Du eigentlich dort suchen?" fragte Martha.
„Das hört sich vielleicht für Dich etwas seltsam an, aber ich möchte noch mal zur Luke hinabtauchen."
„Glaubst Du wirklich, daß Maggys Verschwinden etwas mit der Luke zu tun hat?"
„Ich weiß, das klingt vielleicht etwas verrückt, aber … ja, irgendwie schon. Ich kann Dir auch nicht sagen, woher ich es nehme, aber irgendein Gefühl sagt mir, daß wir zumindest auf der richtigen Fährte sind."
Martha wurde schweigsam und hing ihren Gedanken nach. Sie hatte, im Gegensatz zu ihrem Mann, vor lauter Sorge und quälenden Gedanken gar kein Gefühl oder auch nur eine Ahnung, was mit ihrer Tochter geschehen war. Eigentlich fand sie die Äußerungen ihres Mannes sogar ziemlich abstrus. Sie sagte dies nicht, weil sie keine bessere Idee hatte, und tatenlos zu Hause herumsitzen wollte sie schließlich auch nicht.

Bevor sie den Weg am See rechts herum einschlugen, schlich Henry sich vor und signalisierte den Frauen, hinter ihm erst mal auf Abstand zu bleiben. Er wollte nachschauen, ob sich auch wirklich kein Polizist mehr am See befand. Doch die Luft war rein und so winkte er mit einer Hand als Zeichen dafür, ihm zu folgen. Die drei liefen zügigen Schrittes um den See herum, bis sie an die Stelle kamen, auf deren Höhe die Luke sein mußte. Henry führte seine Frau an der Hand langsam an der Stelle vorbei und forderte sie dann auf, jetzt doch zurück auf das Wasser zu blicken.
„Und? Was meinst Du? Ich sehe nichts", seufzte Martha.
Henry zog Martha noch mal ein paar Meter zurück, ging dann mit ihr erneut die paar Meter wieder nach vorn und forderte sie abermals auf, zurückblickend die Wasseroberfläche zu betrachten.
„Ich weiß nicht, was Du meinst", sagte Martha wieder. Henry schaute verzweifelt zu Elly, die das Ganze beobachtet hatte.
„Henry, vielleicht sieht man es ja nicht immer und es ist abhängig davon, wie der Wind steht und wie die Wasserbewegungen sind", meinte diese.

Eigentlich wollte Henry darauf etwas erwidern, als er von Elly gerade noch gestoppt wurde. Als diese nämlich bemerkte, daß Martha gerade nicht in ihre Richtung schaute, sah sie eindringlich zu Henry und schüttelte fast unmerklich den Kopf. Henry verstand die Geste.

An Martha gewandt, sagte er stattdessen: „Ja, bestimmt hat Elly recht und vielleicht siehst Du ja später noch, was ich meine."

Dann zog er seine Sachen aus und eilte zum Ufer. Martha schien ziemlich aufgeregt und deshalb forderte Elly sie auf, sich neben sie ins Gras am Uferrand zu setzen.

„Wir müssen jetzt Ausschau halten", sagte Elly, „damit wir nicht wieder irgend welche Überraschungen erleben und Henry in Ruhe tauchen kann."

Als Henry seine Füße ins Wasser hielt, zuckte er zurück, da das Wasser sehr kalt war. Davon unbeirrt ließ er sich jedoch ziemlich zügig vom Uferrand ins Wasser fallen und prustete, als er nach einem kurzen Untertauchen wieder an die Oberfläche kam. Er schwamm etwas hinaus und tauchte dann ab. Martha folgte ihm mit ihrem Blick.

„Was verspricht er sich nur davon, Elly?"

„Er hat eine Ahnung, der er nachgehen muß, um sicher sein zu können. Vertrau Deinem Mann. Er weiß, was er tut."

„Hoffentlich!" seufzte Martha kritisch.

Henry tauchte wenig später wieder auf, um Luft zu holen. „Heute ist das Wasser viel klarer als beim letzten Mal!" rief er ihnen zu.

Martha stand auf, um ihren Mann besser sehen zu können. Sie fragte sich, warum Elly so ruhig schien, traute sich aber nicht, sie danach zu fragen. So gut kannten sie sich ja nun auch noch nicht.

Henry tauchte zielgerichtet wieder in Richtung Luke und klopfte mit dem wiedergefundenen Stein heftig dagegen. *Tok, tok, tok.* Diesmal kam ihm dieser Stein irgendwie besonders vor. Er funkelte rötlich wie ein Edelstein und Henry verstand nicht, warum ihm dies bei seinem gestrigen Tauchgang nicht aufgefallen war. Er ahnte nicht, daß bereits seine Tochter mit diesem Stein an die Luke geklopft und ihn anschließend fallengelassen hatte, bevor sie in die andere Welt geholt worden war.

Henry griff an den Deckelrand und versuchte mit aller Kraft, ihn zu öffnen. An einer Seite befand sich eine Art Schnabel, an dem er ebenso kräftig zog. Doch es tat sich nichts. Er klopfte noch einmal kräftig auf die Luke: *tok, tok, tok, tok, tok*. Da er keine Luft mehr hatte, tauchte er auf und schwamm zum Ufer, um eine kleine Pause einzulegen. Er versuchte, sich an einem Büschel Schilf festzuhalten, um seine Kräfte zu schonen.

„Und?" rief Martha. „Siehst Du etwas?" Mittlerweile standen beide Frauen so nah wie möglich am Uferrand, um Henry gut beobachten zu können.

„Die Luke habe ich wiedergefunden. Sonst nichts."

„Versuch es weiter", rief Elly auf einmal. „Vertrau Deinem Gefühl und verlaß Dich darauf! Egal, wie unwahrscheinlich manche Dinge für unseren Kopf erscheinen mögen, so können sie dennoch wahr sein. Also, laß Dich nicht von störenden Gedanken ablenken, hörst Du?"

Als wären die letzten Worte das Zeichen für ihn gewesen, holte Henry noch einmal tief Luft und tauchte ab, ohne ein weiteres Wort an die beiden Frauen zu richten. Wieder begann er zu klopfen: *tok, tok, tok*. Er zog noch mal heftig am Rand der Luke und merkte dann, daß diese sich anheben ließ. Er starrte gebannt auf die Öffnung. Sein Herz schlug heftig vor lauter Aufregung, was er wohl nun zu sehen bekam. Henry blinzelte. Ein helles Leuchten blendete ihn und er konnte kaum etwas erkennen.

Je weiter er die Luke öffnete, desto heller wurde das Licht. Er klappte die Luke ganz auf und tauchte etwas höher. So langsam wurde ihm etwas unheimlich zumute. Der aufgewühlte Schlamm und das gleißende Licht ließen ihn kaum etwas sehen. Für einen kurzen Moment schloß er seine Augen, da diese schon brannten. Als er sie wieder öffnete, ragte dort ein völlig merkwürdiges Wesen bis zur Körpermitte durch die Öffnung der Luke heraus. Sie glich bis dahin einer Frau, schien aber noch eine Art Fischschwanz zu haben, und streckte ihm eine durchsichtige Tasche entgegen.

Bewegungsunfähig starrte Henry wie gebannt abwechselnd auf die Tasche und auf das Wesen, die ihn warmherzig und friedlich anblickte. Sie nickte als Aufforderung an Henry, die Tasche an sich zu nehmen. Dieser streckte vorsichtig seine Arme in ihre Richtung und griff mit beiden Händen nach der Tasche. Sie war durchsichtig und er erkannte in ihr eine wunderschöne Glaskugel, auf die er gebannt seinen Blick richtete.

Plötzlich wurde Henry durch ein lautes Geräusch von oben abgelenkt. Er wollte gerade wieder zu der Überbringerin der Tasche schauen, als sich die Luke unter ihm mit einem dumpfen Knall schloss.

Henry drückte die Tasche fest an sich. Er durfte sie nur nicht verlieren! So fest er konnte, klemmte er sie sich unter den linken Arm und ruderte sich mit dem rechten langsam an die Wasseroberfläche. Noch einmal blickte er zum Seegrund hinunter, wo das Wasser mittlerweile wieder so aufgeklart war, daß die Luke von oben gut zu erkennen war. Alles sah so aus, als wäre nichts gewesen. Völlig überwältigt von dem Erlebnis und schockiert zugleich schwamm Henry nach oben.

Gebannt und starr vor Aufregung sah Maggy in die Kugel. Zwar war sie grünlich verfärbt, aber sehen konnte sie noch nichts darin. Also legte sie die Kugel, die sie in beiden Händen hielt, vorsichtig auf ihren Schoß und lenkte ihren Blicken nicht mehr von ihr weg. Intensiv dachte sie an ihren Vater und fragte sich, wie er wohl die Kugel erhalten hatte.

Wie würde er auf sie und ihre Nachricht reagieren? Wer war wohl bei ihm? Viele Fragen und Gedanken rasten durch Maggys Kopf. Sie hoffte, daß alles gutgehen und sie ihren Vater bald wiedersehen würde. Noch bevor sie dies zu Ende denken konnte, erkannte sie im Zentrum der Kugel mehr und mehr die Umrisse seines Gesichtes.

„Dad, Dad! Hi, Dad", hörte sie sich sagen und war ganz nervös. Hektisch drehte sie sich kurz nach beiden Seiten um. Hoffentlich würde sie keiner hören! Maggy fiel ein, daß sie sich in der Kugel ja zwar sehen, jedoch nicht hören konnten, und so schwieg sie.

Das Gesicht ihres Vaters konnte sie nun immer klarer erkennen. Sie sah in seine verwunderten und fragenden Augen und plötzlich lächelte er. Maggy lächelte ebenfalls. Einerseits war sie ganz hingerissen von der Tatsache, ihren Vater in der Kugel sehen zu können. Es machte sie jedoch auch ein wenig traurig, daß sie sich nicht unterhalten konnten. Wie gern hätte sie ihm von all ihren bisherigen Erlebnissen erzählt und ihn wissen lassen, daß es ihr gutging und sie in Sicherheit war! Tränen liefen ihr über die Wange und ihr Vater machte mit seinen Händen eine Geste, als wollte er ihr diese zärtlich abwischen. Es war ein sehr bewegender Moment.

Maggy formte mit dem Mund ein paar Worte, in der Hoffnung, daß ihr Vater diese verstehen würde: „Mir geht es gut! Ich habe Euch lieb!" Sie sah, wie ihr Vater ihren Bewegungen mit den Augen folgte. Nach einer kurzen Pause war es nun an Maggy, von seinen Lippen zu lesen und sie vernahm: „Schön, daß ich Dich sehe. Wir vermissen Dich!"

Nun liefen auch Maggys Vater Tränen über das Gesicht. Bisher hatte sie ihn noch nie weinen sehen, und es tat ihr sehr weh, ihn hier so zu sehen. Gleichzeitig war sie aber sehr dankbar für die Möglichkeit, so überhaupt mit ihm in Kontakt zu treten.

Plötzlich verschwand das Bild und Maggy konnte ihren Vater nicht mehr sehen. Sie wurde unruhig und strich über die Kugel, schüttelte sie vorsichtig, aber nichts tat sich. Die grünliche Verfärbung verblaßte und Maggy wurde traurig. Dennoch breitete sich in ihrem Innern eine tiefe Ruhe aus. Sie hätte ihren Vater zwar gern noch länger gesehen. Allerdings wußte sie nun, daß er ihre Nachricht und die Kugel erhalten hatte, und hoffte, daß sich ihre Eltern nun nicht mehr so sehr um sie sorgen würden.

Tief in ihren Gedanken versunken hatte sie nicht bemerkt, daß sie nicht mehr allein auf der Bank saß.

„Sei nicht traurig, die nächste Gelegenheit wird sicher bald kommen!"

Erschrocken drehte sie sich um und sah rechts neben sich den Jungen aus dem Schreibwarenladen sitzen. Reflexartig hielt sie ihre Arme über die Kugel.

„Keine Sorge", sagte der Junge. „Ich nehme sie Dir nicht weg. Du bist sowieso die Einzige, die darin etwas erkennen kann, da sie nur für Dich und noch einen anderen Menschen bestimmt ist."

„Woher weißt Du –?"

„Ich habe vorhin in Deinen Augen gelesen, daß Du von drüben kommst, und was die Kugeln angeht, so habe ich schon davon gehört."

Maggy begann, dem Jungen von ihrer Reise durch die Luke zu erzählen, ohne sich darüber Gedanken zu machen, ob es ihr schaden könnte. Warum auch immer, sie vertraute ihm. Er hörte Maggy sehr aufmerksam zu und schaute sie dabei an. Ihr schien es gutzutun, über all das zu reden. Sie machte sich über ihre Offenheit dem Jungen gegenüber gar keine Gedanken – es schien, als würden sie sich schon ewig kennen.

Als Maggy sich einiges von der Seele geredet hatte, schwiegen beide für einen Moment. Sie verstaute die Kugel behutsam wieder in ihrem Rucksack und stellte diesen neben sich auf die Bank. Als sie dabei aufschaute, sah sie Martin und Viola vom hinteren Bereich der Gasse geradewegs auf sie zusteuern. Sie beugte sich nach vorn und winkte ihnen zu.

„Da bist Du ja!" rief Martin, als sie an der Bank angekommen waren. Er setzte sich auf die noch freie Seite neben Maggy und legte einen Arm um sie.

„Na, hast Du Deinen Vater gesehen?"

Maggy erzählte Viola und Martin von der Begegnung mit ihm.

„Und mit Sam hast Du auch schon Bekanntschaft geschlossen", lachte Martin und strich dem Jungen kumpelhaft über den Kopf.

„Ihr kennt Euch?" fragte Maggy überrascht.

„Seine Eltern sind gute Freunde von uns", erklärte Martin. „Auch sie hatten mal jemanden aus Eurer Welt zu Besuch. Von daher ist es Sam nicht ganz unbekannt, was Du gerade erlebst."

Maggy schaute Sam an. Bisher hatte er ihr noch nichts davon gesagt! Als hätte er sie denken hören, sagte Sam: „Ich wollte Dich erzählen lassen und Dich nicht mit alledem überfordern. Du erlebst gerade so viel Neues, was Du erst einmal verarbeiten mußt."

Maggy fand ihn richtig sympathisch. Er hatte so tiefsinnige Augen, in die man völlig versinken konnte. Jedes Mal, wenn sie ihn anschaute, hatte sie das Gefühl, etwas erzählt zu bekommen und gleichermaßen etwas von sich zu berichten.

Viola sah auf die Uhr und schlug vor, gemeinsam noch in die Eisdiele zu gehen, in der ihre Kinder es sich bereits gutgehen ließen. Sie hakten sich alle vier beieinander ein und gingen so nebeneinander zurück zum Ortszentrum. Maggy trug in sich ein wohliges und sicheres Gefühl. Unter diesen Menschen fühlte sie sich geborgen und herzlich aufgenommen. Und so sehr sie ihre eigene Familie auch vermißte, genoß sie dieses Zusammensein sehr und hoffte, noch viel von dieser wundersamen Parallelwelt kennenzulernen. Sie spürte eine tiefe Dankbarkeit.

Kurz vor seinem Auftauchen überlegte Henry geistesgegenwärtig, vielleicht erst einmal an eine andere Stelle des Ufers zu schwimmen als dorthin, wo die beiden Frauen sicher auf ihn warteten. So konnte er die Gelegenheit nutzen, für sich in aller Ruhe in die Tasche zu schauen, die ihm gerade überbracht wurde. Er war noch total benommen von dem Erlebten und wußte, daß seine Frau keine Ruhe geben würde, bevor sie nicht alles haarklein von ihm erfahren würde. Nur … wie sollte er ihr das erklären? Was Elly anging, machte sich Henry seltsamerweise weniger Gedanken. Obwohl er sie gerade erst kennengelernt hatte, schien es ihm, als würde sie das Geschehene ganz sicher besser verstehen können.

Um sich ein wenig Zeit zu verschaffen, holte Henry an der Wasseroberfläche kurz Luft und achtete darauf, daß ihn die beiden Frauen nicht entdeckten. Durch das hier etwas mehr bewachsene Ufer war er sicher, etwas geschützt zu sein. Die beiden hätten sich sehr weit hinüberbeugen müssen, um ihn zu entdecken.

Nachdem Henry Luft geholte hatte, tauchte er ein großes Stück in Richtung der schräg gegenüberliegenden Uferseite, immer darauf bedacht, die Tasche nicht zu verlieren. Er hielt sie fest in einer Hand. Nach einer Weile tauchte er auf. Da der See an dieser Stelle noch stärker mit Schilf und Sträuchern bewachsen war und wegen der Uferkurve in diesem Bereich hoffte er, zumindest noch für eine Weile unentdeckt zu bleiben.

Als er Boden unter seinen Füßen spürte, stapfte Henry, sich am Schilf festhaltend, aus dem Wasser und setzte sich am Ufer auf einen großen platten Stein. Er war aufgeregt und neugierig auf das, was er wohl zu sehen bekommen würde. Hektisch öffnete er den Reißverschluß der Tasche. Neben der Kugel sah er zwei Zettel. Er nahm sie heraus und las den ersten. Er erkannte die Handschrift seiner Tochter und wischte sich die Tränen ab, um die Buchstaben klar erkennen zu können. Henry las die Botschaft mit der Ergänzung, die Maggy im Beisein von Wisl aufgeschrieben hatte, faltete dann sorgfältig den gelesenen Zettel wieder zusammen und griff direkt nach dem zweiten.

Auf ihm war eine Kugel aufgezeichnet, ähnlich der in der Tasche, und unter der Zeichnung stand zu lesen:

Diese Kugel und ihr Zwilling stellen eine Verbindung zwischen der ersten und zweiten menschlichen Welt dar. Sie wurden speziell zwei Menschen zugeteilt, die sich jeweils in der einen und der anderen Welt befinden, um miteinander in Kontakt zu treten. Nimmt einer der beiden seine Kugel in die Hand und denkt in Liebe an den jeweils anderen, verfärbt sich die Kugel des jeweils anderen grünlich. Sind die Bereitschaft und der Wunsch, in Kontakt zu treten bei dem anderen ebenso vorhanden, verfärbt sich auch die Kugel desjenigen grünlich, der angefangen hat, den Kontakt aufzunehmen.

Zu diesem Zeitpunkt können sich die beiden Menschen in der aktuellen Situation sehen, jedoch lediglich diese beiden Personen. Anwesende Menschen und Umgebungen werden nicht abgebildet. Auch können andere Personen bei einem Blick in die Kugel nichts erkennen. Sie sehen lediglich eine Kugel aus Glas. Ebenso ist keine verbale Unterhaltung möglich. Dies wurde zum Schutz der zweiten menschlichen Welt unterhalb der Wasser- bzw. Erdoberfläche so eingerichtet. Ein willkürlicher Einblick in unsere Welt und ein irgendwie geartetes Risiko sollen damit verhindert werden. Dennoch eine Bitte an den aktuellen Besitzer dieser Kugel:

Gehe behutsam und verantwortungsbewußt mit dieser Kugel um! Du hast sie erhalten, weil wichtige Gründe es erfordern und wir davon ausgehen, daß Du es zu würdigen weißt und die Kugel entsprechend ihrem Zweck einsetzen wirst. Sollten wir feststellen, daß Du den Zweck mißbrauchst oder unangemessen mit der Kugel umgehst, werden wir die-

se Information erhalten und Dir die Kugel wieder entziehen. Dann hast Du Dich nicht als würdig erwiesen.

Dies ist eine Herausforderung für Dich! Nimm sie an! Du hast auch daraus zu lernen!

Mit diesen Worten endete das, was auf dem zweiten Zettel stand. Etwas irritiert über die Strenge der Worte, nahm Henry letztendlich die Kugel heraus. Die beiden Zettel legte er behutsam wieder in die Tasche zurück. Er blickte in das Innere der Kugel und dachte intensiv an seine Tochter, doch nichts geschah. Henry war beeindruckt von der Schönheit des Glases und dem regenbogenähnlichen Farbenspiel, das er in der Kugel entdeckte.

Erneut schaute er hinein und dachte liebevoll an Maggy.

Henry hörte von weitem, wie jemand nach ihm rief. Er hatte völlig vergessen, daß Martha und Elly noch immer an der Uferstelle standen, wo er hinabgetaucht war, und sich wahrscheinlich mittlerweile wahnsinnige Sorgen machten.

Er legte die Kugel vorsichtig ins Gras, so daß sie nicht wegrollen konnte, stand auf und ging bis nach vorn ans Wasser. Henry winkte in Richtung der beiden Frauen.

„Hier, hier bin ich. Hallo? – Martha, hier bin ich!" Als er sichergehen konnte, daß sie ihn entdeckt hatten, ging Henry sofort wieder zur Kugel zurück. Er wußte, daß er maximal noch fünf Minuten hatte, um eventuell seine Tochter zu sehen, und bevor er seiner Frau die ganze Situation erklären mußte. Als Henry sich gerade hinsetzen wollte, sah er, wie sich die Kugel grünlich verfärbte. Schnell nahm er sie aus dem Gras und schaute mit pochendem Herzen hinein. Und ... tatsächlich! Langsam bildeten sich die Konturen von Maggys Gesicht!

„Ja, ja, das ist meine Kleine", hörte sich Henry leise sprechen.

„Oh, Maggy, mein Schatz! Da bist Du ja ... aber ... wo bist Du?"

Völlig perplex und beeindruckt zugleich starrte Henry in die Kugel und sein Blick wich nicht einen Moment von ihr ab.

Er entdeckte Tränen auf dem Gesicht seiner Tochter und mit einem Gefühl voller Liebe für sie strich er mit einer Hand über die Glaskugel, als wollte er ihr die Tränen abwischen. Henry sah, daß Maggy langsam ihre Lippen bewegte, und versuchte, zu lesen, was sie sagte. Er erkannte ihre Worte: „Mir geht es gut! Ich habe Euch lieb!"

Ganz schön klug von ihr, dachte er bei sich. Diese Art, sich zu verständigen, hatte er mit Maggy früher häufig geübt, aber eher als eine Art Zeitvertreib – meist sonntags, wenn es draußen kalt und ungemütlich war.

Nun versuchte er, es ihr gleichzutun. In langsamen Mundbewegungen sprach er die Worte: „Schön, daß ich Dich sehe. Wir vermissen Dich!"

Henry bemühte sich, seine Tränen zu unterdrücken, was ihm jedoch nicht gelang. Er konnte sie nicht mehr zurückhalten und sie liefen ihm über die Wangen. Es war ihm bewußt, daß seine Tochter ihn noch nie hatte weinen sehen ... es war eben eine besondere Situation.

Henry hörte Martha und Elly immer näher herankommen. Da Elly nicht mehr so gut zu Fuß war, brauchten sie etwas länger für den Weg, was Henry in diesem Moment sehr entgegenkam. Er verabschiedete sich in Gedanken von seiner Tochter – mit dem ruhigen Gefühl, sie bald wieder in der Kugel sehen zu können. Dann packte er die Kugel zu den Zetteln zurück in die Tasche und klemmte sich diese unter den Arm. Henry stand auf und ging durch das Gebüsch auf den Weg. Die beiden Frauen mußten jeden Moment bei ihm ankommen.

Nach einem ausgedehnten Aufenthalt in der Eisdiele mit großen Portionen Eis und Milchshakes machte sich die Familie und Maggy wieder auf den Heimweg. Alle waren ausgelassen, fröhlich und lachten viel miteinander. Zu Hause wurde gemeinsam das Abendessen vorbereitet. Martin holte dafür im Garten noch ein paar frische Kräuter, und als die Mahlzeit zubereitet war, setzten sich alle gemeinsam an den Tisch, um zu essen. Sogar Cedric, Violas Bruder, den Maggy an ihrem zweiten Tag kennengelernt hatte, kam noch zu Besuch. Kurzerhand wurde ein weiteres Gedeck aufgelegt und die Familie erzählte ihm von den Geschehnissen des heutigen Tages.

Selbst nach dem Essen blieben alle beieinander. Keiner zog heute das Alleinsein vor und es schien, als würde jeder die entspannte Atmosphäre sehr genießen. Maggy erzählte den anderen viel von ihrer Familie und der Welt, in der sie zu Hause war. Ihre Erzählungen beinhalteten jedoch nicht nur schöne Dinge, sondern sie handelten auch von Auseinandersetzungen und Mißgunst zwischen den Menschen. Sie berichtete beispielsweise auch darüber, was sie in Fernsehsendungen über die nicht artgerechte Haltung von Tieren mitbekommen hatte und wie mit den natürlichen Vorkommnissen von Rohstoffen umgegangen wurde.

„Ihr schätzt die Natur viel mehr", sagte Maggy, „und geht ganz anders mit ihr und auch miteinander um. Ach, könnten doch alle Menschen erleben, was ich hier bei euch erlebe! Sie würden es hier bestimmt auch viel angenehmer und besser finden."

Martin lächelte Maggy an und sagte daraufhin: „Vielleicht würde dies auf einen Teil der Menschen bei Euch zutreffen, aber sicherlich nicht auf alle. Es gibt viele bei Euch, die nur ans Geldverdienen denken und auch an den Einfluß und die Macht, von der sie meinen, daß sie diese durch Geld erlangen. Es würde vielleicht mit großen Kontrollen eine Weile gutgehen. Aber glaube mir, Maggy, ihr Charakter würde sich dadurch nicht verändern. Nach einer gewissen Zeit würden sie wieder versuchen, sich die Schätze der Natur und all das Schöne in ihr zunutze zu machen und sie auszubeuten. Es geschieht nicht grundlos, daß wir uns vor den Menschen bei Euch schützen, so daß sie keine Ahnung von unserer Existenz erhalten. Das hat seinen Sinn. Aber vielleicht kannst Du nach Deinem Aufenthalt bei uns etwas dazu beitragen, daß zumindest Einzelne anfangen, kritischer über ihr Verhalten nachzudenken, indem du ihnen davon erzählst, was Du bei uns erlebt hast. Man wird sehen."

Liebevoll strich Martin Maggy über den Kopf. Er schlug der Familie ein Kartenspiel vor und alle waren einverstanden. So saßen sie alle noch mehrere Stunden beisammen und keiner bemerkte, daß es bereits mitten in der Nacht war.

Irgendwann wurden sie aber doch müde und die Kinder fingen nach und nach an, sich von den Erwachsenen zu verabschieden, um auf ihre Zimmer zu gehen. Cedric, Viola und Martin blieben zurück und unterhielten sich noch eine Weile, bis sie sich ebenfalls eine gute Nacht wünschten und Cedric den Heimweg antrat.

Als Maggy auf ihrem Zimmer war und sich für die Nacht fertiggemacht hatte, holte sie die Glaskugel aus dem Rucksack. Sie schimmerte wunderschön in den Regenbogenfarben, und als Maggy sie so betrachtete, war sie froh über die Möglichkeit, so mit ihrem Vater in Kontakt treten zu können. Sie überlegte kurz, ob sie es erneut versuchen sollte, entschied sich dann aber dafür, ihn erst morgen nochmal zu rufen. Behutsam wickelte Maggy die Kugel in ein Samttuch, das ihr Viola extra dafür gegeben hatte, und legte sie vorsichtig erst in die Samttasche und dann in den Rucksack zurück. Den Rucksack stellte sie dann vorsichtig auf den Tisch.

Maggy ertappte sich bei dem Gedanken, noch lange hier verweilen zu wollen. Sie merkte, daß ihr innerer Bezug zu ihrer Welt zu Hause und auch ihre Erinnerungen immer mehr verblaßten. Ihr fiel auf einmal ein, wie sehr sie sich zu Beginn darüber erschrocken hatte, als sie die Gestalt des Jungen im Wasser des Weihers erkannt hatte. Mittlerweile konnte sie das andere Aussehen bei allen hier lebenden Menschen wahrnehmen – mit ihren etwas kleineren Köpfen, breiteren Oberkörpern und den volleren Haaren – und es machte ihr nichts mehr aus. Im Gegenteil, sie hatte in den letzten Tagen noch nicht einmal daran denken müssen, so sehr hatte sie sich bereits an diesen Anblick gewöhnt. Die Veränderungen mit ihr gingen wie allein vonstatten, ohne daß Maggy sie großartig wahrnahm. Und obwohl sie sich hier so sehr wohl fühlte, vermißte sie ihre Familie schrecklich.

Könnten sie nur hier sein, dachte sie bei sich. Und da war ja auch Ben – wie mochte es ihm wohl gehen? Würde er sie vermissen?

Mit einem tiefen Seufzer ließ Maggy ihre Gedanken los, legte sich hin und kuschelte sich unter ihre Bettdecke. Mit dem Gefühl, zu Hause zu sein, drehte sie sich auf die Seite und schlief sofort ein.

Henry sah bereits von weitem Marthas fragenden und aufgeregten Blick.

„Henry, ist alles in Ordnung? Hast Du etwas gesehen? Wieso bist Du so weit weg aufgetaucht?" fragte sie ihn, als sie bei ihm ankamen.

Henry sah in Ellys Richtung, als hoffte er, dabei eine Idee zu finden, wie er all das seiner Frau erklären könnte. Diese lächelte und ihr Blick verriet, daß sie sich denken konnte, daß er für eine Weile allein sein wollte und deshalb zu einer anderen Stelle des Sees geschwommen war. Henry schaute wieder seine Frau an und machte folgenden Vorschlag: „Laßt uns erst einmal nach Hause fahren. Ich werde Euch dann alles in Ruhe erzählen."

„Das heißt, Du hast etwas gefunden?!" Martha erblickte die Tasche, die Henry bei ihrer Hinfahrt noch nicht dabeihatte. „Was ist das, Schatz?"

Sie erhielt von ihrem Mann keine Antwort und eigentlich war sie nicht glücklich mit der Idee, erst nach Hause zu fahren – wollte sie doch unbedingt wissen, was ihr Mann für eine Entdeckung gemacht hatte. Denn daß er irgend etwas gefunden hatte, war offensichtlich. Seine Worte, sein Blick und dann diese Tasche ...

„Ich halte das für eine gute Idee", warf Elly ein. „Du solltest Dich erst etwas aufwärmen und stärken."

Henry zog seine Sachen, die die beiden Frauen mitgebracht hatten, über die nasse Badehose und dann gingen sie zum Auto.

Zu Hause wußte er, daß er seine Frau nicht mehr allzulange auf die Folter spannen durfte. Er zog sich schnell oben im Schlafzimmer um und ging dann zu den beiden Frauen, die bereits auf der Couch auf ihn warteten.

Henry setzte sich mit der Tasche in den gegenüberliegenden Sessel und holte die Kugel und die beiden Zettel heraus. Martha starrte mit offenem Mund auf die Kugel.

„Eine Kugel? Wofür ist die?"

Ohne darauf einzugehen, begann Henry, den Inhalt des ersten Zettels vorzulesen, auf dem Maggy ein paar Zeilen für ihre Eltern aufgeschrieben hatte. Martha fing direkt nach den ersten

Worten an zu weinen und Elly legte freundschaftlich und tröstend ihren Arm um sie. Beide hörten Henry gespannt weiter zu.

Aus ihrer Aufmerksamkeit wurden sie durch ein Klingeln an der Tür gerissen, noch bevor Henry den Zettel zu Ende vorgelesen hatte. Schnell versteckte er die Kugel und die beiden Zettel hinter einem großen Sofakissen und stand auf. Zwei Polizeibeamte standen vor der Tür.

„Guten Tag, Mr Fairchild! Wir wollten uns nur mal erkundigen, ob sie irgendwelche neuen Informationen für uns haben?"

Henry schüttelte wie versteinert den Kopf. Die Polizisten berichteten ihm von ihren Bemühungen in den letzten Tagen, eine Spur zu finden, aber leider waren sie erfolglos gewesen.

Damit die Polizisten wegen seiner kurz angebundenen Ausdrucksweise keinen Verdacht schöpfen konnten, beeilte sich Henry, zu sagen: „Entschuldigen Sie, daß ich Sie nicht hereinbitte. Meiner Frau geht es im Moment nicht so gut. Ich muß jetzt eigentlich auch zu ihr zurückgehen und mich um sie kümmern." Die Beamten zeigten Verständnis und sie verabschiedeten sich voneinander.

„Wir kommen dann besser morgen noch mal vorbei", sagte einer der Polizisten und die beiden gingen zum Wagen.

Martha, die ihren Mann sodann etwas entgeistert anschaute, da sie mitbekommen hatte, wer an der Tür gewesen war, fragte: „Warum hast Du sie nicht hineingebeten und ihnen von Deinem Fund erzählt? Sie hätten diese Informationen vielleicht benötigt, um uns Maggy zurückzubringen!"

„Das wäre nicht gut gewesen", sagte Henry. „Hab Geduld!"

Er las den ersten Zettel weiter vor, auf dem auch stand, daß Maggy am zehnten Tag wieder zurückkehren sollte. Anschließend las er auch den zweiten vor. Er schilderte den beiden Frauen, wie er die Kugel erhalten und was er anschließend in ihr gesehen hatte. Die beiden Frauen hingen an seinen Lippen. Nachdem Henry geendet hatte, sprach eine Weile keiner ein Wort. Alle drei schauten gedankenversunken nach unten und es schien, als wären sie wie betäubt.

„Ob ich sie auch sehen kann?" unterbrach Martha schließlich die Stille.

„So, wie es sich anhörte, kann nur Henry etwas in der Kugel erkennen", erwiderte Elly. Henry nickte.

„Ich würde meine Kleine auch so gern sehen", stammelte Martha, die enttäuscht war über die Reaktionen der anderen beiden.

„Was macht ihr denn hier?" ertönte plötzlich die Stimme von Francis, der gerade die Wohnzimmertür geöffnet hatte. Er hatte die drei ziemlich überrascht und Henry wollte gerade noch die Kugel und die Zettel vor seinem Sohn verstecken.

Blödsinn!, dachte er dann und winkte seinen Sohn zu sich. Er zeigte Francis die Kugel und las erneut beide Zettel vor, erst den von Maggy und dann die Anleitung. Er erzählte ihm auch, wie er an die Sachen gekommen war.

Francis nahm die Kugel in seine Hände. „Wow, ist die toll! So was hab ich ja noch nie gesehen! Also gibt es sie doch!"

„Gibt es *was* doch?" warf Henry irritiert ein,

„Na, die andere Welt unterhalb des Sees!"

„Wie, Du kennst die Sage?" fragte Henry seinen Sohn überrascht.

„Klar. Onkel Sam hat mir oft davon erzählt. Er glaubte auch daran und erzählte manchmal etwas von einer Luke, die er bei seinen Tauchgängen gefunden hatte." Francis bemerkte, daß die drei Erwachsenen ihn überrascht anschauten. „Was schaut ihr denn so? Wußtet ihr das denn nicht?"

Francis setzte sich zu seinen Eltern und Elly. Dann begann er, von seinem Onkel zu erzählen und berichtete unter anderem, daß dieser regelmäßig unten am Seegrund entlanggetaucht war und dabei eines Tages die Luke gefunden hatte. Sam hatte Francis damals gestanden, daß er überzeugt davon war, daß es neben dieser auch noch eine andere Welt geben müsse und daß er diese nur zu gern einmal kennenlernen wollte. Immer wieder hatte er versucht, die entdeckte Luke zu öffnen, was ihm jedoch nie gelungen war.

Francis hatte früher sehr viel Zeit mit seinem Onkel verbracht. Dieser ging mit seinem Neffen zum Fußball und nahm ihn häufig mit in den Wald zum Holzhacken, da er die Vorliebe hatte, an eiskalten Wintertagen mit seiner Frau vor dem offenen Kamin bei einem flackernden Feuerchen zu sitzen. Francis hatte stets viel Freude daran gehabt, mit seinem Onkel Zeit zu verbringen. Er brachte ihm sehr viel bei: wie man beispielsweise Holz zersägte und zerhackte. Francis hatte bei ihm stets das Gefühl, die Dinge gut zu machen und fand es toll, daß seine Anstrengungen auch erkannt wurden.

Vor etwa einem Jahr war Henrys Bruder dann an einer Lungenembolie gestorben. Er hatte viel geraucht und die Ärzte hatten Henry und Sams Frau damals gesagt, daß dies eine der Hauptursachen für seinen plötzlichen Tod gewesen war. Doch die genauen Hintergründe hatte man nie herausgefunden. Seit dem Tod seines Onkels verbrachte Francis seine Zeit überwiegend vor dem Computer. Er unternahm selten etwas mit Schulfreunden und auch von seiner Familie kapselte er sich mehr und mehr ab.

Martha und Henry schauten sich fragend an. Sie wußten, daß ihr Sohn viel Zeit mit Sam verbracht hatte, waren aber meist davon ausgegangen, daß es in erster Linie Sam war, der dies wollte, um seinen nicht erfüllten Kinderwunsch in seinem Leben auszugleichen. Als sie Francis aber jetzt so zuhörten, spürten sie, daß auch er das Zusammensein mit seinem Onkel sehr genossen haben mußte und Sam wohl sehr vermißte.

Martha, die bereits die Rückzugstendenzen an ihrem Sohn festgestellt hatte, wurde auf einmal klar, daß diese etwas mit dem Tod von Sam zu tun haben mußten. Was hatte Sam Francis gegeben, was er von ihnen nicht bekam? Ihr wurde es sehr schwer ums Herz aufgrund des Wissens, den Grund für die Veränderungen bei ihrem Sohn im vergangenen Jahr nicht erkannt zu haben. Hätte sie das geahnt, dann hätte sie ihm doch viel besser beistehen und helfen können!

Wieder daheim angekommen, ging Elly in ihr Wohnzimmer und legte sich auf die Couch. Was für ein Tag, dachte sie bei sich und schaute auf die Uhr – es war gleich neun. Zu spät, um Ben noch im Krankenhaus zu besuchen. Sie entschied sich, morgen direkt nach dem Frühstück zu ihm zu fahren und ihn gleich noch kurz anzurufen. Das mußte für heute genügen.

Da Elly bereits bei den Fairchilds zu Abend gegessen hatte, brauchte sie heute nichts mehr kochen und hatte so die Gelegenheit, noch ein paar Minuten ihren Gedanken nachzuhängen. Sie war noch ganz berührt von Henrys Erzählungen und der Vorstellung, daß unter der eigenen Welt noch eine andere existierte. Unglaublich! Wie in einem Traum. Elly war dankbar und froh darüber, die heutigen Erlebnisse von Henry, zumindest am Rande, miterlebt zu haben. Sie wußte nicht, wie sie reagieren würde, wenn sie das alles nur über Erzählungen erfahren hätte, obwohl sie ja immer schon offen für Dinge war, die andere nur für Humbug hielten.

Elly überlegte, Ben heute besser nichts davon am Telefon zu erzählen. Sie wußte nicht, wie ihr Enkel damit umgehen würde, und wollte lieber an seiner Seite sein, wenn sie ihm solche Neuigkeiten erzählte. Schließlich stand sie auf und ging zum Telefon.

„Nein, Ben. Ich habe leider nichts Neues für Dich. Sei mir nicht böse, daß ich heute nicht bei Dir war. Wir haben uns verquatscht. Ja, natürlich komme ich morgen und bringe Dir auch etwas Leckeres mit. Schlaf schön, mein Schatz. Gute Nacht." Mit diesen Worten verabschiedete sie sich von Ben.

Es war eigentlich gar nicht ihre Art, ihren Enkel anzulügen, aber Notlügen waren diesmal ausnahmsweise erlaubt. Und sie hatte ja auch ihre Gründe dafür. Morgen würde er alles verstehen – auch, warum sie ihn heute allein gelassen hatte.

Tief in Gedanken versunken und noch ganz überwältigt von all den Geschehnissen, ging Elly früh zu Bett. Sie versuchte, sich diese andere Welt vorzustellen und dachte darüber nach, was Maggy dort in diesen Tagen wohl alles erleben würde. Als sie im Bett lag, erheischte sie ein wohliges, vertrautes Gefühl zu sich, den anderen Menschen und zu einer über allem stehenden Existenz – einer Art Schöpfer, durch den alles entstand.

Elly war immer schon überzeugt gewesen, daß es mehr im Leben geben mußte als das, was Menschen sehen und hören können. Dieses Gefühl hatte sie bereits als kleines Kind, aber irgendwie war es ihr wohl im Laufe ihres Lebens abhanden gekommen. Insofern waren die heutigen Erlebnisse einerseits fremd, aber andererseits auch absolut real für sie gewesen.

Von den Kirchen und Religionen dagegen hatte sie nie sonderlich viel gehalten. Elly war stets der Ansicht gewesen, daß jeder Mensch sein Leben selber steuerte und aus seinen Erfahrungen zu lernen und somit auch die Konsequenzen seines Handelns zu tragen hatte. Dieser Einstellung widersprach für sie so manches Handeln der Kirchen.

Elly versank immer tiefer in der Vorstellung, daß es so viel mehr gab als das, was die Menschen meinten und sie spürte eine immer stärker werdende Geborgenheit. Mit diesem Gefühl schlief sie ein.

Obwohl Francis schon lange im Bett und Martha und Henry hundemüde waren, saßen beide noch einige Zeit unten im Wohnzimmer und unterhielten sich. Ihnen kam alles vor wie ein Traum, so unreal und unvorstellbar. Sie wunderten sich darüber, daß ihr Sohn allem Anschein nach weniger Probleme damit hatte, sich vorzustellen, daß es neben der eigenen auch noch eine andere Welt gab. Wer sollte ihnen das bloß abnehmen?

Sie entschlossen sich, erst einmal niemandem davon zu erzählen, auch Josch und Mona nicht. Wer wußte schon, wie sie reagieren würden, und schließlich wollten sie nichts riskieren – waren sie doch heilfroh, endlich einen Hinweis darauf gefunden zu haben, wo ihre Tochter sein konnte. Das wollten sie für nichts auf der Welt auf Spiel setzen.

„Ich kann das alles noch gar nicht glauben", murmelte Martha leise. „Es kommt mir vor wie in einem Film, und wir sind mittendrin."

„Stimmt", erwiderte Henry sanft. „Aber ich habe es erlebt und wer bitteschön sollte denn sonst die Zettel geschrieben haben? Es hat sich mit Sicherheit niemand einen Scherz mit uns erlaubt. Und wie hätte das gehen sollen, daß jemand von unten die Luke öffnet und mir diese Dinge in die Hand gibt? Zumal ich Maggy in der Kugel wirklich gesehen habe!" Er wurde etwas lauter. „Das mußt du mir glauben, Martha, ich habe unsere Tochter gesehen!"

Martha bemerkte die Zweifel bei ihrem Mann und gleichzeitig seine Entschlossenheit. Komisch nur, daß er, seitdem sie vom See zurück waren, gar nicht mehr versucht hatte, mit Maggy Kontakt aufzunehmen ...

Tag 7

Maggy langte beim Frühstück ordentlich zu. Es gab frische Brötchen, von denen ein paar eher süßlich schmeckten, kräftiges Vollkornbrot, eine von Viola mit vielen Nüssen und Honig zubereitete Joghurtspeise und einen Teller mit frischem Obst: Trauben, Erdbeeren und Äpfel. Auch wenn die Geschmacksrichtungen der Speisen hier Maggy bekannt vorkamen, schmeckte dennoch alles irgendwie gehaltvoller. Wirklich verwundert darüber war sie nicht nach ihren ersten Tagen in der anderen Welt. So wie die Tiere hier lebten und die Natur respektiert wurde, konnte es fast gar nicht anders sein, als daß auch die Lebensmittel besser schmeckten.

Maggy griff nach einer weiteren Scheibe Vollkornbrot. Das schmeckte ihr heute besonders gut. Viola, die ihr schmunzelnd beim Essen zusah, ohne ihr das Gefühl zu geben, sie zu beobachten, sagte: „Das hat Martin gerade frisch beim Bäcker geholt. Wir hatten Glück, das wir noch eins bekommen haben."

Maggy schaute auf die an der Wand hängenden Uhr. „Es ist aber doch gerade erst neun Uhr durch! Bei uns bekommt man selbst am Nachmittag noch alle möglichen Brotsorten."

„Und abends schmeißt man dann einen großen Teil davon weg?" mischte sich Martin in das Gespräch ein. „Bei uns wird der Bedarf aller hier im Bezirk lebenden Familien geschätzt und auch nur so viel gebacken, wie benötigt wird", fing er an zu erzählen. „Wenn wir mal etwas nicht bekommen, müssen wir beim nächsten Mal entweder früher zum Bäcker gehen oder wir können auch eine Bestellung aufgeben, falls wir von etwas mehr haben wollen – oder um sicherzugehen, daß wir etwas Spezielles auch bekommen. Spätestens am Mittag ist dann meist alles verkauft. Was übrigbleibt ... und das ist wirklich nicht viel ... wird entweder zu Paniermehl verarbeitet, oder ein paar Teile werden getrocknet und für den Winter eingelagert, um sie dann den freilebenden Tieren zu geben, wenn sie bei Schnee und Eis keine Nahrung finden. So machen es alle Bäckereien bei uns. Dadurch wird auch sichergestellt, daß jeder Bäcker seine Waren verkauft. Der jeweils andere Bäcker ist sowieso zu weit weg, so daß es sich kaum lohnen würde, sich dafür ins Auto zu setzen. Es wird auch fast überall das Gleiche zu denselben Preisen angeboten."

Maggy gefiel das, was Martin erzählte, vor allem das mit den Tieren. Sie genoß die Scheibe Brot, in die sie gerade hineinbiß, umso mehr und hatte das Gefühl, etwas richtig Gutes zu essen.

„Aber dann haben die Bäckereien bei Euch ja gar keine, äh ... wie nennt man das?"

„Meinst Du Konkurrenz?"

„Ja, genau", nuschelte Maggy kauend.

„Stimmt, haben sie auch nicht. Weißt Du Maggy, uns geht es darum, hier so zu leben, daß sich jede Familie mit dem, was sie braucht, versorgen kann und nicht mehr. Wir wollen nicht immer mehr Profit machen, weil es für uns im Leben um etwas anderes geht."

„Um was denn?" fragte Maggy.

„Um das Leben selber."

Daß sie etwas irritiert war, konnte man Maggy ansehen, doch ließ sie sich schnell durch das angedeutete Angebot von Viola ablenken, ihr etwas von dem Joghurt in eine kleine Schüssel zu tun. Maggy nickte und ließ sich auch diesen schmecken.

„Puh, jetzt bin ich satt" seufzte sie schließlich zufrieden.

Nach und nach erhoben sich alle vom Tisch. Viola, Martin und Susann räumten gemeinsam den Tisch ab und danach kümmerte sich Viola mit ihrer Tochter um die Arbeit in der Küche.

Zu den Jungs und Maggy sagte Martin: „Geht ruhig schon mal nach draußen. Es ist so ein schöner Tag!"

Maggy ließ sich das nicht zweimal sagen und eilte in den Garten. Sie lief bis ganz hinten durch und hielt Ausschau nach den Pferden, die regelmäßig weit hinten auf der Wiese zu erkennen waren. Heute konnte sie sie jedoch nicht sehen. Als sie sich umdrehte, stieß sie fast mit Viktor zusammen, dem zweitältesten Sohn der Familie. Viktor war zwölf Jahre alt und für sein Alter schien er recht still zu sein. Soweit Maggy sich erinnerte, hatte er eigentlich bis heute nicht wirklich ein Wort mit ihr gewechselt, sondern immer nur den Gesprächen zwischen ihr und den anderen zugehört.

„'Tschuldige, wollte Dich nicht erschrecken", murmelte er leise und zupfte sie am Ärmel. „Komm, ich möchte Dir etwas zeigen!"

Maggy folgte ihm neugierig ums Haus herum bis zum Vordereingang, neben dem zwei Fahrräder bereitstanden.

„Ein paar Minuten müssen wir fahren, bis wir dort sind."

Ohne weiter nachzufragen, tat Maggy es ihm gleich und schwang sich auf das Fahrrad, welches er ihr zuwies. Gemeinsam fuhren sie los. Nach einigen Minuten kamen sie an dem Aussichtsplatz mit der abgezäumten Brüstung vorbei, an dem Maggy an ihrem zweiten Tag die schöne Aussicht genossen hatte. In der Ferne erkannte sie rechter Hand die mit Bäumen bewachsene Bergkette wieder. Die Stadt lag zu weit unten im Tal, so daß sie diese vom Fahrrad aus diesmal nicht sehen konnte.

„Wo fahren wir hin?" rief sie Viktor zu und wurde langsam etwas unruhig.

„Laß Dich überraschen!" war die Antwort.

Was soll's? dachte sie bei sich. Es wird schon nichts passieren!

Die Straße, zu der sie parallel eine Weile auf dem Radweg gefahren waren, bog plötzlich nach links ab und der Radweg gabelte sich. Viktor fuhr der rechten Gabelung nach und Maggy folgte ihm. Der Weg stieg weiter an und es wurde ziemlich anstrengend, in die Pedale zu treten. Etwas links vor sich sah Maggy auf einer Anhöhe einen Tannenwald liegen, an dem sie erst rechts vorbei und dann, etwa zweihundert Meter weiter, durch ihn hindurchradelten.

Viktor bog schließlich rechts ab und sie kamen an einen Aussichtsplatz, der dem anderen ähnelte. Dieser hier war direkt an der Brüstung mit Holzbalken abgezäunt. Maggy stellte zügig ihr Fahrrad ab, lief zur Abzäunung und blickte hinunter. Das Tal unter ihnen war gar nicht sehr weitläufig, denn direkt gegenüber ragte ein Felsen empor, der wie die Bergkette mit einem dichten Tannenwald zugewachsen war. Unten im Tal erstreckten sich große, mit einzelnen Tannenbäumen bewachsene Wiesen, durch deren Mitte ein kurvenreicher Bach verlief. In seinem Wasser schimmerte die immer höher steigende Junisonne, und als Maggy genauer hinsah, merkte sie, daß auch dieses Tal für viele Tiere ein Zuhause war. Sie sah Eichhörnchen auf den Ästen der Bäume hin und her huschen. In den Baumkronen tummelten sich die unterschiedlichsten Vögel mit meist prächtigem farbigem Gefieder. Es gab rotgrüne oder bläulich-violett schimmernde, und bei manchen, die nur einfarbig waren, stach aus dem schwarzen oder grauen Gefieder eine einzelne farbige, meist gelbe Feder hervor.

Maggys Blick schweifte von den Bäumen hinunter ins Tal. Dort sah sie einzelne Rehe und Hirsche hinter den Tannen oder in aller Seelenruhe auf der Wiese äsen. Sie erblickte in verschiedenen Abständen Futtertröge aus Holz, aber soweit sie erkennen konnte, ohne Inhalt. Bestimmt kommt dort im Winter Futter hinein, so wie Martin es vom Brot heute Morgen erzählt hat, dachte Maggy bei sich.

So in der Schönheit der Natur versunken, hatte sie gar nicht mitbekommen, daß Viktor hinter die Abzäunung geklettert war, mittlerweile nur noch eine Fußbreite vom Abhang entfernt stand und sich lediglich mit einer Hand am Holzgeländer festhielt.

Als Maggy dies bemerkte, verschlug es ihr den Atem. „Viktor, was machst Du da? Bist du wahnsinnig?"

„Beruhige Dich, mir passiert nichts. Ich wollte Dir doch etwas zeigen."

In dem Moment ließ Viktor seine Hand los und ließ sich vorwärts, der Länge nach, hinunterfallen. Maggy war stocksteif vor Schreck und folgte ihm im Fallen mit ihrem Blick, ohne ein Wort mehr herauszubringen. Er fiel relativ schnell, und als er fast die Hälfte der Strecke bis zum Tal gefallen war, drehte er sich plötzlich in der Luft um, so daß er mit dem Rücken nach unten in der Luft schwebte. Plötzlich stand er fast in der Luft und schaute Maggy von dort unten an.

„Siehst Du, Maggy, mir passiert nichts!" rief er.

Er machte in der Luft Gehbewegungen und zu Maggys Überraschung bewegte er sich so wieder weiter nach oben. Viktor erreichte den Abhang, wo sie verdutzt stand und kam dann wieder auf dem Grund auf. Anschließend kletterte er wieder über die Abzäunung, als wenn nichts gewesen wäre und stellte sich zu Maggy. Diese hatte immer noch den Mund offen stehen und konnte keinen Ton sagen.

„Siehst Du, mir ist nichts geschehen. Du kannst es auch, wenn du möchtest."

„Wie hast Du das gemacht? Wie ist das möglich?" fragte sie Viktor.

Dieser lachte über Maggys Erschrockenheit. „Das ist ganz einfach. Du mußt es Dir als etwas ganz Normales vorstellen und als etwas, das möglich ist – ohne Zweifel an dem, was Du tust. Dann kann Dir nichts geschehen. Ähnlich wie beim Tauchen, weißt Du, als wir am Strand waren. Da bist Du auch länger unter Wasser geblieben, als Du je glaubtest, daß es möglich wäre. Du darfst nur nicht an etwas anderes denken, dann funktioniert es nicht."

„Und was ist, wenn es mir nicht gelingt und ich herunterfalle? Dann bin ich verletzt, wenn ich Glück habe, und dann?"

Maggy zweifelte sehr an dem, was Viktor ihr gerade erzählt hatte, obwohl sie es bei ihm mit eigenen Augen gesehen hatte. Der Junge ermutigte sie weiter, es selbst auszuprobieren, doch Maggy hatte zu große Angst. Sie ging zu ihrem Fahrrad und wollte zurückfahren. Vor sich hin murmelnd nahm auch Viktor sein Fahrrad und fuhr zügig los. Noch bevor Maggy losradeln konnte, fuhr er an ihr vorbei und bog links in den Fahrradweg ein.

Plötzlich hielt Maggy inne. Sie erinnerte sich daran, was Viola nach dem Spaziergang am zweiten Tag zu ihr gesagt hatte: Sie bräuchte sich hier vor nichts zu fürchten und es würde immer auf sie aufgepaßt werden. Zwar waren Viola und Martin nicht hier, aber irgendwie fühlte sie ein starkes Vertrauen, daß nur Dinge geschehen würden, bei denen ihr nichts passieren konnte. Und eine gewisse Neugierde, das Gleiche auszuprobieren wie Viktor, mußte sie sich ja nun doch eingestehen. Maggy stellte ihr Fahrrad wieder ab und ging zur Abzäunung.

Viktor, der inzwischen schon ein ganzes Stück gefahren war, drehte sich um und stellte fest, daß Maggy nicht hinter ihm war. Schnell wendete er, und als er um eine Felsenbiegung kam, sah er, wie sie gerade dabei war, über die Abzäunung zu klettern.

„Warte, Maggy, halt, warte!" schrie er. Kräftig trat er in die Pedale in der Hoffnung, sie noch rechtzeitig zu erreichen.

Am Aussichtsplatz angekommen hielt er an und ließ sein Fahrrad einfach fallen, rannte zur Brüstung und ... es war zu spät. Noch bevor er ihr auch noch ein Wort zurufen konnte, sah er, wie sie ihre Hand vom Holzbalken löste und sich vorwärtsfallen ließ – ganz so, wie er es vorhin auch getan hatte.

„Du mußt davon überzeugt sein, was Du tust. Zweifle nicht!" schrie Viktor Maggy hinterher und schaute hinunter.

Maggy fiel in die Tiefe. Während sie immer schneller wurde, nahm sie kaum noch etwas von dem unter ihr liegenden Tal wahr. Sie konzentrierte sich gedanklich auf ihr Experiment und versuchte, sich zu drehen, um nicht weiter zu fallen. Sie glaubte fest daran, daß es funktionieren würde und bereits beim Drehen verlangsamte sich das Tempo, in dem sie bisher nach unten gerauscht war. Bewußt und kontrolliert drehte sie sich in der Luft bis zu der Position, in der ihr Rücken nach unten zeigte, und sah direkt in Viktors Richtung. Sie konnte ihn zumindest noch schemenhaft erkennen.

„Siehst Du, es funktioniert! Das machst Du gut. Und jetzt gleichmäßige Gehbewegungen mit Deinen Füßen", hörte sie ihn leise rufen.

Maggy traute sich nicht, darüber nachzudenken, was alles passieren könnte. Sie konzentrierte sich darauf, überzeugt zu sein von dem, was sie tat. Und dennoch schlichen sich Zweifel ein und sie merkte sofort, wie sie zu straucheln begann.

Sie versuchte, die Zweifel zu unterdrücken. Immer wieder sagte sie sich: Bloß keine Gedanken machen! Es ist ganz normal, was ich hier tue und es geht auch ganz einfach. Maggy begann, Gehbewegungen zu imitieren und ... tatsächlich ... sie bewegte sich der Länge nach wieder in die Höhe.

Von Minute zu Minute wurde sie ruhiger und sicherer in dem, was sie tat. Experimentierfreudig drehte sich wieder mit dem Bauch nach unten und schoß dann hinunter in Richtung Tal. Diesmal traute sie sich auch, ganz bewußt nach unten zu schauen. Sie erkannte mehr und mehr Details der wundersamen Landschaft und den vielen Tieren, von denen bereits einzelne neugierig den Kopf nach oben drehten, um zu sehen, was sich in der Luft abspielte.

Fast zwei Drittel der Strecke war sie bereits in die Tiefe gefallen, als sie sich entschied, wieder umzudrehen und nach oben zu Viktor zu gelangen. Erneut drehte Maggy sich auf ihren Rücken und stoppte in der Luft.

Irre!, dachte sie bei sich. Abermals bewegte sie ihre Beine und gewann an Höhe, immer weiter, immer höher ging es. Sie konnte Viktor bereits klarer sehen und erkannte in seinem Ge-

sicht einen überraschten und amüsierten Ausdruck. Als Maggy sich so weiter bewegte, kam ihr auf einmal die Kugel in den Sinn.

O je, sie hatte ganz vergessen, sie mitzunehmen! Was, wenn ihr Dad schon versucht hatte, mit ihr Kontakt aufzunehmen? Wie hatte sie die Kugel nur vergessen können? Maggy fing an, heftig zu straucheln und sich wie wild in der Luft zu drehen. Sie versuchte, ihre Gedanken zu bündeln, was ihr jedoch kaum gelang. Sie bekam sie einfach nicht in den Griff, wurde völlig unsicher und bekam es mit der Angst zu tun.

„Du mußt Dich wieder auf den Rücken drehen", hörte sie Viktor andauernd schreien. Maggys Gedanken entglitten ihr komplett. Sie drehte sich immer stärker und taumelte abwärts. Was hatte sie nur getan?

Gerade erst hatte sie die Augen geöffnet. Elly blinzelte auf den Wecker neben ihrem Bett. Es war bereits acht! Sie konnte sich nicht daran erinnern, wann sie das letzte Mal so viele Stunden am Stück durchgeschlafen hatte. Zügig stand sie auf und ging mit der bereits am Vorabend zurechtgelegten Kleidung ins Bad, um zu duschen. Die Gedanken von gestern abend fielen ihr wieder ein, und das wohlige Gefühl breitete sich wieder aus. Da sie ihren Enkel nicht lange warten lassen wollte, entschied sie sich, bei dem auf dem Weg liegenden Bäcker frisch belegte Brötchen zu kaufen und gemeinsam mit Ben im Krankenhaus zu frühstücken. Dazu bereitete sie, nachdem sie geduscht hatte und angezogen war, eine große Thermoskanne mit frischem Kaffee vor, die sie in Tücher wickelte und vorsichtig in einen Korb stellte. Hinzu kamen eine Flasche Multivitaminsaft und zwei Tafeln Schokolade.

Gegen neun verließ sie das Haus und fuhr mit dem Fahrrad zum Krankenhaus. Beim Bäcker, der nur wenige Minuten von ihrem Haus entfernt lag, hielt sie an. Im Laden ließ sie ihren Blick über das großzügige Angebot in der Auslage schweifen. Sie hatte noch etwas Zeit, sich in Ruhe ihre Bestellung zu überlegen, da es heute sehr voll war und noch einige andere vor ihr dran waren. Als Elly sich so die verschiedenen Backwaren anschaute, bemerkte sie auf einmal, daß sich zwei Frauen über Maggy unterhielten.

„Wer weiß", hörte sie die eine Frau sagen, „was dieses Mädchen schon länger im Schilde führte. Sie war eh schon immer so verträumt und ging ja immer allein spazieren. Ganz ungewöhnlich für ihr Alter. Wenn man da so die anderen Jugendlichen sieht – die sind doch immer mit Gleichaltrigen zusammen."

Die zweite Frau meinte daraufhin: „Und mittlerweile sind sieben Tage vergangen! Von den Eltern sieht und hört man gar nichts. Es scheint wirklich, als hätten sie irgend was zu verbergen oder würden sich zu Hause verkriechen. Unser Neffe arbeitet bei der hiesigen Polizei und hat erzählt, daß sich die Eltern nur selten bei ihnen melden. Man könnte fast meinen, daß das Verschwinden ihrer Tochter sie gar nicht interessiert."

Elly platzte fast der Kragen und sie mischte sich verärgert ein: „Sie sollten sich kein Urteil über Dinge erlauben, von denen Sie keine Ahnung haben!" Dabei schaute sie beiden zornig in die Augen. Äußerst pikiert und hochnäsig die Nase rümpfend drehten sich die beiden Frauen demonstrativ um und tuschelten weiter. Elly interessierte das weitere Gespräch der beiden nicht mehr. Kein Wunder, dachte sie bei sich, daß die Menschen in der anderen Welt meinen, sich vor den Menschen hier schützen zu müssen. Es gibt zu viele bei uns, die bei jeder Kleinigkeit einen Aufhänger finden, andere Menschen schlechtzumachen, und leider existieren genauso viele, die Schwächen ausnutzen, um auf anderen herumzutrampeln oder ihren eigenen Vorteil daraus zu ziehen.

Als sie endlich an der Reihe war, bestellte Elly drei belegte Brötchen – zwei mit Käse und eines mit gekochtem Schinken, den Ben so gern mochte. Zudem ließ sie sich noch zwei Schokocroissants einpacken.

Heute wird mal gesündigt!, dachte sie bei sich und lachte dabei innerlich, da sie den Ausdruck „sündigen" so gar nicht leiden konnte. Beim Hinausgehen kam sie an den beiden Frauen vorbei und blickte ihnen wieder direkt in die Augen. Ihrem Blick hielten sie nicht stand, sondern schauten verschämt zur Seite. Blöde Tussis, dachte Elly schmunzelnd …

„Na, Elly", sagte sie dann zu sich, als sie draußen war, „so etwas denkt man nicht ... aber heute machen wir mal eine Ausnahme!"

Als sie die Tür zum Krankenzimmer öffnete, saß Ben schon aufrecht in seinem Bett und las in einem Buch.

„Na, endlich, da bist Du ja! Ich hab schon gedacht, Du würdest heute auch nicht kommen", begrüßte er sie.

Herzlich umarmte Elly ihren Enkel. „Ich habe Dir doch gesagt, daß ich komme – und hier bin ich."

Sie klappte das Bettischchen aus und stellte dort die beiden Teller hin, die sie sich von einer Schwester hatte geben lassen. Zwei Tassen, die Thermoskanne mit Kaffee und die Tüte vom Bäcker nahm sie aus ihrem Korb. Ben beobachtete neugierig, welche Leckereien seine Oma nun auspacken würde und strahlte, als das reichlich belegte Schinkenbrötchen auf seinem Teller landete. Er hatte zwar im Krankenhaus bereits gefrühstückt. Das war aber auch schon wieder zwei Stunden her. Und ein Junge in seinem Alter konnte eben ordentlich was verdrücken.

„Mmmhh", genüßlich biß er in das Brötchen.

„Hau rein, mein Schatz", lachte Elly. „Nach dem Frühstück erzähle ich Dir in aller Ruhe, was es Neues gibt."

Sie trank erst mal einen ordentlichen Schluck Kaffee und widmete sich dann ihrem Käsebrötchen. Elly aß sonst nicht viel Käse, da sie auf ihrer Blutfettwerte achten musste. Heute aber genoß sie es so richtig und freute sich, zu sehen, daß es ihrem Enkel wieder besser ging. So schmeckte ihr das Brötchen noch mal so gut.

Nachdem sie fertig war, berichtete sie Ben von ihren Erlebnissen mit den Fairchilds, von ihrem Aufenthalt am See, der überbrachten Kugel und ihrem anschließenden Gespräch bei der Familie zu Hause. Ben hörte aufmerksam zu, während er zwischendurch immer mal in ein Croissant biß.

„Hab ich es mir doch gedacht", sagte er. „Maggy ist immer wieder für eine Überraschung gut."

Elly war erstaunt darüber, daß Ben so gar nicht verwundert schien über die Tatsache, daß es unterhalb des Sees noch eine andere Welt gab. Sie überlegte, wie sie seine Einstellung dazu herausbekommen könnte, und fragte ihn: „Kannst Du Dir denn vorstellen, daß es nicht nur unsere Welt gibt, Ben?" Ein Moment der Stille folgte und Elly war gespannt auf seine Antwort.

„Sicherlich." Etwas schüchtern fing Ben an, seiner Oma von Gesprächen mit seiner Mutter zu erzählen. Trotz der spürbaren Traurigkeit, die sie bei Ben wahrnahm, versuchte sie nicht, ihn zu unterbrechen oder abzulenken – obwohl es ihr sehr schwer fiel, ihren Enkel so zu erleben. Sie hörte ihm aufmerksam zu. Er berichtete ihr, daß seine Mutter ihm oft von Träumen erzählt hatte, in denen jemand versucht hätte, mit ihr Kontakt aufzunehmen und daß sie darin regelmäßig wunderschöne Landschaften gesehen hatte, über die sie geflogen war. Er erinnerte sich, daß sie gesehen hatte, wie Menschen friedlich zusammenlebten. Zu ihren Lebzeiten hatte sie wohl mit niemandem darüber sprechen können, auch nicht mit Bens Vater. Das hatte sie einmal versucht und mußte dann die Erfahrung machen, daß dieser sich nur lustig darüber machte. In regelmäßigen Abständen hatte sie diese Träume, und als Ben zehn Jahre alt war, begann sie, ihm davon zu erzählen.

Trotz seines jungen Alters hatte er nie einen Grund gehabt, an den Erzählungen seiner Mutter zu zweifeln oder sich darüber lustig zu machen. Er hatte sich aber auch nie konkrete Gedanken darüber gemacht, sondern dachte eher immer, warum es so etwas eigentlich nicht geben sollte. Hinzu kam, daß Ben selbst seit seinem fünften Lebensjahr eigene Erfahrungen machte, die ihm zeigten, daß es da mehr gab. Er konnte manchmal intuitiv einzelne Situationen vorhersehen und diese trafen dann auch genauso ein. Dies hatte ihn oft sehr verunsichert.

Seit seine Mutter ihm von ihren Träumen erzählt hatte, traute er sich auch, mit ihr über seine Erlebnisse zu sprechen und seitdem wurden diese Erfahrungen mehr und mehr zur Normalität und waren nichts Ungewöhnliches mehr. Sie machten ihm auch nicht länger Angst. Bens Mutter hatte ihn in seiner Wahrnehmung sehr bekräftigt und ihm gut zugeredet, diesen Dingen ruhig zu vertrauen. Seit damals hatten die Situationen zugenommen, die er vorhersah und seine Wahrnehmungen waren seitdem noch konkreter und deutlicher geworden.

Elly war überrascht und etwas traurig zugleich. Sie hatte keine Ahnung von den Träumen ihrer Tochter gehabt und auch nicht von der sensiblen Intuition ihres Enkels. Schade, dachte sie bei sich. Sie hätte gern ihrer Tochter zugehört und sicherlich hätte sie sich niemals lustig darüber gemacht. Hatte ihre Tochter sie so verkannt oder hatte sich Elly ihr gegenüber verstellt? Dennoch war sie froh und dankbar darüber, nun ihrem Enkel zuhören zu können, und vielleicht sah ja ihre Tochter gerade zu ihnen beiden hinunter und wußte nun von Elly, daß auch sie sich diese Dinge durchaus vorstellen konnte.

Ben und seine Oma unterhielten sich so sehr lange und wurden noch vertrauter, als sie es vorher bereits gewesen waren. Elly blieb über die Mittagszeit und bekam von der Station ebenfalls ein Mittagessen bereitgestellt. Beide setzten sich an den Tisch im Zimmer und unterhielten sich immer weiter. Nach dem Essen wurde Ben ziemlich müde und legte sich zurück in sein Bett. Elly wußte, daß es nun Zeit für sie wurde, aufzubrechen.

„Weißt Du schon, wann Du nach Hause darfst?" fragte sie Ben zum Abschied.

„In drei Tagen, haben sie heute bei der Visite gesagt. Kommst Du morgen wieder?"

„Aber klar, mein Schatz. Es kann vielleicht etwas später werden als heute."

Kaum hatte sie die letzten Worte ausgesprochen, da bemerkte Elly, daß Ben bereits eingeschlafen war. Sie streichelte ihm sanft über den Kopf, stellte leise die Saftflasche auf das Nachttischchen, legte die beiden Schokoladentafeln dazu und schlich sich dann leise aus dem Zimmer.

Martha stand an diesem Morgen früh auf. Obwohl es erst sechs Uhr war, hatte sie schon einige Zeit wach gelegen und hatte immer an den vergangenen Tag und die Kugel denken müssen.

Leise schlich sie sich hinunter ins Wohnzimmer, wo Henry gestern die Tasche mit der Kugel hatte auf der Couch liegenlassen. Martha setzte sich hin und nahm die Tasche, in der die Kugel lag, zu sich auf den Schoß. Sie schaute sich die Kugel von allen Seiten an und entschied sich, sie herauszunehmen. Warum sollte nur Henry etwas in der Kugel sehen? War Maggy doch gleichermaßen auch ihre Tochter, und sie vermißte sie ebenso wie ihr Mann.

Martha wollte die Tatsache, daß nur ihr Mann mit Maggy in Kontakt treten konnte, nicht akzeptieren. Sie nahm die Kugel in ihre Hände und hielt sie sich geradewegs vor die Augen. Sie erkannte die wunderschönen Regenbogenfarben in ihr. Martha versuchte, sich auf ihre Tochter zu konzentrieren und rief Maggy in Gedanken. Da sich in der Kugel nichts regte, fing sie ungeduldig an, diese zu schütteln.

Nach einer Weile dachte sie bei sich: Was für ein Blödsinn! Wie kam Henry nur darauf, in der Kugel Maggy sehen zu können? – Vielleicht hatte er ja vor lauter Sorge mittlerweile Hirngespinste? Aber ... woher sollte er die Kugel und vor allem diese Zettel haben?"

Auch Martha hatte eindeutig die Schrift ihrer Tochter auf dem einen Zettel erkannt ... das konnte sie nicht leugnen. Ganz durcheinander legte sie die Kugel wieder in die Tasche zurück und stellte diese dann wieder auf die Couch. Sie schreckte zusammen, als sie plötzlich feststellte, daß sie nicht mehr allein war.

„Na, hast du etwas gesehen?" fragte Henry.

Martha drehte sich um und sah ihren Mann im Türrahmen stehen. „Mach Dich nur lustig" knurrte sie.

Henry bemerkte die Verzweiflung seiner Frau und kam wortlos zu ihr herüber, um sie in den Arm zu nehmen. Diese wehrte jedoch ab und begab sich in die Küche.

Er folgte ihr. „Glaubst Du mir nicht? Warum sollte ich Dich anlügen? Ich *habe* Maggy gestern in der Kugel gesehen!"

Martha begann zu weinen. „Ich halte das nicht mehr aus", schluchzte sie. „Laß uns die Polizei informieren und ihr von der Kugel erzählen! Vielleicht finden sie ja noch weitere Hinweise im See und können uns unsere Tochter wiederbringen."

„Das glaubst Du doch wohl selber nicht", lehnte Henry den Vorschlag seiner Frau brüsk ab. „Die halten uns doch für bekloppt!"

„Du meinst wohl, *Dich*? Ist es das, wovor Du Angst hast? Dir geht es gar nicht um Maggy, sondern nur darum, daß *Du* nicht in ein schlechtes Licht gerätst!" Martha rannte hinaus in den Garten.

Francis, der mittlerweile von dem Lärm wachgeworden war, kam herunter.

„Was ist denn hier los?" fragte er seinen Vater. Henry erzählte seinem Sohn von Marthas Vorschlag, die Polizei über die Kugel zu informieren und auch, daß sie sich daraufhin gestritten hatten. Ohne ein Wort dazu zu sagen, folgte Francis seiner Mutter in den Garten und beide kehrten für eine ganze Weile nicht zurück.

Als sie wiederkamen, schien es, als hätte sich Martha etwas beruhigt. Henry war überrascht, als sie sagte: „Ich werde Josch bitten, mich abzuholen. Ich brauche einen Tapetenwechsel." Noch bevor Henry etwas dazu sagen konnte, rief Martha auch schon das befreundete Pärchen an.

Keine halbe Stunde später stieg sie zu Josch ins Auto. Dieser kam kurz herein, um Henry und Francis zu begrüßen, und sagte: „Macht Euch keine Gedanken, wir kümmern uns um sie."

Als sie weg waren, setzte sich Henry auf die Couch und fing an zu weinen. Hatte er denn etwas falsch gemacht? Er war doch genauso von der Situation überwältigt worden wie Martha! Auch er mußte mit der Tatsache zurechtkommen, daß sich seine kleine Tochter irgendwo unter dem See in einer anderen Welt aufhielt und es keine andere Verbindung zu ihr gab als diese Kugel. Henry nahm sie aus der Tasche, hielt sie in seinen Händen und rief in Gedanken seine Tochter. Außer den wunderschönen Regenbogenfarben konnte er jedoch nichts erkennen.

Hatte er sich alles nur eingebildet? Vielleicht hatte seine Frau ja recht und er sollte besser die Polizei informieren? Große Zweifel nagten an ihm. Er entschied sich, nach dem Frühstück mit der Kugel zur Polizei zu fahren und ihnen alles zu erzählen.

Francis, den Henry in seine Überlegungen eingeweiht hatte, machte sich nach dem Frühstück für die Schule fertig. Er verabschiedete sich mit den Worten „Du machst schon das Richtige, keine Sorge!" von seinem Vater und begab sich auf den Schulweg. Henry blieb allein zurück.

Bevor er zur Polizei fuhr, wollte er sich nur noch einen kurzen Moment hinlegen. Er fühlte sich müde und ausgelaugt. Nur eine halbe Stunde, dachte er bei sich, legte sich auf die Couch, breitete eine Decke über sich aus und hielt die Tasche mit der Kugel fest im Arm. Einen Augenblick später schlief er tief und fest.

Als er aufwachte, sah er, daß es bereits zwölf Uhr durch war. Überrascht darüber, so lange geschlafen zu haben, eilte er ins Bad, um sich zu waschen. Immer noch entschlossen, alles der Polizei zu erzählen, zog er sich an, schnappte sich dann die Tasche mit der Kugel und machte sich mit seinem Wagen auf den Weg zum Revier. In gut zwei Stunden würde Francis von der Schule nach Hause kommen. Er mußte sich beeilen, da er dann rechtzeitig wieder zurück sein wollte.

Maggy sauste immer schneller in Richtung Tal. Alles überschlug sich ohne erkennbaren Zusammenhang in ihrem Kopf: die Eindrücke und Erfahrungen der letzten Tage, Gedanken an ihre Familie, ihre Heimat, alte Erinnerungen. Sie konnte keinen klaren Gedanken fassen. Weit im Hintergrund vernahm sie die Stimme von Viktor, doch war sie nicht in der Lage, darauf zu reagieren. Ihr Herz schlug bis zum Hals. Voller Panik strengte sie sich an, noch einmal ihre Augen zu öffnen und sah das Tal immer schneller auf sich zurasen. Sie versuchte, sich mit aller Kraft auf den Rücken zu drehen, doch es gelang ihr nicht. Verzweifelt und sich ihrem Schicksal hingebend, schloß Maggy wieder ihre Augen.

Es wurde still und ... ihre Panik verschwand. Sie fragte sich gerade, ob dies bereits ihr Ende war, als sie bemerkte, daß sie schwebend wieder an Höhe zunahm. Erneut öffnete sie die Augen und tatsächlich ... das Tal unter ihr war bereits weiter weg. Sie lag noch immer mit dem Bauch nach unten und bemerkte, daß sie von irgend etwas getragen wurde. Dann hob sie ihren Kopf etwas an, sah sich zu beiden Seiten um und entdeckte große weiße Flügel.

Truth! Ihr wurde merklich leichter ums Herz.

„Ganz recht", hörte sie ihre Stimme sagen. „Du hast es gleich geschafft."

Voller Erleichterung schloß Maggy wieder ihre Augen. Sie wußte, daß sie nun in Sicherheit war.

Truth flog mit Maggy sehr langsam wieder in Richtung Hügel, wo Viktor die beiden schon aufgeregt erwartete. Sie wurden noch langsamer, bis sie fast in der Luft stehenblieben. Maggy öffnete ihre Augen, Truth stützte sie beim Absteigen und half ihr behutsam dabei, wieder vor die Abzäunung zu gelangen.

„Halte sie gut fest!" forderte sie Viktor auf.

Maggy spürte wieder festen Boden unter ihren Füßen und hielt sich am Holzbalken der Abzäunung fest. Mit Viktors Hilfe kletterte sie vorsichtig auf die andere Seite. Auf sicherem Terrain angekommen, schaute sie in Truths vertraute Augen. Bis auf ein „Danke!" brachte sie kein weiteres Wort heraus. Der Schock der letzten Minuten steckte ihr noch zu tief in den Knochen.

„Du bist eine echte Herausforderung", sagte Truth lächelnd. „Aber nun bist Du ja in Sicherheit. So, Ihr beiden, ich habe noch etwas zu tun." Mit diesen Worten verabschiedete sich Truth von Maggy und Viktor, drehte sich langsam um und glitt wieder hinunter in die Lüfte. Maggy schaute ihr noch eine ganze Weile hinterher. Truth flog eine große Linksbiegung und folgte dann dem Verlauf des Baches im Tal. Weil Maggy sie kurz darauf fast schon gar nicht mehr sehen konnte, beugte sie sich etwas über den Holzbalken. Als sie den sorgenvollen Blick von Viktor wahrnahm, beeilte sie sich, zu sagen: „Nein, keine Angst, ich passe jetzt gut auf."

Viktor stellte sich neben Maggy und legte seinen Arm um sie. Beide beugten sich ein Stück nach vorn und Maggy sah weit links hinten, daß der Bach in einen smaragdgrünen See mündete. Er war nicht groß, nur etwas größer als ein Weiher, und um ihn herum standen dicht nebeneinander hohe Nadelbäume, fast wie eine Art Schutzwall.

Aber das war noch nicht alles. Über dem See flog Truth, doch war sie auf einmal nicht mehr allein! Noch drei weitere Wesen flogen mit ihr, die ähnlich ausschauten wie Truth. Maggy hatte eine Idee. „Sind das alles Hüter der Elemente?" wandte sie sich an Viktor.

„Ja, dies ist der Verbindungssee. Durch ihn holen sie ab und zu Menschen aus Deiner Welt hierher, die unsere kennenlernen sollen – genauso, wie Truth Dich auch zu uns geholt hat."

Maggy blickte gespannt zum See. Die vier Hüter kreisten die ganze Zeit über ihm und einer nach dem anderen tauchte plötzlich ins Wasser hinab. Truth war die letzte, die noch übrig war. Nachdenklich und erschöpft lehnte sich Maggy einen Augenblick zurück und bewegte ihren Kopf vor und zurück. Ihr Nacken fühlte sich ganz steif an.

„Komm", sagte Viktor, „wir fahren zurück! Es wird Zeit, daß Du Dich ausruhst."

Bevor sie sich aufmachten, wollte Maggy jedoch noch einen Blick zum See erheischen und beugte sich erneut ganz nach vorn über die Brüstung. Sie konnte Truth jedoch nicht mehr sehen.

„Sie ist weg", sagte Maggy, „einfach weg! Wer weiß, wen sie gerade abholt."

Viktor und sie stiegen auf ihre Fahrräder und machten sich auf den Heimweg. Da Maggy sehr erschöpft war, fuhr sie recht langsam. Viktor paßte sich ihrem Tempo an; er wollte sie nur noch heil nach Hause bringen und wich ihr deshalb nicht mehr von der Seite.

Elly machte sich mit ihrem Fahrrad auf den Heimweg. Als sie so fuhr und überlegte, was sie mit dem vor sich liegenden Nachmittag anstellen sollte, fiel ihr plötzlich ein, daß sie noch zur Polizei mußte, um eine Zeugenaussage über Bens Unfall zu machen. O je, wie hatte sie das in den letzten Tagen nur vergessen können? Eigentlich kein Wunder, dachte sie bei sich, bei alldem, was geschehen ist!

Anstatt von der Hauptstraße aus nach links abzubiegen, fuhr sie rechts in den Ort, stellte ihr Fahrrad vor dem Polizeigebäude ab. Gerade wollte sie es abschließen und blickte etwas nach unten gebeugt zum Eingang, da sah sie Henry mit der durchsichtigen Tasche geradewegs die Treppe zum Gebäude hinaufgehen. Ihr schwante Böses. Eilig lief sie, ohne weiter an ihr Fahrrad zu denken, schnellen Fußes hinter ihm her.

„Henry, Henry, was machst Du hier?" rief sie laut.

Dieser jedoch blieb nicht stehen und war schon durch die erste Glastür hindurch. Als Elly hinterhereilte und die große Vorhalle betrat, stand Henry bereits am Informationsfenster, um sich nach dem richtigen Ansprechpartner zu erkundigen. Sie stellte sich neben ihn und packte ihn am Arm. „Henry, hallo, was machst Du hier?"

Erschrocken drehte sich dieser zur Seite. „Ach Elly, Du bist es!"

Unsicher stakste er ein paar Schritte mit ihr bis in die Mitte der Halle, um ein paar Sätze mit ihr zu wechseln. In knappen Worten erzählte er ihr, daß er die Polizei über die Ereignisse des letzten Tages und über die Kugel informieren wollte. Er berichtete ihr auch von dem Streit mit Martha und davon, daß sie heute Morgen sehr geknickt zu den Freunden gefahren war. Elly sah die Traurigkeit in Henrys Gesicht.

„Tu das nicht", warnte sie ihn dennoch. „Du würdest es bereuen. Die Kugel ist im Moment das Einzige, was Dich oder Euch mit Maggy verbindet. Setze es nicht aufs Spiel!"

Henry kamen die Tränen. Dies hatte er in seiner Verzweiflung gar nicht so recht bedacht. Verschämt schaute er sich um, denn nun wollte er doch nicht, daß jemand etwas mitbekam oder er irgendwie Aufmerksamkeit erregte. Er sah, daß der Polizeibeamte am Infofenster die beiden skeptisch beäugte, packte Elly daraufhin am Arm und verließ mit ihr das Gebäude. Draußen erzählte er ihr in aller Ausführlichkeit, was ihn dazu bewogen hatte, zur Polizei zu fahren.

Als er geendet hatte, redete Elly ihm gut zu und forderte ihn auf, sich alles noch mal zu überlegen. Sie schlug ihm vor, schnell ihre Aussage zu machen und im Anschluß mit ihm nach Hause zu fahren.

Henry, der sowieso gerade keinen klaren Gedanken mehr fassen konnte und ganz durcheinander war, willigte ein. Er setzte sich draußen vor dem Gebäude auf eine Bank und wartete, bis Elly nach etwa einer halben Stunde wieder aus dem Gebäude trat. Es war ihm wie eine halbe Ewigkeit vorgekommen, und nachdem sie Ellys Rad im Kofferraum verstaut hatten, stiegen sie in sein Auto.

Henry war erleichtert, nicht mehr mit seinen Gedanken allein sein zu müssen. Elly wußte nun, was sie mit dem Nachmittag anfangen würde. Sie merkte, daß Henry dringend jemanden brauchte, der ihn unterstützte, um diese schwierige Situation durchzustehen.

Während Henry sich nach ihrer Ankunft zu Hause erschöpft auf die Couch fallenließ, ging Elly in die Küche, um ihnen einen Tee aufzubrühen. Sie kam sehr schnell in der für sie fremden Umgebung zurecht und fand alles, was sie brauchte.

Mit dem Tablett, auf dem sich eine große Kanne Kräutertee, Kandiszucker, Milch und zwei Tassen befanden, kehrte sie zu Henry ins Wohnzimmer zurück und setzte sich zu ihm. Dieser war sehr schweigsam und Elly bemerkte seine Unsicherheit darüber, was er nun machen sollte.

„Du darfst jetzt nicht aufgeben, Henry! Trau dem, was Du gesehen und erlebt hast!" versuchte sie, ihn aufzubauen.

„Und Martha? Was ist mit ihr? Sie glaubt mir nicht und meint, ich würde mit Maggys Verschwinden spielen."

Elly atmete tief durch. „Nein, denk das nicht. Deine Frau ist genauso mit der Situation überfordert wie du. Ihr müßt jetzt zusammenhalten." Getragen von dem starken Gefühl, das Elly seit gestern abend in sich trug, fuhr sie fort: „Es gibt nicht viele Menschen, die das alles erleben dürfen, was ihr jetzt erlebt. Maggy wird etwas gezeigt, was für sie unter Umständen von riesengroßer Bedeutung ist. Schon allein für sie müßt ihr lernen, mit der Situation zurechtzukommen und sie nicht noch schlimmer zu machen."

Henry blickte Elly an und langsam kehrte wieder ein Gefühl von Zuversicht zu ihm zurück.

„Was würde ich im Moment nur ohne Dich machen?" seufzte er. Obwohl es ihm etwas unangenehm war, ihr dieses Zutrauen zu zeigen, mußte Henry sich eingestehen, daß Elly wirklich der einzige Mensch war, von dem er sich zur Zeit verstanden fühlte. Unangenehm war es ihm deshalb, weil er Elly noch gar nicht lange kannte und nicht einschätzen konnte, wie sie mit diesem Zutrauen seinerseits umging.

Mit einem traurigen Gefühl dachte er plötzlich an Martha. Warum konnte *sie* ihn nicht verstehen und war jetzt nicht bei ihm? Wie konnte er ihr nur begreiflich machen, daß es der Wahrheit entsprach, was er am See und in der Kugel gesehen hatte?

„Versuch doch noch mal, mit Maggy Verbindung aufzunehmen", unterbrach Elly seine Gedanken.

„Und wenn es nicht funktioniert?" erwiderte er skeptisch und spürte die eigene Angst davor, feststellen zu müssen, daß er sich gestern doch womöglich alles nur eingebildet hatte.

„Zweifle nicht, Henry. Vielleicht fällt uns ja etwas ein, womit Du Deine Bedenken aus dem Weg räumen kannst." Beide überlegten eine Zeitlang.

Plötzlich hatte Henry einen Einfall. „Das könnte gehen!" Er holte einen Zettel und einen Stift vom Sideboard und schrieb etwas auf. Elly beobachtete ihn interessiert und bemerkte, daß sein Tatendrang wieder langsam zurückkehrte.

Henry las Elly vor, was er auf den Zettel geschrieben hatte, und erklärte ihr, was er vorhatte.

„Das ist eine wunderbare Idee!" schmunzelte Elly. Das müßte klappen! Aber Henry", fügte sie hinzu, „sei nicht enttäuscht, wenn

Maggy den Zettel nicht lesen kann. Du weißt nicht, ob das Sehen in der Kugel nur auf Personen und nicht auf Geschriebenes ausgerichtet ist. Es ist genauso gut, wenn Du Maggy in der Kugel siehst."

Aufgeregt zog Henry die Tasche hervor. Er nahm die Kugel heraus, und obwohl er sie noch gar nicht lange in der Hand hielt, und gerade erst begonnen hatte, an Maggy zu denken, verfärbte sich diese wieder smaragdgrün.

„Es funktioniert, Elly!" rief er erfreut. „Ich kann mein Mädchen sehen, schau!"

Im Haus von Viola und Martin angekommen, hatte Maggy sich schon größtenteils wieder von dem Schock am Hügel erholt. Sie war überrascht, wie wenig von dem Schreck noch übriggeblieben war. Zügig stellte sie ihr Fahrrad ab und begab sich mit Viktor ins Haus.

Ohne nach dem Rest der Familie Ausschau zu halten, suchte Maggy ihr Zimmer auf, nahm sofort die Kugel aus dem Rucksack und ließ sich mit ihr auf dem Bett nieder. Sie wollte unbedingt noch einmal versuchen, mit ihrem Vater Kontakt aufzunehmen. Gemütlich lehnte sie sich an die Wand, stopfte sich ein kleines Kissen hinter den Rücken und nahm die Kugel, die bis dahin sicher auf ihrem Schoß gelegen hatte, in beide Hände. Sie schloß die Augen und dachte in Liebe und Sehnsucht an ihre Familie. In Gedanken rief sie ihren Vater.

Als Maggy die Augen wieder öffnete, leuchtete die Kugel bereits grünlich und sie erkannte die ersten Umrisse seines Gesichtes. Aufmerksam verfolgte sie die Ausformung des Bildes und erkannte, daß ihr Vater sehr traurig aussah. Nach einer Weile breitete sich jedoch ein Lächeln auf sein Gesicht aus, und wie beim ersten Mal versuchte Maggy, ihm mit langsamen Lippenbewegungen etwas mitzuteilen:

„Hi Dad, mir geht es gut! Ich habe Euch viel zu erzählen."

Da sich der Blick ihres Vaters in der Kugel plötzlich zur Seite wandte, erahnte Maggy, daß er nicht allein sein konnte. Sie versuchte, etwas zu erkennen, aber bis auf das Gesicht ihres Vaters sah sie niemanden.

Plötzlich hielt Ihr Vater einen Zettel vor sich in die Höhe und Maggy versuchte, das darauf Geschriebene zu lesen. Es war für sie kaum zu erkennen. Ihr fiel auf einmal ein, was ihr hier bereits zweimal gesagt wurde, nämlich, von allem, was man tat, auch überzeugt zu sein. Noch heute hatte sie am Felsen selbst erfahren, was damit gemeint war. Sie konzentrierte sich also auf ihren Wunsch, die Worte lesen zu können und ließ ihre Zweifel ziehen. Mittlerweile hatte sie bereits so viel erlebt, daß sie wußte, daß die Beschränkungen des Verstandes nicht wirklich existierten, sondern nur vorgegaukelt waren. Als sie spürte, daß diese Überzeugung immer stärker wurde, öffnete sie die Augen und las folgende Worte:

Wir vermissen und lieben Dich. Komm bald wieder, aber genieße auch die Zeit, die Dir gegeben wurde. Wir werden auf Dich warten!

Maggy kannte solche Worte bisher nicht von ihrem Vater und war sehr gerührt. Er drückte sich meist sehr sachlich aus, weniger gefühlvoll. Irgend etwas hatte sich bei ihm verändert. Da noch mehr auf dem Zettel stand, las sie weiter.

Bitte tu mir einen Gefallen: Schreibe das auf, was Du gerade gelesen hast und zeige wiederum mir diesen Zettel.

Gesagt getan. Schnell holte Maggy einen Zettel und einen Stift, schrieb alles auf und hielt dann den Zettel vor die Kugel. Sie sah, wie ihr Vater die Stirn runzelte, und es dauerte sehr lange, bis er ihr ein Signal gab. Immer wieder schaute er beim Lesen zur Seite. Dann, nach einigen Minuten, nickte er in Richtung seiner Tochter. Er machte eine Geste, daß er sie küßte und strich ihr angedeutet über die Wange. Maggy atmete tief durch. Es tat ihr gut, ihren Vater zu sehen. Auf einmal bemerkte sie, daß sein Gesicht immer mehr verblaßte. Da sie Sorge hatte, daß die Verbindung gleich wegbrechen würde, winkte Maggy schnell als Zeichen der Verabschiedung in die Kugel. Dann konnte sie ihren Vater nicht mehr erkennen.

Sie drückte die Kugel fest an sich. Eine tiefe innere Ruhe breitete sich in Maggy aus und ihre Augen wurden schwer. Sie ließ sich zur Seite auf das Bett fallen, um sich ein wenig auszuruhen, und schlief ein.

Als sie aufwachte, schreckte sie hoch. Sie mußte wohl eingeschlafen sein! Schnell griff sie wieder nach der Kugel, die neben ihr auf dem Bett lag, und legte sie vorsichtig wieder zurück in die Tasche, nachdem sie sie in das Tuch gewickelt hatte. Unten im Haus vernahm sie Stimmen.

„Maggy, komm runter, wir wollen essen!" hörte sie Viola nach ihr rufen. Sie machte kurz die Tür auf und rief zurück: „Bin gleich da!"

Maggy schaute auf die Uhr. Es war mittlerweile schon vier Uhr am Nachmittag. Bevor sie sich zu den anderen gesellte, wollte sie noch kurz ins Bad, um sich etwas frisch zu machen. Sie stellte sich dafür an das geräumige Waschbecken und schaute nichtsahnend in den Spiegel. Als sie ihr Spiegelbild sah, zuckte Maggy für einen Moment zusammen. Irgend etwas an ihr war anders als sonst! Sie ging zur Seite und trat noch mal davor.

Seltsam, dachte sie bei sich, meine Augen sehen irgendwie anders aus! Sie schienen ihr dunkler und klarer als sonst. Sie schaute sich im Bad um und nach und nach bemerkte sie ganz andere Dinge, als sie vorher wahrgenommen hatte. Das Badezimmer wirkte auf einmal größer und sie entdeckte viel mehr Gegenstände in dem Raum, so daß er ganz anders und viel harmonischer eingerichtet auf sie wirkte wie noch zuvor.

Maggy wusch sich und zog sich frische Sachen an. Sie legte die schmutzige Kleidung in einen dafür an der Wand hängenden Beutel und ging dann zu den anderen.

Bereits auf der Treppe roch es nach leckerem Essen. Die Familie befand sich schon vollzählig unten und deckte gemeinsam den Tisch. Susann und Viola füllten in der Küche zusammen die Schalen und Teller mit den verschiedenen Speisen.

Maggy war berührt von diesem Anblick. Es wirkte alles so harmonisch und friedlich! Nicht, daß es unter ihnen nicht auch mal eine Auseinandersetzung oder eine Meinungsverschiedenheit gab, aber sie waren offen und ehrlich zueinander, und sie pflegten einen besonders offenen Austausch, wie Maggy es von ihrer Familie nicht immer kannte. Mit ihren Eltern konnte sie zwar über Vieles reden, aber hier war es irgendwie anders.

Es war dieser Zusammenhalt, den diese Familie demonstrierte. Als wären sie eine Einheit, die zusammengehört, ganz unabhängig davon, was innerhalb dieser Einheit geschah. Und obwohl Maggy diese Geschlossenheit verspürte, fühlte sie sich in keinster Weise wie ein Eindringling, sondern war von allen wie selbstverständlich in ihrer Mitte aufgenommen worden.

All diese Eindrücke setzten sich in Maggy fest. Hoffentlich werde ich alles nach Hause mitnehmen können!, dachte sie bei sich. Es kam ihr vor wie eine Schatztruhe, die reich mit wunderbaren Dingen gefüllt war, und sie hoffte, daß ihr nichts von diesem Schatz verlorengehen würde, denn dafür war ihr alles zu wertvoll.

Als sich alle gesetzt hatten, trug Viola jedem von ihnen auf. Maggy schaute in die Runde und mittlerweile kam ihr dieser Kreis sehr vertraut vor. Ein Gefühl, auch hier zu Hause zu sein, breitete sich in ihr aus. Lächelnd sahen die anderen sie an, als hätten sie ihre Gedanken gelesen.

Nachdem sie sich „Guten Appetit!" gewünscht hatten, machten sie sich daran, sich das Essen schmecken zu lassen. Viktor, der seinen Eltern bereits von Maggys Erlebnissen am heutigen Tag erzählt hatte, sprach das Thema erneut an und forderte Maggy auf, alles noch mal in jeder Einzelheit zu schildern. Die Familie hörte ihr gespannt zu und wunderte sich über Maggys Gelassenheit, die sie trotz der ganzen neuen Erfahrungen mittlerweile an den Tag legte.

„Du hast bisher ziemlich viel gelernt", sagte Martin, als Maggy ihre Ausführungen beendet hatte. „Das sieht man auch an Deinen Augen. Sie werden klarer und tiefgründiger. Du siehst die Dinge viel mehr aus Deinem Inneren heraus und in ihrer Gesamtheit."

Maggy bestätigte Martins Ausführungen und erzählte der Familie, was ihr im Badezimmer aufgefallen war. Auch den Kontakt in der Kugel zu ihrem Vater ließ sie nicht aus. Sie hatte so viel zu erzählen, daß alle gemeinsam fast geschlagene zwei Stunden am Essenstisch verbrachten. Es tat Maggy gut, das Gefühl zu haben, verstanden zu werden, ohne viel erklären zu müssen. Sie ertappte sich bei dem Gedanken, wie es wohl wäre, wenn sie für immer hierbleiben könnte. Gleichzeitig wußte sie aber, daß sie dafür ihre eigene Familie viel zu sehr vermissen würde.

Als Henry merkte, daß seine Idee erfolgreich gewesen war, kamen seine Zuversicht und sein Vertrauen in sich selbst und das Erlebte zurück. Die Worte auf Maggys Zettel hatte er problemlos lesen können. Zu groß war sein Wunsch nach einer Bestätigung gewesen, so daß ihm schon fast die Tatsache ausgereicht hätte, daß seine Tochter einen Zettel vor die Kugel hielt. So wurden seine Zweifel vertrieben und er machte sich keine Gedanken mehr darüber, ob er die Worte würde lesen können. Aber es klappte – und zwar einwandfrei. Er wurde immer ruhiger, nicht zuletzt, weil er Maggy sehen konnte und wußte, daß es ihr gutging. Als er in der Kugel den Zettel sah, auf dem Maggy wirklich das Gleiche aufgeschrieben hatte, wie er zuvor, blickte er immer wieder zu Elly, die direkt neben ihm saß.

„Schau, Elly, siehst Du das?" wisperte er.

Doch Bens Großmutter konnte in der Kugel außer einem wunderschönen grünlichen Farbenspiel nichts erkennen. Immer wieder sah Henry sie an und hoffte, daß sie doch irgend etwas darin sehen würde.

„Henry, diese Möglichkeit, mit Deiner Tochter in Verbindung zu treten, ist nur für Dich und Maggy gedacht. Andere können nichts erkennen!" sagte sie schließlich eindringlich.

Er gestand sich ein, daß Elly recht hatte. So war es ihm ja von Anfang an mitgeteilt worden, er mußte es akzeptieren und lernen, sich selbst zu vertrauen, auch wenn er seine Erfahrung mit niemandem teilen konnte. Noch die letzten Worte auf Maggys Zettel lesend, hörte Henry einen Schlüssel im Haustürschloß und sah wenig später Martha durch den Hausflur gehen, als er sich kurz umdrehte. Schnell wandte er sich noch einmal seiner Tochter zu, um sich zu verabschieden.

Nachdem Martha ihren Mantel ausgezogen hatte, trat sie zu Elly und Henry ins Wohnzimmer und setzte sich zu ihnen. Abgelenkt durch die plötzliche Wiederkehr seiner Frau konnte sich Henry nicht mehr auf die Verbindung zu seiner Tochter konzentrieren. Behutsam legte er die Kugel zurück in die Tasche und schaute seine Frau liebevoll an.

„Hast Du Maggy gesehen?" fragte ihn Martha hoffnungsvoll.

Henry nickte zurückhaltend. Er hatte etwas Angst davor, wie seine Frau nun reagieren würde.

„Was sagt sie?"

Henry erzählte ihr ausführlich von seiner Begegnung mit Maggy und hielt seiner Frau den Zettel hin, den er geschrieben hatte und den Maggy auch hatte lesen können. Er gestand ihr auch seine eigenen Zweifel und seine Unsicherheit und schilderte, wie Elly ihn bei der Polizei im letzten Moment davon abgehalten hatte, diese einzuweihen und ihnen die Kugel zu zeigen.

Martha fing bitterlich an zu weinen. „Es tut mir leid, Henry, daß ich mich heute Morgen so verhalten habe! Bitte verzeih mir!" Beide standen auf und umarmten sich. Auch Henry fing an zu weinen und stumm hielten sich die Eheleute so eine ganze Weile im Arm.

Elly verließ währenddessen unauffällig das Wohnzimmer, um in der Küche einen Kaffee aufzusetzen. Sie war erleichtert, daß Martha und Henry so schnell wieder zueinander gefunden hatten, und wollte die beiden eine Zeitlang allein lassen.

Nach ein paar Minuten kam Martha zu ihr in die Küche. Sie sah Elly in die Augen und flüsterte dann: „Danke Elly, daß Du für Henry da warst."

Ohne darauf zu antworten, nahm Elly Martha in den Arm. Nun drückten sich auch die beiden Frauen herzlich und Martha fühlte ein sehr vertrautes Gefühl Elly gegenüber – wie zu einer langjährigen Freundin, wobei sie sich erst wenige Tage kannten.

Nachdem auch Henry zu den beiden Frauen in die Küche gekommen war, entschlossen sich alle drei kurzerhand dazu, etwas zu kochen. Langsam hatten sie alle Hunger und auch Francis mußte jeden Moment von der Schule nach Hause kommen.

Die Atmosphäre war ruhig und harmonisch und für Außenstehende hätte es den Eindruck machen können, als würden alle seit Jahren zusammen hier wohnen.

Alles lief Hand in Hand, ohne daß man sich lange über Einzelheiten absprechen mußte, und sehr zügig war ein üppiges Mahl aus Nudeln, Knödeln, Schnitzeln und dreierlei Gemüse zubereitet.

Noch bevor der Tisch vollständig eingedeckt war, kam auch Francis heim und gesellte sich zu den Erwachsenen. Er war ebenfalls erleichtert, seine Mutter zu sehen, und rannte zu ihr, um sie zu drücken. Auch seinen Vater umarmte er zur Begrüßung, was seit ein paar Jahren nicht mehr vorgekommen war. Seitdem er einen Teil seiner Zeit mit seinem Onkel Sam verbracht hatte, war die Beziehung zu seinem Vater eher etwas abgeflaut. Bestätigung und Zuneigung hatte Francis sich eher bei seinem Onkel als bei Henry geholt, was aber beiden bislang nicht wirklich aufgefallen war.

Francis bemerkte, wie gut es sich anfühlte, von seinem Vater gehalten zu werden. Auch Henry fragte sich, wann er das letzte Mal seinen Sohn so nah bei sich hatte. In der Umarmung schauten sich Vater und Sohn an und lächelten. Als würden sie sich gar nicht mehr loslassen wollen, drückten sie sich erneut fest aneinander. Martha klopfte ihrem Sohn liebevoll auf die Schulter.

„So, Männer, es ist angerichtet."

Alle nahmen am Eßtisch Platz, Elly auf Maggys Stuhl. Sie erzählten beim Essen über die letzten Tage und was alles bisher geschehen war. Insbesondere Martha tat das gut, um ihre Gedanken sortieren zu können und wieder ein Gefühl von Sicherheit zu bekommen. Henry erzählte für Francis noch einmal von der heutigen Begegnung mit Maggy und ließ auch die Bestätigung nicht aus, die er entgegen seiner Zweifel durch den Zettel erhalten hatte. Francis hörte gebannt zu. Er genoß die ruhige und harmonische Stimmung innerhalb seiner Familie und spürte eine Veränderung, die stattgefunden hatte. Gedanken machte er sich darüber jedoch keine, er hinterfragte es auch nicht weiter. Dafür war er noch zu jung, als daß störende Gedanken diesen Eindruck hätten trüben können. Zum Glück.

Auch Elly störte ihn in keinster Weise. Sie war in diesem Moment wie eine Großmutter für ihn, die ihm sehr nah und vertraut schien. Die Familie bot Elly an, bis zu Bens Entlassung bei ihnen zu bleiben. Sie überlegte nicht lange und willigte ein. Gemeinsam beschlossen sie, niemandem ein Wort von alldem zu erzählen, sich in den nächsten drei Tagen bis zu Maggys voraussichtlicher Rückkehr ruhig zu verhalten und der Polizei gegenüber so zu tun, als hätten sie nach wie vor keine Spur von ihr. Keiner wollte ein Risiko eingehen und die Rückkehr von Maggy durch unbedachtes Verhalten gefährden.

Obwohl sie immer wieder Zweifel plagten, ahnten doch alle, daß Maggy und auch sie gerade etwas ganz Großes erlebten. Dies war ihnen nicht zuletzt durch die positiven Veränderungen klar, die sich bereits im Umgang miteinander gezeigt hatten. Und diese wollte keiner mehr aufgeben. Es war wie ein Zauber, der sich wie ein heller Schleier um die Familie und Elly gelegt hatte.

Maggy schaukelte in der Hängematte im Garten und hing ihren Gedanken nach. Was würde ihre Familie wohl gerade machen, wie würde es ihnen gehen? Ein wenig wurde sie schwermütig und Heimweh überfiel sie. Sieben Tage, dachte sie bei sich und stellte dabei fest, daß ihr die Zeit schon viel länger vorkam, die sie hier in der anderen Welt verbracht hatte. In ihrer Welt rasten die Tage immer so dahin. Alles war durchgeplant und hektisch und ehe man sich versah, war wieder ein Tag vorbei. Dieser Schnelligkeit und Eile daheim entzog sich Maggy gern durch das Alleinsein und das Schreiben von Gedichten. Ihr fiel aber auf, daß sie hier gar nicht so sehr das Bedürfnis hatte, sich zurückzuziehen. Es passierte nur ab und zu wie von allein, so auch gerade in dem Moment, in dem sie hier – mittlerweile bereits seit fast einer Stunde – in der Hängematte saß.

Auch die Tage verliefen anders – so, als würden die Uhren hier langsamer ticken. Und dabei war es nun wirklich nicht so, daß sie von Menschen umgeben wäre, die nichts taten und faul waren. So etwas konnte Maggy sowieso nicht leiden. Nein, es war

einfach anders. Ein Tag war hier noch ein Tag und eine Stunde eine Stunde, so wie Maggy es noch aus frühen Kindertagen her kannte. Irgendwann, schon vor ein paar Jahren, hatte sich dies jedoch verändert, und es schien, als hätte jemand einfach am Rad der Zeit gedreht oder es beschleunigt.

Maggy hatte auf einmal seltsame Gedanken. Sie fragte sich, ob es so eine Art Zeitkontingent gab, was ablaufen konnte. Ihr kam ein Bild in den Sinn, auf dem sich eine Spule aus Garn immer mehr abrollte. Dabei beschleunigten sich deren Umdrehungen zwangsläufig immer mehr, weil sie rein aus physikalischen Gründen immer kleiner wurden. Verwirrt durch ihre eigenen Gedanken ermahnte sie sich selbst zur Vernunft und richtete ihren Blick in die Weite. Ihre Ideen kreisten jedoch immer weiter …

Das würde ja bedeuten, daß in jeder Welt die Zeit irgendwann einmal ablaufen würde – das konnte sie sich beim besten Willen nicht vorstellen. Was für einen Sinn sollte das haben? Nein, es mußte etwas mit dem Leben an sich zu tun haben, wie eine Art Bestätigung für die Menschen dafür, ob sie richtig oder falsch mit dem Leben umgingen.

„Da liegst Du gar nicht so verkehrt", hörte sie plötzlich Martin sagen, der sich ohne zu fragen neben Maggy auf die große Hängematte gesetzt hatte und ihr ein Hörncheneis hinhielt.

„Wie, hast Du etwa meine Gedanken gelesen?"

„Ein wenig, entschuldige", schmunzelte Martin. „Ich hätte es aber nicht gekonnt, wenn Du es mir nicht erlaubt hättest."

Stimmt eigentlich, dachte Maggy bei sich. Sie hatte auch schon überlegt, Martin danach zu fragen. Das hatte sich ja nun erledigt.

„Also", fragte sie, „wie ist es denn nun mit der Zeit?"

Martin überlegte für einen kurzen Moment, wie er es Maggy am besten erklären könnte. „Zeit und Raum sind Schöpfungen, die für das Leben eingerichtet sind, was sich sozusagen ... niederlassen soll. Das Leben fügt sich in die Natur und in ihre Abläufe, ihre Gesetzmäßigkeiten ein. Wir Menschen haben unseren Verstand erhalten, um aus unseren Erfahrungen zu lernen und bewußt damit umzugehen, also unser Handeln immer neu auszurichten. Verstoßen wir zu sehr gegen die Regeln der Natur oder beschädigen wir sie sogar, kann dies das Raum- und Zeitgefüge verändern."

„Heißt das, daß die Menschen in meiner Welt gegen die Natur gelebt haben?" Maggy schaute verwirrt zu Martin und dieser machte keine Anstalten, darauf eingehen zu wollen.

„Was meinst Du denn?" fragte er stattdessen.

Maggy ließ den Blick wieder in die Weite schweifen. Auch, wenn sie noch nicht allzuviel von den großen Ereignissen in der Welt begriffen hatte, so hatte sie sich sehr wohl schon oft gefragt, ob es immer richtig war, wie die Menschen mit der Erde umgingen. Sie brauchte dabei nur an die Berichte im Fernsehen über das Schlachten von Tieren zu denken, an das massenhafte Bohren nach Öl und Gas ohne Rücksicht auf Landschaften und natürliche Kreisläufe oder Abhängigkeiten. Ganz abgesehen von den Kriegen und diesen ganzen Machtprozessen, die innerhalb vieler Länder oder unter mehreren Regierungen abliefen.

Maggy sah zu Martin und nickte.

„Neben den großen Ereignissen darfst Du aber nicht die Handlungen jedes einzelnen Menschen aus den Augen verlieren und dessen Entscheidungen, zum Beispiel, zu belügen, zu betrügen, Macht auszuüben, auf den eigenen Vorteil bedacht zu sein und deshalb andere zu hintergehen – und da gibt es ja noch so Vieles mehr", warf Martin ein.

„Du hast ja schon wieder meine Gedanken gelesen!"

Beide mußten lachen. Sie lehnten sich entspannt in der Hängematte zurück und aßen genüßlich ihr Eis. Fast schweigsam saßen sie so gemütlich zusammen und beobachteten die untergehende Sonne. Diese war bereits zur Hälfte hinter den Bergen versunken. Die überstehende Hälfte leuchtete in der Mitte in einem kräftigen Rot und die Korona färbte an den Seiten das Rot golden ein. Maggy war ganz versunken in ein tiefes Gefühl von Faszination und Dankbarkeit.

„Schau, siehst Du das?" fragte Martin und zeigte zu beiden Seiten der Berge.

Zwei große Vogelschwärme flogen von links und von rechts gleichzeitig auf die Mitte der Berge zu, kreuzten sich genau vor dem verbleibenden, rotgoldenen Teil der Sonne und schlossen sich dann zu einem Kreis zusammen. Diese Formation hielten sie eine Zeitlang, indem sie mehrmals kreisförmig flogen, bis sie sich dann wieder in die jeweils entgegengesetzte Richtung trennten.

Maggy schaute mit offenem Mund zu und war begeistert, so etwas Schönes noch kurz vor Eintritt der Abenddämmerung zu sehen zu bekommen.

„Die Vögel haben bei uns im Tierreich die größte Sensibilität für Entwicklungen bei den Menschen und auf diese Weise verabschieden sie sich von dem Tag, an dem diese Entwicklung stattgefunden hat."

„Aber ... was meinst Du, Martin? Welche Entwicklung?"

Martin strich Maggy über das Haar.

„Ich meine Dich, liebe Maggy. Du hast heute viel verstanden. Und was Du verstehst, geht in Dein Herz und strahlt hinaus in die Welt."

Sehr berührt von Martins Worten und ohne weiter nachzufragen, lehnte sich Maggy, die langsam müde wurde, an seine Schulter. Es dauerte nicht lange, bis sie eingeschlafen war. Martin stand leise auf und nahm sie auf seine beiden Arme. Er trug sie ins Haus und flüsterte Viola, die auf sie zukam, etwas ins Ohr und sie begleitete die beiden daraufhin nach oben in Maggys Zimmer. Behutsam legte Martin das schlafende Mädchen in ihrem Bett ab, und nachdem Viola ihr vorsichtig die Schuhe ausgezogen und sie zugedeckt hatte, löschte sie die kleine Lampe auf dem Nachttisch und beide schlichen sich hinaus. In Gedanken wünschten sie ihr eine gute Nacht.

Beim Heruntergehen sagte Martin zu seiner Frau: „Maggy hat heute viel gelernt."

Tag 8

Es war bereits hell und die Sonne schien ins Zimmer, als Maggy die Augen öffnete. Bis auf ihre Schuhe hatte sie immer noch ihre Kleidung vom gestrigen Tag an.

„Da werd ich wohl gestern im Garten eingeschlafen sein", murmelte sie leise und lächelte, als sie an den schönen Sonnenuntergang dachte.

Ausgeschlafen reckte sie wohlig ihren ganzen Körper und schaute auf die an der Wand hängende Uhr. Es war gerade erst halb sieben und unten im Haus schien noch alles ruhig zu sein. Sie überlegte, was sie nun machen sollte. Weiterschlafen wollte sie nicht mehr, dafür fühlte sie sich viel zu fit, und voller Tatendrang.

Da sie niemanden wecken wollte, schlich sie sich leise ins Bad, um sich zu waschen. Auf einem Stuhl hingen bereits frische Sachen für sie bereit. Ein Zettel von Viola, auf dem stand, daß die Sachen für sie waren, lag darauf.

Viola ist ein Schatz – überhaupt alle hier, dachte Maggy. Es war bereits der achte Tag ihres Aufenthaltes und ihr war bewußt, daß sie hier in dieser Welt nicht mehr lange bleiben würde. Umso wichtiger war es nun, die ihr verbleibende Zeit ausgiebig zu nutzen.

Nach dem Waschen zog sich Maggy die frischen Kleider an und schaute aus dem Badezimmerfenster in den Garten. Oh! Sie sah dort Truth langsam hin und her schreiten. Was machte sie dort? Maggy schaute sich Truth aus dieser Perspektive in Ruhe an. Bei ihren letzten Begegnungen war es entweder dunkel oder Maggy in einer Ausnahmesituation gewesen, so daß sie bisher noch gar nicht die Gelegenheit gehabt hatte, sie richtig zu betrachten. Der Anblick war immer noch etwas befremdlich für sie, weil sie solche Geschöpfe von zu Hause her gar nicht kannte. Irgendwie hatte Truth etwas Besonderes.

Ihr Pferdekörper war schlank geformt, sie hatte kräftige Beine und leuchtete in einem klaren Weiß. An den Seiten schmiegten sich starke große Flügel sanft an ihren Körper, die kaum zu erkennen waren. Am Hals ging ihre Gestalt über in einen anmutigen Frauenoberkörper mit zwei Armen. Ihre Haut war dort leicht gebräunt und langes Haar fiel bis zum Rücken der Pferdegestalt hinab, fast wie eine Mähne.

Maggy war so beeindruckt, daß sie gar nicht bemerkte, daß Truth sie bereits am Fenster entdeckt hatte und sie mehrfach mit Gesten aufforderte, nach unten in den Garten zu kommen. Maggy begriff dies erst gar nicht. So blieb sie noch einen Moment dort stehen, bis sie sich plötzlich erschrocken umdrehte, da sie laut und deutlich ihren Namen vernahm, als würde jemand unmittelbar neben ihr stehen und sie ansprechen. Seltsam ... denn sie sah niemanden!

Wieder zu Truth blickend, erkannte sie endlich, daß sie es war, die mit ihr sprach und sie schon eine ganze Weile aufforderte, nun endlich herunterzukommen. Maggy legte zügig die Kleidung vom Vortag in den Wäschesack und schlich auf leisen Sohlen die Treppe hinunter. Als sie am Wohnzimmertisch vorbeikam, griff sie sich noch schnell einen Apfel vom Obstteller und eilte dann durch die Terrassentür in den Garten.

„Na endlich, da bist Du ja", begrüßte Truth sie. „Hast Du noch geträumt?"

Etwas verschämt gestand Maggy Truth, daß sie sie beobachtet und sich ihren Körper genau angesehen hatte.

Truth lächelte. „Ich hoffe, ich gefalle Dir."

„Du machst Dich lustig über mich", schmollte Maggy.

„Nur ein wenig", räumte Truth ein. „Aber mach Dir nichts draus. So etwas wie mich sieht man halt nicht alle Tage."

„Zumindest nicht in meiner Welt", konterte Maggy schlagfertig, ergriff dann die Hand, die Truth ihr entgegenstreckte, und schwang sich auf ihren Rücken.

Es war, als würde Maggy die weitere Konversation mit Truth gedanklich führen. Sie hätte nicht mit Worten wiedergeben können, was gesprochen wurde, aber dennoch hatte sie den Eindruck, intuitiv völlig zu verstehen, um was es ging. Truth wollte ihr die Schönheit der Landschaft zeigen. Aber da war noch etwas anderes, was Maggy zwar spürte, was sie jedoch nicht deuten konnte.

Mit dem Mädchen auf dem Rücken bewegte Truth sich langsam in Richtung der Weiden. Maggy, der bereits von ihrem letzten längeren Ausflug mit ihr einiges bekannt war, schob ihre Füße langsam in die am Leinentuch befestigten Halterungen und hielt sich an Truths Schultern fest.

Nach ein paar Minuten erreichten sie die Weiden. Die dort grasenden Pferde kamen ihnen entgegen und schlossen sich ihnen an. Sie teilten sich auf und gingen links und rechts neben ihnen her. Auch der Schimmel, mit dem Maggy schon einmal ausgeritten war, begleitete sie. Nach einer Weile erreichten sie so den großen Wald und Truth bog am Rand rechts in den Feldweg ab. Langsam legten sie an Tempo zu.

Nach mehreren Schritten hörte Maggy den Schimmel wiehern und kurz darauf blieben die Pferde stehen. Sie schaute sich um und sah, daß die Gruppe noch eine Weile dort stehenblieb, bis die Tiere sich umdrehten und den Weg zurück zur Weide antraten. Truth wurde immer schneller und Maggy bemerkte durch einen kurzen Blick auf den Boden, daß sie in die Höhe stiegen.

Die prächtigen Flügel breiteten sich aus und schlugen langsam, aber kräftig durch die Luft. Maggy hatte keine Angst. Sie besah sich die Landschaft und war begeistert von ihrer Schönheit. Nach kurzer Zeit flogen sie eine Rechtskurve und verließen das Waldgebiet. Die Landschaft wurde steiniger, und erste große Felsen taten sich auf, wie sie Maggy von ihrem Nachtausflug zu Wisl bereits gesehen hatte. Aber dennoch wirkte die Umgebung nicht trocken. Die Böden waren übersät mit Grasbüscheln und wirkten satt und feucht. Über den Hügeln sprangen schon Ziegen und Steinböcke umher und Maggy sah, wie sie ihre Köpfe zu ihnen drehten, als sie über ihnen hinwegflogen. Hinter den Felsen erkannte Maggy den wunderschönen Wald, der später in einen Tannenwald mündete.

„Dort ist Wisls Schloß", rief sie begeistert.

„Genau", antwortete Truth. „Aber heute besuchen wir ihn nicht, wir fliegen woanders hin!"

Als sie über den Wald um Wisls Schloß geflogen waren, bog Truth etwas nach links ab und steuerte auf ein kleines Dorf zu, das vor ihnen lag. Die Häuser ähnelten denen in Martins und Violas Wohngebiet. Truth wurde langsamer.

„Wir halten hier?" fragte Maggy erstaunt.

„Ja, zumindest für eine gewisse Zeit. Später schauen wir uns noch weiter die Gegend an."

„Aha", erwiderte Maggy wenig begeistert. „Und was machen wir hier?"

„Die Frage ist nicht, was *wir* hier machen, liebe Maggy, sondern, was *Du* hier machst."

Ohne sie wirklich zu verstehen, entschied sich Maggy, einfach abzuwarten, was Truth vorhatte. Sie flogen über die Dorfmitte, in der ein großer Brunnen stand. Er war wunderschön an-

zuschauen, ähnlich wie die antiken Brunnen, die Maggy von zu Hause aus dem Fernsehen kannte. Eine schwere kupferne Pumpe war an der Seite des Brunnens angebracht, und auf der Brunnenmauer tummelten sich viele Vögel in den unterschiedlichsten Größen und Farben, die ab und zu im Wasser ein Bad nahmen.

Denn obwohl sie gerade erst acht Uhr hatten, war es bereits ordentlich warm. Es war ja auch Sommer, und der Brunnen gab nicht nur den Menschen eine willkommene Abkühlung. Maggy sah nur vereinzelt Leute auf den Straßen, die Geschäfte schienen geschlossen zu sein. Stimmt, heute war ja Sonntag. Und wie sie in den letzten Tagen erfahren hatte, waren auch hier, in der anderen Welt, die Läden an diesem Tag nicht geöffnet. Es gab mehrere Dinge, die dem Leben in Maggys Welt ähnelten, und obwohl ihr Vieles bekannt und vertraut vorkam, war das Leben hier doch sehr anders.

Truth verlor an Höhe und ließ sich fast nur noch in Richtung einer Wiese dahingleiten, die direkt vor einem Wäldchen an das Dorf angrenzte. Sie setzte behutsam auf und hielt nach ein paar Schritten an.

Liebevoll setzte sie Maggy ab und forderte sie auf, zum Brunnen zu gehen. „Du wirst sehen, was Du dort zu tun hast!"

Verwirrt über Truths Worte fragte Maggy hektisch: „Kommst Du nicht mit?"

„Nein Maggy, das geht nicht. Ich werde es Dir später erklären. Aber hab keine Angst. Ich werde Dich nachher wieder genau hier abholen, wann immer Du zurück bist. Und denk daran, daß Dir nichts geschehen kann."

Truth drückte Maggy noch einen Schein in die Hand. „Falls Du ihn mal benötigst." Dann drehte sie sich um und lief in Richtung des Wäldchens davon. Maggy schaute ihrer Gefährtin fragend hinterher und sah nur, wie sie nach einem kurzen Moment wieder in die Luft aufstieg.

Was sollte sie nun tun? Sie schaute auf den Schein, den sie in der Hand hielt. Er sah aus wie eine Art Geldschein, aber doch anders als das Geld, das sie kannte. Es stand auch kein Betrag darauf, sondern eine Nummer und eine Adresse, bei der dieser Schein wohl abgerechnet werden konnte.

Maggy schaute sich um. Weit und breit war niemand zu sehen. Also steuerte sie auf die Häuser zu und bog in eine Gasse ein, die nach ihrer Orientierung in die Ortsmitte führen mußte. Nach ein paar Minuten erreichte sie den Brunnen. Die Gegend war menschenleer. Obwohl sie direkt auf den Brunnen zulief und sich sogar auf seine Umrandung setzte, gingen die Vögel, die sie bereits von oben gesehen hatte, weiter ihrem bunten Treiben nach, ohne sich von ihr gestört zu fühlen. Einige hüpften sogar ganz nah an sie heran und beäugten sie. Maggy war entzückt.

Dann besann sie sich. Aber, was sollte sie jetzt hier? Ein paar Leute durchquerten den Ort, aber Maggy konnte nichts Besonderes erkennen. Sie stand auf und nahm die unmittelbare Umgebung genauer unter die Lupe.

Nicht weit von dem Platz entfernt, entdeckte sie zwischen zwei gewöhnlichen Wohnhäusern ein kleines Café, welches beleuchtet war. Da ihr Magen auffällig knurrte und sie einen Bärenhunger verspürte, trat sie näher heran, in der Hoffnung, dort etwas zu essen zu bekommen. Tatsächlich. Als sie näherkam, sah sie ein paar Menschen in dem Café sitzen und essen. Nur womit sollte sie bezahlen? Ihr fiel der Schein wieder ein, den Truth ihr gegeben hatte und sie entschloß sich, hineinzugehen.

Bevor sie sich die Auslagen näher anschaute, zeigte sie der Bedienung ihren Schein und fragte, ob sie damit etwas bestellen könnte. Die Dame nickte Maggy freundlich zu und zeigte ihr das Angebot. Maggy bestellte sich ein mit Käse und Ei belegtes Brötchen, einen Saft und ein Schokocroissant – das durfte nicht fehlen.

Nachdem sie alles auf dem Tablett abgestellt hatte, suchte sie sich einen Tisch am Fenster, setzte sich und genoß das Frühstück. Maggy war sehr angetan von dem Anblick des Brunnens, den sie von ihrem Tisch aus genau im Blick hatte. Nach einer Weile bemerkte sie, daß sich nicht mehr nur Vögel dort tummelten. Ein Junge mußte sich wohl zwischenzeitlich dort niedergelassen haben und saß etwas gebeugt auf der steinigen Umrandung. Maggy war inzwischen an ihrem Croissant angelangt, als ihr auffiel, daß er die Hände vor das Gesicht geschlagen hatte und bitterlich weinte.

Sie entschloß sich, zu ihm zu gehen, rollte das restliche Croissant in eine Serviette und ging zur Bedienung, um zu bezahlen. Diese nahm Maggys Schein und zog diesen durch ein Gerät. Nach wenigen Sekunden war alles erledigt und Maggy ging hinaus.

Als sie näher herantrat, hörte sie den Jungen schluchzen. Sie ließ sich neben ihm nieder, und als er sie ansah, erkannte sie, daß auch er nicht von hier sein konnte. Er glich hinsichtlich seiner Kopfgröße und seines übrigen Körperbaus eher Maggy als den hier lebenden Menschen. In seinen Augen sah sie seine Traurigkeit und Verzweiflung.

„Hallo", begrüßte sie ihn und lächelte. „Ich heiße Maggy und ich komme aus Deiner Welt." Selbst überrascht über ihre offenen Worte, begann sie, von sich und ihrem Aufenthalt hier zu erzählen. Sie fing damit an, wie sie in diese andere Welt gekommen war, berichtete von Viola und Martin und davon, wie es ihr noch vor ein paar Tagen mit ihrem Heimweh und ihrer Sorge um ihre Familie zu Hause ergangen war. Je länger Maggy sprach, desto mehr beruhigte sich der Junge, bis seine Tränen letztlich ganz versiegt waren und sich ein Lächeln auf sein Gesicht legte. Maggy legte eine Redepause ein.

Der Junge streckte ihr seine Hand entgegen: „Hallo, ich heiße Ludger." Dann erzählte er Maggy, daß er nun seit drei Tagen hier sei und letzte Nacht vor lauter Heimweh kaum geschlafen hatte. Seinen Beschreibungen entnahm Maggy, daß seine Zeit hier bisher ganz anders verlaufen war als ihre. Er hatte bisher kaum etwas erlebt; sie konnte aus seinen Schilderungen jedoch nicht entnehmen, warum das so war. Dennoch ließ sie ihn erzählen und bemerkte, daß es ihm auffallend gut tat, mit jemandem zu reden, der seine Situation kannte.

Nach einer Weile bot Maggy ihm ihr restliches Croissant an, was er dankend annahm. Er hatte heute noch nicht gefrühstückt und eh sie sich versah, war es aufgegessen. Sie schlug ihm vor, mit ihr ins Café zu gehen. Gesagt, getan.

„Aber womit sollen wir bezahlen?" fragte er Maggy.

„Laß mich das machen. Ich war eben schon mal hier."

Ludger packte sich zwei Brötchen, ein weiteres Croissant und dazu eine Tasse heiße Schokolade auf das Tablett. Maggy bestellte für sich ebenfalls einen Kakao, Hunger hatte sie dagegen keinen mehr. Sie wußte nun, was Truth gemeint hatte, als sie andeutete, daß Maggy hier etwas zu tun habe.

Die beiden saßen eine ganze Weile im Café und redeten, Maggy noch mehr als Ludger. Sie waren auf einer Wellenlänge und auch fast im selben Alter. Ludger war ein halbes Jahr jünger als Maggy. Sie erzählten sich von ihrem Leben zu Hause und sprachen darüber, was sie dazu gebracht hatte, hierher zu gelangen. Im Laufe des Gespräches ermunterte Maggy Ludger dazu, sich für die neuen Eindrücke und Erfahrungen hier in der anderen Welt zu öffnen und gab zu bedenken, daß ihm ja eine große Chance gegeben wurde, etwas kennenzulernen, was nur wenigen Menschen aus ihrer Welt ermöglicht würde. Sie machte ihm deutlich, daß es einen Grund hatte, warum sie hier waren und betonte, daß dies ja bedeutete, daß Ludger so wie sie bereits mehr verstanden hatte als andere Menschen in ihrer Welt.

Ludger lächelte immer häufiger und Maggy konnte eine Veränderung in seinen Augen feststellen. Diese wurden dunkler und klarer, so, wie sie es auch bei sich festgestellt hatte. Sie gab ihm den Tip, doch mit seiner Gastfamilie über seine Sorgen zu sprechen und mit ihnen gemeinsam eine Lösung zu finden. Von der Kugel erzählte Maggy ihm allerdings nicht. Sie wußte nicht wirklich warum, aber ihr Gefühl hielt sie zurück. Irgend etwas sagte ihr, daß es für Ludger noch zu früh wäre, und so behielt sie dieses Geheimnis für sich.

So verging der Vormittag, und als Maggy auf die Uhr im Café blickte, war es bereits ein Uhr am Mittag. Als sie die Uhrzeit vor sich hin murmelte, zuckte Ludger zusammen.

„Ich muß zurück, sonst machen sich die anderen noch Sorgen", rief er.

Gelassen erwiderte Maggy: „Glaubst Du wirklich, die anderen wissen nicht, wo Du bist und daß es Dir gut geht?"

Ludger wirkte erst nachdenklich, doch nach einem kurzen Moment nickte er. Irgendwie tat er Maggy leid, weil er mit allem überfordert schien. Aber sie wußte, daß sich hier für ihn alles so fügen würde, wie es für ihn richtig war und wie er lernen konnte. Sie bezahlte mit ihrem Schein für sie beide, und dann beschlossen sie, noch etwas spazierenzugehen.

Mit einem Gefühl der Ruhe und dem Eindruck, ihre Sache gut gemacht zu haben, sagte Maggy nach einer Weile: „Ich muß jetzt weiter, ich sollte zu Truth zurückkehren. Sie wartet bereits."

„Ist sie Dein Hüter der Elemente?" fragte Ludger.

Maggy nickte und seine Äußerung war für sie die Bestätigung, daß er nun wieder einen Zugang zu seinem Inneren gefunden hatte. Er schlug vor, sie noch bis zu dem Treffpunkt zu begleiten, wo Truth sicher schon warten würde. Ludgers Sorge, die anderen könnten nach ihm suchen, war wie weggeblasen.

„Schade, daß Du weg mußt!" seufzte er plötzlich.

Maggy ergriff seine Hand. „Nutze Deine Zeit und nimm alles als gegeben hin! Wenn Dich etwas bedrückt, rede darüber, und alles wird so geschehen, daß es Dir weiterhilft."

Als sie auf der Wiese angekommen waren, kam ihnen Truth vom Wald aus bereits entgegen.

Maggy umarmte Ludger und sah ihm noch einmal tief in die Augen.

„Denk an unser Gespräch! Vielleicht sehen wir uns in unserer Welt ja wieder!" Dies waren ihre letzten Worte zu ihm. Dann drehte sie sich zu Truth um und wurde von dieser schwungvoll wieder auf den Rücken gehoben. Ludger lächelte zum Abschied, bedankte sich herzlich bei Maggy und versicherte noch, daß er an ihr Gespräch denken und Maggys Ratschläge beherzigen wolle.

Dann trabte Truth mit dem Mädchen auf dem Rücken in Richtung Wald, und bereits nach wenigen Schritten hoben sie ab. Maggy drehte sich noch einmal zu Ludger um und winkte ihm von oben zu. Noch immer stand er an derselben Stelle, aber nun war er nicht mehr allein. Drei weitere Personen waren bei ihm. Maggy konnte gerade noch erkennen, daß Ludger von einer Frau in den Arm genommen wurde. Seine Gastfamilie war wieder bei ihm. Beruhigt wandte sich Maggy wieder in Flugrichtung um und war gespannt auf das, was sie nun alles noch zu sehen bekommen würde.

Ben schaute von dem Buch hoch, das er gerade las, und starrte an die vergilbte Decke seines Krankenzimmers. Seine Gedanken schweiften zu Maggy, und immer wieder ging ihm durch den Kopf, was seine Oma ihm gestern erzählt hatte. Wie mochte es Maggy wohl in dieser anderen Welt ergehen? Er malte sich aus, was sie vielleicht dort alles erleben würde, und ein Gefühl von Sehnsucht in ihm wurde immer stärker, ohne daß er genau benennen konnte, wonach.

Er seufzte laut. Mittlerweile wurde ihm ziemlich langweilig in diesem Bett, und er hoffte, daß seine letzten Tage im Krankenhaus schnell vergehen würden. Immerhin würde er morgen wieder aufstehen können, da er dann seinen Gehgips bekommen sollte. Tief in Gedanken versunken bekam er gar nicht mit, daß es an der Zimmertür geklopft hatte und seine Oma hereingekommen war. Als sie auf einmal neben seinem Bett stand, zuckte er zusammen.

„Grandma, Du bist ja schon hier! Schleich Dich doch nicht so heran!" platzte es aus ihm heraus. „Das ist ja eine nette Begrüßung", sagte Elly und schmunzelte. „Wo warst Du denn schon wieder gedanklich unterwegs? Auf jeden Fall muß das ja weit weg gewesen sein."

Ben setzte sich auf und drückte Elly, die mittlerweile auf seiner Bettkante Platz genommen hatte. Sie spürte, daß ihren Enkel etwas beschäftigte, wollte ihn aber nicht direkt darauf ansprechen. Dann wäre er ihr nur ausgewichen, dafür kannte sie ihn. Ben mußte man erzählen lassen, und so war sie schon häufiger mal überrascht worden, wie offen ihr Enkel dann sein konnte.

Elly packte ein paar Leckereien sowie frisches Obst für Ben aus und erzählte ihm, was gestern nach ihrem Besuch bei ihm im Krankenhaus geschehen war. Sie schilderte ihm auch den Vorschlag von Maggys Eltern, bis zu Bens Entlassung bei ihnen zu bleiben. Als sie geendet hatte, erkundigte Ben sich noch mal genau nach den Geschehnissen am See – als Maggys Vater die Kugel überreicht worden war – und ließ sich nochmal alles haarklein erzählen. Gespannt hörte er zu. Auch den Text, der auf den beiden Zetteln stand, wollte er ein weiteres Mal hören.

„Schade", murmelte er plötzlich, „daß ich nicht mit dabeisein konnte. Das hätte ich gern gesehen!"

„Du wirst Dir die Kugel und die Zettel mit Sicherheit noch in Ruhe anschauen können, wenn Du am Montag entlassen wirst", versuchte ihn Elly zu trösten. Doch sie merkte, daß ihr Enkel nachdenklich und sogar etwas unruhig war und daß ihre Worte ihn nicht beruhigten. Ihr Eindruck, daß Ben irgend etwas sehr beschäftigte, wurde immer stärker. Sie begann, sich Sorgen zu machen. In der Hoffnung, daß er vielleicht trotz ihrer Frage darüber reden würde, sagte sie letztendlich: „Ben, irgend etwas beschäftigt Dich doch. Magst Du es mir nicht erzählen?"

Ben schaute seine Oma abwesend und gleichzeitig ein wenig erleichtert an. Nach einer längeren Pause begann er langsam, von einem Traum zu erzählen, den er in den frühen Morgenstunden gehabt hatte.

„Ich habe Maggy in der anderen Welt gesehen", sagte er etwas verunsichert und besorgt, wie seine Oma wohl darauf reagieren würde. Diese nickte ihm auffordernd zu, fortzufahren.

„Ich habe wunderschöne Landschaften gesehen und Menschen, die etwas anders aussehen als wir, aber uns doch sehr ähnlich sind. Einige von ihnen befanden sich bei Maggy. – Du hältst mich jetzt nicht für durchgeknallt, Grandma, oder?"

Elly bemerkte Bens Unsicherheit und legte sanft ihre Hand auf seinen Arm. „Ben, wir haben uns doch gestern schon über Dinge unterhalten, die man nicht unbedingt mit jedem besprechen kann, und habe ich Dich da für blöd gehalten? Du bist doch mein Schatz! Warum sollte ich Dir das, was Du mir erzählst, nicht glauben? Ich weiß, daß Du Dir so etwas nicht aus den Fingern saugst. Dafür kenne ich Dich nun weiß Gott lange genug."

Diese Worte beruhigten Ben abermals und es wurde ihm regelrecht unangenehm, daß er am Verständnis seiner Großmutter für das, was er berichtete, gezweifelt hatte. „Ich weiß auch nicht, warum ich das gedacht habe. Tut mir leid", nuschelte er leise.

„Ja, ja", sagte Elly, „unsere Gedanken spielen uns schon ab und zu den ein oder anderen Streich. Mach Dir nichts draus, erzähl einfach weiter."

Ben erzählte seiner Oma erleichtert alles, was er in seinem Traum gesehen hatte. Es war kein allzulanger Traum gewesen, doch es hatte gereicht, um sich ein Bild davon machen zu können, wo Maggy sich gerade aufhielt. Er erzählte Elly auch von einem seltsamen Wesen, was er neben Maggy gesehen hatte. Es hatte so anders ausgesehen: scheinbar war es halb Mensch und halb Tier gleichzeitig.

„Es hat mir aber keine Angst gemacht", fügte er hinzu. „Wie ich das sehe, ist es eher ein Beschützer, der auf Maggy aufpassen soll."

Elly stockte der Atem. Sie wußte gar nicht, was sie ihrem Enkel zu alldem sagen sollte. War sie doch selbst viel zu überrannt von seinen Schilderungen. Und daß sie wahr waren, konnte sie spüren. Sie hatte keinerlei Veranlassung, an Bens Ausführungen zu zweifeln.

Elly, die die ganze Zeit auf Bens Bettkante gesessen hatte, stand auf, um sich einen Stuhl zu holen. Diesen stellte sie zu Ben ans Bett und setzte sich. Nachdenklich lehnte sie sich nach hinten und blickte dann zu ihrem Enkel.

„Da ist Dir aber etwas Besonderes gezeigt worden", sagte sie grübelnd.

Ben nickte. Er hatte selbst noch damit zu tun, seinen Traum einzuordnen. „Und da war noch etwas, Grandma ..."

Elly blickte ihn etwas erschrocken an. Was würde jetzt noch kommen? Fragend schaute sie ihren Enkel an.

Maggy wurden auf ihrem Rückflug von Truth erneut die schönsten Landschaften gezeigt. Sie flogen über flache und hügelige Gegenden, über Seen und Wälder sowie an dem wunderschönen Strand am Meer entlang. Von oben erschien er Maggy noch viel schöner. Der fast weiße Sand, das glasklare blaue Wasser und die beiden prächtigen hohen Felsen, die den Strand von beiden Seiten schützten, beeindruckten sie aufs Neue. Truth flog nicht besonders hoch, so daß Maggy alles genau erkennen konnte. Sie entdeckte die unterschiedlichsten Tiere, Menschen, die sich in der Natur aufhielten, staunte über die Häuser, die sich unscheinbar in die Umgebung einbetteten, und über die prächtige Vegetation. Alles sah so satt und farbintensiv aus – und selbst karge und steinige Landschaften hatten ihren Reiz. Alles wirkte völlig unberührt und Maggy hatte nirgends den Eindruck, daß die Natur und die Tiere von den Menschen zurückgedrängt worden waren. Sie lebten scheinbar alle im Einklang miteinander, und sie alle respektierten einander.

Truths langsame, aber starke Flügelschläge rundeten die Situation ab; die wunderschönen Bilder der Natur und dann diese beruhigenden Klänge ihrer Flügel. Doch nach einiger Zeit ließ das immer wiederkehrende Geräusch sie müde werden. Maggy lehnte sich nach vorn in Truths weiches Fell und schloß für einen kurzen Moment die Augen. Als sie erneut aufblicken wollte, merkte sie, daß ihr dies kaum noch gelang, so schwer waren ihre Augenlider. Sie wehrte sich dagegen, einzuschlafen. Schließlich wollte sie die kurze Zeit, die ihr hier noch blieb, doch nicht verschlafen! Aber geschafft von den Ereignissen des Vormittages und mit einem wohligen, sicheren Gefühl auf Truths Rücken schlief Maggy ein.

Als sie wach wurde, lag sie, mit einer Wolldecke zugedeckt, auf der Couch in Violas und Martins Wohnzimmer. Noch ganz orientierungslos schaute sie durch das große Terrassenfenster in den Garten. Sie war erleichtert, als sie bemerkte, daß es draußen noch hell war. Doch wo waren die anderen? Es war still im ganzen Haus. Maggy stand auf, faltete die Decke zusammen und begab sich in den Garten.

Als sie hinaustrat, hörte sie von links leise Stimmen, konnte aber niemanden sehen. Also ging sie weiter um das Haus herum und sah dort die Familie vollständig versammelt an dem großen Holztisch unter der riesigen Linde sitzen. Als sie Maggy erblickten, winkten sie ihr zu.

Noch recht verschlafen erreichte Maggy die anderen. Der Tisch war reichlich gedeckt mit Getränken, verschiedenen Salaten, aufgeschnittenem Brot und verschiedenen Soßen, die in kleinen Keramiktöpfchen angerichtet waren. Auf der anderen Seite der Linde qualmte es aus einem Steingrill, auf dem jede Menge Fleisch lag und vor sich hin brutzelte.

„Wann habt Ihr das denn alles gemacht?" fragte Maggy und ließ sich neben Viktor auf der Holzbank nieder.

„In den letzten zwei Stunden, in denen du seelenruhig und tief auf der Couch geschlafen hast", erwiderte Viktor fast schon etwas mürrisch. Er war nie begeistert, wenn er im Haushalt mit anpacken sollte, und da heute einiges vorzubereiten gewesen war, hatte auch er mithelfen müssen.

„Warum habt Ihr mich denn nicht geweckt?" bohrte Maggy weiter – etwas verschämt darüber, sich mal wieder an den gedeckten Tisch setzen zu können. Sie war es von zu Hause gewohnt, ihrer Mutter bei der Hausarbeit zur Hand zu gehen, deckte auch regelmäßig den Tisch mit und trug die vorbereiteten Speisen auf.

Martin mischte sich in die Unterhaltung der beiden jungen Leute ein: „Für Dich sind hier halt andere Dinge wichtig als solche, bei der Hausarbeit und den Essensvorbereitungen zu helfen. Mach Dir darüber bloß keine Gedanken! Und Du, Viktor", wandte er sich an seinen Sohn, „brichst Dir schon keinen Finger dabei, wenn Du deiner Mutter mal etwas hilfst."

Martin stand auf, holte ein mageres Stück Fleisch vom Grill und legte es Viktor auf den Teller. Besänftigt durch diese Geste seines Vaters klopfte dieser Maggy freundschaftlich auf die Schulter.

„Ach, Schwamm drüber. War nicht so gemeint." Versöhnlich fragte er Maggy nach ihrem heutigen Ausflug und wollte wissen, wo sie in aller Herrgottsfrühe schon gewesen war.

Nach und nach füllten sich alle ihre Teller mit Grillfleisch, Salaten und Brot. Als die ganze Familie sich alles schmecken ließ, nahm Maggy einen großen Schluck von ihrer Fruchtschorle, die Viola ihr ins Glas geschüttet hatte, und begann, von ihrem heutigen Ausflug mit Truth und ihrer Begegnung mit Ludger zu erzählen.

Nachdenklich verließ Elly das Krankenhaus. Ihr ging der Traum nicht aus dem Kopf, den Ben ihr eben erzählt hatte. Da es noch relativ früh am Nachmittag war und die Sonne strahlte, entschloß sie sich kurzerhand, mit ihrem Fahrrad einen Abstecher an den See zu machen und dort eine Runde spazierenzugehen.

    Sie fuhr eine gute halbe Stunde, stellte das Rad dann in der Nähe des Sees ab und setzte sich auf einen Baumstamm – es war derselbe, auf dem bereits Maggy und ihr Vater im Winter gesessen hatten. Immer wieder kreisten ihre Gedanken um Bens Traum, und insbesondere seine letzten Ausführungen ließen sie nicht zur Ruhe kommen. Was für eine Geschichte, die ich auf meine alten Tage noch erlebe, dachte Elly bei sich.

    Sie stand auf und drehte zu Fuß eine Runde um den See, bis sie an die Stelle kam, auf deren Höhe sich im See die Luke befand. Elly blieb erst stehen und lief dann langsam ein Stück weiter, bis sie die smaragdgrüne Farbe im Wasser bei einem Blick zurück deutlich wahrnehmen konnte. Erneut blieb sie stehen und beobachtete die Stelle, die sich leicht in ihrer Farbgestaltung änderte. Je länger sie daraufschaute, desto deutlicher mischten sich Rot-, Blau- und Gelbtöne in das schillernde Grün. Es war faszinierend! Elly fragte sich, ob diese Stelle nicht auch anderen Menschen bereits aufgefallen war und warum sie bisher noch nie etwas davon gehört hatte. Kurzentschlossen zog sie ihre Schuhe aus und krempelte ihre Hosen bis über ihre Knie hoch. Sie lief vorsichtig über das Gras bis zum Ufer und hielt einen Fuß in die seichten Wellen. Das Wasser war zwar eher kühl, aber doch angenehm. Sie zuckte erst etwas zusammen, tauchte aber dann das Bein immer weiter hinein, bis sie festen Boden unter ihrem Fuß spürte. Langsam zog sie das zweite nach und stand wenig später schon knietief im Wasser. Mit kleinen Schritten bewegte sie sich vorwärts, immer weiter auf die besagte Wasserstelle zu. Irgend etwas zog sie an. Elly watete immer weiter in den See hinein, ohne zu bemerken, daß sie mittlerweile schon fast hüfttief im Wasser stand und ihre Hosen klitschnaß waren. Gerade beugte sie sich vor, um zu versuchen, mit ihrer Hand zu der smaragdgrün schillernden Stelle zu gelangen, als sie plötzlich von hinten eine strenge Stimme vernahm.

„Was machen Sie denn hier, Lady? Kommen Sie mal ganz schnell wieder aus dem Wasser!" Elly drehte sich um und sah zwei Polizeibeamte hinter sich am Ufer stehen.

„I-ich mache g-gar nichts ...", rief Elly stotternd und ganz erschrocken.

Ein Polizist bewegte sich schon in ihre Richtung, streckte ihr seine Hand entgegen und forderte sie erneut eindringlich auf, aus dem Wasser zu kommen.

„Sie wissen, daß hier vor einigen Tagen ein junges Mädchen verschwunden ist? Haben Sie zufällig irgend etwas damit zu tun? Vielleicht kontrollieren Sie ja gerade noch mal, ob Sie all Ihre Spuren verwischt haben?"

Elly tappte vorsichtig aus dem Wasser und ergriff seine ausgestreckte Hand. Vollkommen entsetzt sagte sie: „Nein, um Gottes Willen, wie kommen Sie denn auf so etwas?"

„Wir klären das jetzt und nehmen ihre persönlichen Daten auf. Sie kommen erst mal mit uns auf die Wache." sagte der andere ernst.

Was sollte Elly jetzt bloß tun? Sie konnte den Polizisten doch nichts von der Luke und der anderen Welt erzählen. Dann würden sie sie nicht nur mit auf die Wache nehmen, sondern ganz bestimmt direkt in eine geschlossene Anstalt stecken. Elly hatte sich sowieso schon häufiger gefragt, wie viele Menschen sich wohl in solchen Häusern aufhielten, weil sie letztendlich Dinge mitbekamen, die nicht von dieser Welt waren und einfach nur nicht wußten, wie sie damit umgehen sollten oder mit wem sie darüber reden konnten.

Sie versuchte es also erneut auf die höfliche Art: „Aber meine Herren, sehe ich alte Dame so aus, als würde ich ein junges Mädchen entführen können? Ich bitte Sie!"

Die Polizisten ließen sich auf nichts ein. Sie drängten Elly dazu, ihre Schuhe anzuziehen und packten sie am Arm. Es ging alles sehr schnell, und bevor sie sich versah, saß sie auch schon im Polizeiwagen und fuhr mit den Beamten zur Wache.

Dort wurden ihre Daten aufgenommen und Elly wurde immer wieder nach ihren Motiven befragt, sich am See aufzuhalten. Es schien, als suche die Polizei, nach ihren Mißerfolgen der letzten Tage nun krampfhaft nach einer Verdächtigen – und das war im Moment eben Elly. Was sie auch sagte, es schien die Polizisten immer nur noch mehr anzustacheln, ihren Verdacht zu verfestigen. Sie war machtlos. Kurzerhand wurde Elly in eine Zelle abgeführt und man brachte ihr ein Telefon, damit sie jemanden benachrichtigen konnte. Sie entschied sich dafür, Martha und Henry zu informieren. Wer außer ihnen sollte auch sonst ihre Situation verstehen können?

Gott sei Dank, sie waren zu Hause. Sie hatte nur zwei Minuten und erzählte ihnen schnell, was passiert war. Henry, der am Telefon war, versprach ihr, sich darum zu kümmern. Nur was sollte er tun?, fragte sich Elly. Er konnte ja noch nicht mal einen Anwalt einschalten. Was hätte er ihm dann schon sagen sollen? Sämtliche Versuche von Henry, Elly am Telefon aufzumuntern, scheiterten. Sie mußte da jetzt allein durch und konnte nur auf ein Wunder hoffen.

Viola, Martin, die Kinder und Maggy saßen noch lange im Garten. Die Dämmerung brach herein und mehrere Windlichter wurden auf den Tisch gestellt. Es war noch angenehm warm und ein leichter Wind strich durch Maggys Haare. Noch zwei Nächte, dachte sie bei sich, dann würde sie wieder zu Hause sein. Wie würde das wohl sein – und wie würde ihre Familie reagieren, wenn sie ihnen alles berichtete?

Sie stand auf, um sich die Beine zu vertreten, und spazierte etwas ums Haus, bis sie die großen Weiden sehen konnte, an deren Ende der Wald schon nur noch schemenhaft zu erkennen war. Maggy blieb stehen, um den Anblick zu genießen. Als sie so dastand, wurde sie von Susann überholt, die schnurstracks auf den Schuppen am Ende des Gartens zuging. Sie kam mit zwei großen Leinentüchern und zwei Ledersatteln wieder zurück.

„Was hältst Du von einem Nachtausritt?"

Obwohl Maggy bisher nur einmal auf dem Schimmel gesessen hatte – daheim war sie sonst nie auf die Idee gekommen, zu reiten – nickte sie. Sie schaute sich um, doch weit und breit waren keine Pferde zu sehen.

„Nur, worauf sollen wir reiten?" fragte sie Susann erstaunt.
„Das wird sich gleich finden."
Mit einem Wink forderte Susann Maggy auf, ihr zu folgen. Sie gingen tief in die Weiden hinein, als Susann plötzlich auf ihren Fingern ein lautes Pfeifen ertönen ließ. Das Geräusch hallte noch für einige Sekunden nach, und obwohl in der Nähe keine Berge waren, schien es Maggy, als würde sie ein Echo hören können.
„Wie machst Du das?"
Susann kam näher zu Maggy heran und zeigte ihr die Technik. Sie hielt den Zeigefinger und Daumen der rechten Hand etwas in den Mund und blies Luft hinaus.
„So, schau!" Erneut ertönte das schrille Pfeifen, das bis tief in den Wald hineinhallte. Maggy tat es Susann gleich, doch war das Geräusch, was sie erzeugte, nicht ansatzweise mit einem Pfeifton zu vergleichen. Es hörte sich eher wie ein dumpfes Rauschen an und verpuffte ganz schnell.
„Konzentrier Dich auf das Geräusch, was Du eben von mir gehört hast und preß Deine Lippen um die Finger."
Maggy versuchte es erneut. Nach und nach ähnelte das Ergebnis immer mehr einem Pfeifen und sie probierte es immer wieder. Mit einem Mal erschrak sie sich selbst vor dem Ton, der plötzlich aus ihrem Mund entwich. Es war ein klarer heller Pfeifton, der über die ganze Weidefläche bis zum Wald schallte, nach einigen Sekunden nur noch leise zu hören war und schließlich verhallte.
„Wow", platzte es aus Maggy heraus. Noch ganz begeistert von ihrem gelungenen Versuch, sah sie Susann schon einige Meter vor sich auf ein Pferd zugehen, was vor dem dunklen Hintergrund des Waldes auf die beiden Mädchen zukam. Maggy blinzelte und erkannte, daß kurz danach auch der Schimmel aus der Dunkelheit auftauchte und geradewegs auf sie zusteuerte. Herzlich begrüßte sie das Tier, als es vor ihr stand.
„Na Du! Ja, wir kennen uns bereits. Hab keine Angst."
Vorsichtig legte sie das Tuch und den Sattel, die sie von Susann bekommen hatte, auf den Rücken des Tieres. Der Schimmel blieb ganz ruhig stehen, so daß Maggy keine Mühe hatte, den Gurt unter seinem Bauch zu sich zu ziehen und ihn dann an

der Seite des Sattels zu befestigen. Diesmal hatte sie zwar Steigbügel, um auf das Pferd zu kommen, doch waren diese viel zu hoch, um sie mit ihren Füßen erreichen zu können. Gerade wollte sie „Das funktioniert nicht!" murmeln, als sich der Schimmel – wie schon beim letzten Mal – auf seine Vorderbeine hinunterkniete und Maggy gelassen einen Steigbügel erreichte, um aufzusteigen. Oben angekommen hielt sie sich an dem Griff vorn am Sattel fest. Es konnte losgehen.

Susann gab mit ihrem Pferd die Richtung vor und Maggy ritt auf dem Schimmel hinterher. Diesmal trabten sie den Weg links am Waldrand entlang und kamen nach einigen hundert Metern an eine große Waldlichtung. Obwohl es mittlerweile dunkel geworden war, konnte Maggy alles recht gut erkennen. Sie sah all die Tiere, die sich auf der Lichtung tummelten. Hasen, Rehe und sogar ein Hirschpärchen waren zu erkennen, die sich jedoch von der Anwesenheit der beiden Reiterinnen nicht weiter stören ließen. Auch hier erblickte Maggy wieder die großen Futtertröge, die im Moment jedoch leer waren – auf den Wiesen und Weiden fanden die Tiere zu dieser Jahreszeit genug Futter.

Langsam ritten sie an der Lichtung vorbei und bogen dann rechts in den Wald ab. In dem Laubwald schlossen sich große, satte Blätterkronen oben wie zu einem Dach zusammen. Der Waldboden war weich und von Laub übersät. Maggy atmete tief ein und genoß den Waldgeruch. So intensiv hatte sie diesen bei sich zu Hause noch nie wahrgenommen. Aber das kannte sie ja schon: daß sich hier alles viel stärker und ursprünglicher anfühlte.

Der Wald lichtete sich schließlich und der Boden wurde fester. Nach und nach schwand die dichte Baumlandschaft und sie kamen in eher steiniges, felsiges Gebiet. Es ging bergauf und Maggy beugte sich auf dem Schimmel etwas nach vorn, da sie ihr Gewicht verlagern wollte. Einzelne Steinböcke kreuzten ihren Weg, huschten aber schnell wieder in das seitliche Dickicht. Der Weg wurde für die Pferde immer beschwerlicher.

Susann stieg irgendwann von ihrem Pferd ab und rief: „Den Rest gehen wir zu Fuß!"

Kurz darauf sprang auch Maggy vom Schimmel hinunter. Nach einigen Minuten Fußweg ließ die Steigung nach und sie gingen auf ebener Fläche. Um sie herum befand sich nun wieder eine üppige Wald- und Wiesenlandschaft, und sie gelangten zu einer Seilbahnstation. Dort waren sie nicht allein. Eine Gruppe von Menschen wartete dort allem Anschein nach bereits auf die nächste Gondel. Diese ließ nicht lange auf sich warten, und so stiegen die beiden Mädchen gemeinsam mit den anderen hinein.

„Wohin fahren wir?" fragte Maggy neugierig.

„Ich möchte Dir etwas zeigen, was wir nur zweimal im Jahr zu sehen bekommen. Warte ab." Das kannte Maggy ja bereits ... Abwarten. Bisher war sie aber auch noch nie enttäuscht worden, insofern konnte sie sich problemlos darauf einlassen. Eine ganze Weile fuhren sie bergauf.

Maggy senkte den Blick. Sie entdeckte unter sich viele Tiere, die ebenfalls nach oben zu streben schienen, und je näher sie dem Berggipfel kamen, desto mehr von ihnen konnte sie erkennen. Das war ja fast schon eine Wanderschaft von Tieren! Oben angekommen, verließen sie die Gondel. Susann lief geradewegs nach links an den Rand des Gipfels und deutete, ohne ein Wort zu sprechen, mit einem Arm in die Weite.

Maggy, die nun auch an der Stelle angelangt war, folgte mit dem Blick der angedeuteten Richtung und sah am Horizont ein prächtiges Farbenspiel in roten, blauen, goldenen und grünen Tönen. Sie legten sich umeinander wie Tücher, die im Wind miteinander tanzten, und reichten vom Boden bis hoch in den Himmel hinaus.

„Was ist das?" fragte Maggy, tief beeindruckt von dem gigantischen Anblick, der sich ihr bot. Es sah so ähnlich aus wie die Polarlichter, die sie schon mal im Fernsehen bewundert hatte.

„Wir haben Mittsommer", erwiderte Susann, „und das, was du dort siehst, ist die Energie, von der unsere Welt umgeben ist. Sie zeigt sich uns nur zweimal im Jahr, nämlich jeweils zur Sommer- und zur Wintersonnenwende. Man sagt, den Menschen, die diese Energie erblicken, werden alle sorgenvollen Gedanken und Ängste genommen, so daß sie anschließend erhobenen Hauptes und offen in ihr Leben wieder zurückgehen können. Sie müssen aber aufrichtigen Herzens sein, sonst erhalten sie nicht dieses Geschenk. Ihnen werden auch dann ihre eigene Furcht und das, was sie beschäftigt, nicht genommen, wenn es aus einem Grund wichtig für sie ist, diese zu behalten – vielleicht, um zu lernen, daß sie etwas falsch machen. Du darfst es also nicht so verstehen, daß wir nichts selbst machen müssen. Nur manchmal verrennt man sich eben und sieht den Wald vor lauter Bäumen nicht. Da kann es schon mal wichtig sein, daß man einen klaren Kopf bekommt, um weitergehen zu können, und diese Möglichkeit wird uns hier gegeben."

„Einfach so?"

„Wenn wir dafür offen sind und wir es als Chance sehen. Sollten wir sie aber nicht nutzen und auch nichts verändern, erhalten wir beim nächsten Mal diese Gelegenheit nicht mehr, sondern erst wieder, wenn es gut und richtig für uns ist."

„Entscheidet Wisl das?"

Susann schaute Maggy an und sagte: „Nein, das entscheiden weder er noch ein anderer von den Fünf. Das entscheidet unser aller Freund, der über allem steht, auch über Wisl."

„Und wer ist das?"

„Es ist egal, wie Du ihn nennst. Ob Du Gott oder Schöpfer sagst, oder einen anderen Namen verwendest. Er bleibt so oder so immer der Gleiche. Er hat all das hier geschaffen – auch Eure Welt und alle Menschen, die in beiden Welten leben. Nur er kann alles überblicken und sehen, wo die Menschen stehen."

Die Unterhaltung zwischen den beiden Mädchen verstummte. Maggy blickte hinunter in ein Tal, in dem sich immer mehr Tiere und Menschen versammelten. Sie alle standen friedlich beisammen und es war eine wirklich außergewöhnliche Stimmung. Die Atmosphäre war irgendwie anmutig, und in der Luft lagen ein Hauch von Ehrfurcht und Demut. Viele Menschen hielten sich an den Händen, andere wiederum standen für sich ganz allein und wollten den Moment scheinbar für sich genießen. Die Lichter waren jetzt nicht mehr nur am Horizont zu sehen, sondern umkreisten das ganze Tal. Sie tanzten und umschlungen sich und beleuchteten das gesamte Tal.

Maggy entdeckte inmitten der anderen Menschen auch Wisl, der ihr fröhlich zuwinkte. Plötzlich erklangen laute Windschläge, die hinter ihnen von beiden Seiten immer näher kamen. Maggy drehte sich um und sah mehrere große Wesen in Richtung Horizont fliegen. Als sie schließlich durch die Lichter besser zu sehen waren, erkannte sie, daß es die Hüter der Elemente waren, die sich mit ihren Flugbewegungen in das Farbenspiel einfügten. Auf der linken Seite erkannte sie Truth, die mit den anderen zusammen durch die Lichter flog. Es waren viele, was Maggy sehr überraschte. Die ganze Situation hatte etwas sehr Magisches, und Maggy wünschte sich, daß dieser Moment niemals enden würde.

Elly saß auf der harten Pritsche in ihrer Zelle und schlug sich eine alte Stoffdecke um die Beine, weil ihr mittlerweile ziemlich kalt wurde. Es war bereits acht Uhr am Abend und noch immer hatte sich nichts getan. Die Zellentüre öffnete sich plötzlich und Elly sprang auf, in der Hoffnung, jetzt endlich hinauszukönnen. Zu ihrer Überraschung reichte ihr ein Beamter aber lediglich ein Tablett mit Tee und zwei belegten Brötchenhälften.

„Essen Sie was, Ma'am", nuschelte der Polizeibeamte und wollte wieder hinausgehen.

„Wie lange wollen Sie mich denn noch hier festhalten? Dürfen Sie das überhaupt?"

Der Polizist hielt inne, starrte Elly an und sagte: „Bei uns hat sich noch kein Anwalt für Sie gemeldet. Bis morgen werden Sie sich wohl noch gedulden müssen."

Elly setzte sich mit gesenktem Kopf und dem Tablett wieder auf die Pritsche. „O je! Was muß ich auf meine alten Tage noch alles erleben? Reiß Dich zusammen, Elly!" schimpfte sie mit sich selbst. „Besondere Situationen erfordern manchmal eben besondere Entbehrungen. Selbstmitleid hilft da gar nichts."

Sie versuchte, sich mit dem Gedanken zu beruhigen, daß Henry mit Sicherheit Himmel und Erde in Bewegung setzen würde, um ihr zu helfen. Ergeben schaute sie sich die karge Mahlzeit und ihre Tasse Tee an und biß dann in eine der Brötchenhälften. Nach einem weiteren Bissen stellte sie den Teller jedoch beiseite und trank ihren Tee.

Im Moment konnte sie sowieso nichts machen, was sollte sie sich also unnötig aufregen? Sie legte sich auf die Pritsche und deckte sich mit einer weiteren Stoffdecke zu, die neben ihr auf einem Holzstuhl lag. Als es ihr unter beiden Decken langsam wärmer wurde, machte sich eine Schwere in ihrem Körper breit. Diesem Gefühl nachgebend, schlief Elly innerhalb weniger Minuten ein.

Sie träumte von Ben und sah ihn zusammen mit Maggy am See spazierengehen. Sie waren nicht allein. Bei ihnen ging ein alter Herr mit langen grauen, fast weißen Haaren und einem ebenso weißen Bart. Dieser Mann sah friedlich und gutmütig aus. Er nahm die Kinder jeweils an eine Hand und sprang mit ihnen in den See. Dort schienen sie wie verschluckt und tauchten nicht mehr auf. Der Himmel verdüsterte sich und ein lautes Gewitter zog heran. Weit und breit war von Maggy und Ben nichts mehr zu sehen.

Elly atmete immer unruhiger. Sie wurde schlagartig wach und schreckte hoch. Orientierungslos setzte sie sich auf. Wo war sie? Plötzlich fiel ihr wieder ein, daß sie sich auf dem Polizeirevier befand. Sie war wohl eingeschlafen und hatte schlecht geträumt. Draußen hörte Elly lautes Stimmengewirr. Der Tumult kam immer näher, bis sich auf einmal ihre Zellentür öffnete und Henry mit einem Beamten hereinrauschte.

„Elly, ich hol Dich jetzt hier raus! Eine Unverschämtheit, eine alte Dame hier nächtigen zu lassen!"

Henry war ganz außer sich vor Wut. Er packte sie sanft am Arm, hakte sie ein und ging dann mit ihr auf den Flur. Niemand stellte sich ihnen in den Weg. Als sie am Empfang angekommen waren, ließ Henry sich noch Ellys persönliche Sachen aushändigen und beide verließen das Polizeigebäude. Draußen blieben sie stehen und umarmten sich.

„Danke, Henry, Du warst meine Rettung!" seufzte Elly. „Aber wie hast Du das gemacht?"

„Ich habe so getan, als würde ich den Leiter der obersten Landespolizeibehörde kennen und habe den Beamten damit gedroht, ihn darüber zu informieren, daß eine alte kranke Dame ohne Gerichtsbeschluß über Nacht in einer Zelle festgehalten wird."

Henry grinste. „Es hat funktioniert. Sie waren sich auf einmal doch nicht mehr so sicher, ob ihre Verdächtigungen für ein solches Vorgehen ausreichten."

Elly strauchelte. Auch wenn sie für ihr Alter noch sehr fit war, hatten sie die heutigen Ereignisse doch an ihre kräftemäßigen Grenzen gebracht und es wurde Zeit für sie, sich nun wirklich ordentlich auszuruhen.

„So, jetzt bringe ich Dich erst einmal heim. Martha wartet schon mit einer heißen Rinderbouillon auf uns."

Arm in Arm gingen beide langsam zu Henrys Wagen.

Susann und Maggy standen noch eine ganze Weile gemeinsam mit den anderen Menschen und Tieren am Bergesrand und beobachteten die Energie, die sich in dem wundersamen Lichter- und Farbenspiel ausdrückte. Obwohl die Nacht schon weit fortgeschritten war, verspürte Maggy keinerlei Müdigkeit. Nach einer Weile wurde es wieder dunkel am Himmel und die Lichter erloschen. Obwohl noch so viele Menschen und Tiere versammelt waren, war kein Geräusch zu hören. Es herrschte völlige Stille. Totenstille.

Plötzlich, für Maggy vollkommen unerwartet, fingen die Menschen an zu klatschen. Doch sie brachten damit nicht nur zum Ausdruck, daß ihnen das Schauspiel gefallen hatte. Es fühlte sich eher an wie Dankbarkeit. Bemerkenswerterweise schreckte der Applaus die Tiere gar nicht auf, vielmehr war es so, als würden sie diesen bereits kennen. Maggy beobachtete, wie sie sich langsam auf den Rückweg machten, ohne jedoch wegen der Lautstärke der applaudierenden Menschen verängstigt zu sein.

Nachdem die Tiere und auch ein großer Teil der Menschen sich auf den Heimweg begeben hatten, blieben andere immer noch wie angewurzelt stehen. Es hätte wahrscheinlich auch keinen Zweck gehabt, sofort loszugehen – angesichts der Mengen, die nun wieder mit den Gondeln hinunterfahren mußten. So ergab es sich, daß ein paar von denen, die in der Nähe von Susann und Maggy standen, ein Lagerfeuer entzündeten. Sie packten mitgebrachte Getränke und Speisen aus und luden die Umstehenden ein, sich zu ihnen zu gesellen. Auch Maggy und Susann setzten sich dazu und genossen die wohlige Wärme des prasselnden Feuers. Sie erhielten jeweils eine kleine Flasche Saft von den anderen, dazu etwas Brot und Käse. Maggy dachte, wie urig das alles hier doch war. Obwohl sie eher nicht der gesellige Typ war und große Menschenansammlungen zu Hause eher immer gemieden hatte, fühlte sie sich hier trotz der Vielzahl der Menschen geborgen und sicher.

Ein junger Mann zog ein Holzinstrument hervor: eine Mischung aus einer Gitarre und einer Geige, der er laute, aber klare und angenehme Klänge entlockte. Die Art dieser Musik war Maggy fremd. Sie hätte es mit keinem ihr bekannten Instrument vergleichen können. Manche der Menschen standen auf und begannen zu tanzen. Dabei machten sie einen so gelassenen Eindruck, daß man meinen konnte, sie hätten eine Menge Alkohol zu sich genommen. Jedoch hatte Maggy bisher keine einzige Flasche Alkohol gesehen. Diese Lebensfreude hatte also einen anderen Ursprung.

Je länger Maggy der Melodie lauschte und den tanzenden Menschen zusah, desto mehr drängte sie es auf einmal selbst, ihre Gefühle, die sie so intensiv in sich spürte, in Bewegungen auszudrücken. Sie stand auf und bewegte sich so, wie es ihr gerade in den Sinn kam. Es war kein gelernter Tanz mit vorgegebenen Schritten, sondern sie bewegte sich einfach nach Gefühl. Susann war irgendwo in der Gruppe verschwunden, aber das störte Maggy nicht weiter. Sie genoß das allseits vorhandene Verbundenheitsgefühl und tanzte und tanzte, bis ihre Kräfte sie verließen. Dabei vergingen gute zwei Stunden, und als Maggy sich erschöpft, aber mit einem wohligen Gefühl, wieder an das Feuer setzte, bemerkte sie erst gar nicht, daß Wisl direkt neben ihr saß. Als sie zur Seite schaute, erkannte sie seine liebvollen Augen und seinen unverkennbaren, langen weißen Bart.

„Wisl!" platzte es aus ihr heraus. Sie kniete sich hin und umarmte ihn.

„Na, Maggy, hat Dir gefallen, was Du eben miterleben durftest?"

„Es war wunderschön! So etwas habe ich noch nie erlebt. Und all diese Menschen ... wie ruhig und harmonisch sie miteinander umgehen, als würden sie sich alle kennen!"

Wisl lachte. „Sie kennen sich natürlich nicht alle, aber ich kann mir vorstellen, daß es für Dich ungewöhnlich ist."

„Ach, Wisl ..., ich weiß gar nicht, wie ich es sagen soll ...", druckste Maggy herum.

„Du würdest einerseits am liebsten bei uns bleiben und andererseits vermißt Du Deine Familie und Deine Freunde", half Wisl Maggy dabei, ihre Gedanken zu formulieren. Diese schaute Wisl an.

„Woher ... äh ... ach, was soll ich überhaupt fragen, woher Du es weißt? Du weißt es halt."

„Kleine Maggy, Du hast ein so offenes und liebenswürdiges Wesen. Da kann man halt schon mal das eine oder andere auch ohne Worte von Dir erfahren. Aber um auf Deinen Zwiespalt zurückzukommen: Du wirst in Deine Welt zurückmüssen, und zwar morgen. Dein Leben ist für die Welt vorgesehen, von der Du gekommen bist, und nicht für unsere. Aber es hat ja einen Sinn, daß Du hier bist und einiges erleben und auch lernen durftest. Du wirst Eure Welt und auch einige der Menschen dort nun mit ganz anderen Augen betrachten. Dadurch kannst Du eine Menge lernen, da Du jetzt den Vergleich hast und weißt, wie es anders sein kann. Auf diese Weise können auch die Menschen in deiner Umwelt profitieren. Dem ein oder anderen wirst Du vielleicht von uns und unserer Welt berichten. Vertraue da Deinem Gefühl. Erzähle anderen nur davon, wenn es Dir Dein Innerstes sagt. Sollte Dich Dein Gefühl zurückhalten oder wenn Du zweifelst, dann schweige."

„Warum kann ich nicht einfach allen davon berichten? Vielleicht haben wir dann schneller die Chance, so zu leben wie ihr." Maggy war nachdenklich und traurig geworden. Sie verstand nicht, was dagegen sprechen könnte, daß es einfach alle erfahren konnten, und sie fragte sich, aus welchem Grund ein Mensch nicht so leben wollen würde, wie es hier alle taten.

Wisl seufzte. „Liebe Maggy, weißt Du noch, was ich Dir von den Menschen erzählt habe, als wir uns das erste Mal gesehen haben?"

Maggy dachte nach. „Du meinst, daß in unserer Welt noch Menschen leben, denen Macht und Geld wichtiger ist als alles andere? Daß wir alle mal zusammen in einer Welt gelebt haben und wir eben aus diesem Grund und durch die Zerstörung der Umwelt getrennt wurden?"

„Genau das meine ich", nickte Wisl. „Viele suchen in allem Ihren eigenen Vorteil, und ihnen ist auch egal, wenn sie dadurch anderen Schaden zufügen. Das mußt Du immer bedenken! So sei auch vorsichtig dabei, wem Du was erzählst. Du weißt nämlich nie, was die anderen daraus machen und ob es Dir zum Nachteil ausgelegt wird. Also hüte Dich vor denen, die Dir nicht wohlgesonnen sind. Aber, so wie ich Dich kenne, wirst Du es wissen, wenn die Situation da ist."

Maggys Gedanken kreisten wild in ihrem Kopf herum. Als würde Wisl dies spüren, legte er plötzlich seine Hand auf ihre Stirn. Maggy spürte einen starken Sog und anschließend eine angenehme Leere in ihrem Kopf.

Wisl schüttelte seine Hand aus. „Puh, da war aber eine ganze Menge drin, was da nicht hingehört. Eines mußt Du zum Abschluß aber noch wissen, und ich bitte Dich, gut zuzuhören, liebe Maggy: Mit jedem Gedanken oder gesprochenen Wort, das gegen unsere Welt gerichtet ist oder negativ über uns urteilt, wird Deine Erinnerung an diese Welt hier und an das, was Du erlebt hast, mehr und mehr verblassen.

Andererseits wird sich aber auch mit jedem Satz, den Du in positiver Absicht über uns sprichst, das Erlebte immer mehr in Dein Herz einbrennen und Dein Leben in Deiner Welt stärker erhellen und es positiv beeinflussen. Du allein hast die Wahl."

Bei diesen letzten Worten blickte Wisl Maggy tief in die Augen. Diese nickte anschließend und ihr neuer Freund streichelte ihr über den Kopf. Es war genug der Worte. Beide schauten geradeaus in die Feuerglut und Maggy lehnte den Kopf an Wisls Seite.

Die Morgendämmerung brach herein, und da Susann und auch viele der anderen noch nicht den Anschein machten, nach Hau-

se gehen zu wollen, freute sich Maggy darauf, gleich den bevorstehenden Sonnenaufgang genießen zu können. Doch das Knistern des Holzes und die wohlige Wärme des Feuers ließen ihre Augen schwerer werden. Sie schlief ein.

Nachdem die Sonne aufgegangen war, machten sich Susann und die anderen daran, das Feuer zu löschen, ihre Sachen einzupacken und mit der letzten Gondel den Heimweg anzutreten.

Wisl und Maggy, die übrigens immer noch an seine Seite gelehnt tief und fest schlief, saßen so noch eine Weile an der gleichen Stelle. Wisl legte Maggy schließlich vorsichtig auf dem Boden ab und trat dann an den Bergesrand. Er beugte sich weit nach vorn, so daß er eigentlich sein Gleichgewicht hätte verlieren müssen – zumindest, wenn man von den Verhältnissen ausgehen würde, die in Maggys Welt herrschten. Aber es war eben Wisl und dies hier die andere Welt.

Auf diese Art verschaffte er sich einen guten Überblick über das Tal unter sich und hielt nach Truth Ausschau. Er gab ein seltsames Geräusch, fast schon ein Unken von sich und ging zu Maggy zurück. Es dauerte keine zwei Minuten, als Truth mit ihren großen weißen Flügeln angeflogen kam und behutsam am Bergboden aufsetzte. Leise begrüßten sie sich, um Maggy nicht zu wecken. Sachte hob Wisl das Mädchen auf Truths Rücken, schob ihre Füße in die seitlichen Halterungen des Leinentuches und forderte Maggy auf, die langsam zu blinzeln begann, sich vorn an der Mähne festzuhalten. Schlaftrunken öffnete Maggy noch einmal ihre Augen und blickte zu Wisl.

„Danke", murmelte sie noch halb schläfrig. „Danke für alles!"

Wisl küßte das Mädchen auf die Wange und sagte zum Abschied: „Ich danke Dir! Und wer weiß – vielleicht sehen wir uns ja bald wieder."

Truth stieß sich vom Boden ab und es ging hoch in die Lüfte. Maggy schaute sich noch einmal nach Wisl um. Nur ein Augenblick war vergangen, aber dieser stand mittlerweile nicht mehr auf dem Berg, sondern unten im Tal und winkte ihr zu.

Die Sonne war bereits aufgegangen, und obwohl diese hell leuchtete, konnte Maggy ihren Blick dorthin richten, ohne geblendet zu sein. Es war ein wunderschöner Augenblick, den sie eigentlich gern noch länger hätte genießen wollen. Doch vor lauter Erschöpfung lehnte sie sich nach vorn und schmiegte sich eng an Truths Hals.

―――

Tag 9

Die Tür zu Bens Krankenzimmer schloß sich wieder und die Ärztegruppe um den Chefarzt der Chirurgischen Abteilung verließ den Raum. Ben schnaufte erleichtert tief durch. Morgen durfte er wieder nach Hause, was für ein Glück! Er setzte sich auf die Bettkante und nahm die Gehhilfen zur Hand, die er gestern bekommen hatte. Es zog ihn zur öffentlichen Telefonzelle, die sich, wie er wusste, im Erdgeschoß befand. So schnell wie möglich wollte er seine Oma über die frohe Nachricht unterrichten, daß seine Entlassung am Montag nun feststünde und mit ihr absprechen, wann sie ihn genau abholen kommen würde. Plötzlich hielt er inne und rechnete nach.

„Morgen ist Montag ... dann ... achter, neunter, zehnter Tag ... dann kommt Maggy ja wieder!" rief er voller Vorfreude.

Er würde entlassen werden und Maggy aus der anderen Welt zurückkehren. Also ein doppelt guter Tag, dachte Ben bei sich. Aber ... da war noch was, ja, genau ... Das hatte er fast vergessen! Wie konnte er nur? – Sein Traum fiel ihm wieder ein, von dem er auch seiner Oma erzählt hatte. Er war nur froh, ihr nicht alles erzählt zu haben, sonst würde sie sich wahrscheinlich ziemlich große Sorgen machen.

Ben hatte ihr berichtet, daß ein alter Herr mit langem weißem Haar und einem ebenso weißen Bart ihm in seinem Traum über den Kopf gestreichelt hatte. Dieser hatte sich ihm auch vorgestellt und ihm erzählt, daß er seine Freundin Maggy kennengelernt hatte. Den Namen hatte er leider nicht richtig verstanden. War es nicht so etwas wie „Weile" oder „Weise" gewesen? Ben kramte in seinen Erinnerungen und versuchte, diese zurückzuholen, was ihm aber leider nicht gelingen wollte. Er seufzte. Nur gut, daß er seiner Oma nicht erzählt hatte, daß dieser alte Herr noch etwas anderes zu ihm gesagt hatte, nämlich: „Auch wir beide werden uns vielleicht schon bald kennenlernen!"

Ben hielt inne. Vielleicht sollte er seine Oma besser doch nicht über den morgigen Entlassungstag informieren, sondern einfach selbst mit dem Taxi zum See fahren? Was, wenn der alte Herr gemeint hatte, daß Ben in dem Augenblick in die andere Welt geholt werden sollte, in dem Maggy zurückkommen würde? Aber wie bitte schön sollte das mit seinem gebrochenen Bein und dem Gips gehen? – Fragen über Fragen.

Ben wurde unruhig und seine Gedanken kreisten um seinen Traum. Was sollte er denn jetzt machen? Er entschloß sich dann, seiner Oma nichts von alldem zu erzählen und sie nicht anzurufen. Zuerst wollte er sich selbst klarwerden, was er am nächsten Tag tun sollte.

Martha und Henry waren an diesem Sonntag schon zeitig wach. Sie konnten die Rückkehr ihrer Tochter kaum erwarten und waren froh darüber, daß sie ihr Geheimnis bis heute hatten gut verbergen können.

Nachdem Henry und Elly gestern abend erst spät zurückgekommen waren, hatten sich die Erwachsenen nach einer Stärkung noch lange unterhalten. Es war spät geworden. Als die Eheleute an diesem Morgen die Treppe hinunterkamen, war es noch ruhig im Haus. Elly und Francis schliefen noch. Sicherlich war Elly vom gestrigen Tag noch ganz erschlagen, und Francis schlief sowieso gern lange.

Noch bevor Martha und Henry das Frühstück vorbereiteten, gingen sie hinaus in den Garten und setzten sich dort auf eine Bank. Die Aussicht, ihre Tochter bald wieder in die Arme schließen zu können, gab ihnen Auftrieb und Hoffnung darauf, daß dieses Ausharren bald ein Ende nehmen würde. Was aber, wenn Maggy morgen gar nicht zurückkommen würde oder ein Zwischenfall ihre Rückkehr behinderte?

Bereits gestern hatten sie gemeinsam mit Elly überlegt, wie sie es am besten anstellten, Maggy morgen am See abzuholen und dabei von niemandem entdeckt zu werden. Außerdem hofften sie, daß in dem Moment keine Polizei vor Ort sein würde. Und ... was sollten sie ihren Freunden Mona und Josch erzählen? – In den letzten Tagen hatten sie nur mit ihnen telefoniert und das Bild aufrechterhalten, noch keinerlei Hinweise über das Verschwinden ihrer Tochter bekommen zu haben. Für heute nachmittag aber hatten beide ihren Besuch angekündigt, um ihren Freunden beizustehen. Würden sie ihnen anmerken, daß sie etwas zu verbergen hatten, oder sollten sie den beiden einfach die Wahrheit sagen? Aber wie würden sie dann damit umgehen? Könnten sie es für sich behalten, auch wenn es so unglaublich und undenkbar war? Wie auch immer, Martha und Henry sorgten sich jedenfalls sehr darüber, ob alles gutgehen würde.

Elly, die mittlerweile aufgestanden war und einen Teil des Gespräches mitbekommen hatte, schnappte sich einen Gartenstuhl und setzte sich zu den Eheleuten. „Entschuldigt bitte, ich wollte Euch nicht belauschen. Aber ...", sie stockte. Denn eigentlich wollte sie sich doch nicht einfach in das Gespräch einmischen und den beiden ihre Ratschläge aufs Auge drücken. Doch es war zu spät. Martha und Henry schauten Elly fragend an.

„Ja? Elly, sprich ruhig! Was wolltest Du sagen?" forderte Henry sie auf, weiterzusprechen.

„Nun, an Eurer Stelle würde ich Josch und Mona nicht unbedingt die Wahrheit erzählen. Es ist zu gefährlich, und Ihr wißt nicht, ob sie anschließend etwas tun, was Euch in Schwierigkeiten bringt. Ihr könnt es ihnen ja immer noch erzählen, wenn Maggy wieder zu Hause ist ... oder ... Ihr überlaßt es Maggy, zu entscheiden, wem sie etwas erzählen möchte oder wem nicht."
Stille.
Martha und Henry wirkten nachdenklich.
„Aber, es sind doch unsere Freunde." warf Martha ein. „Wie werden sie sich fühlen, wenn sie irgendwann mal mitbekommen, daß wir ihnen so etwas Wichtiges verheimlicht haben?"
Henry schwieg.
Elly nahm Marthas Hand in die ihre und sagte: „Es werden auch dann Eure Freunde bleiben. Aber erst mal ist es wichtig, daß Maggy sicher nach Hause kommt und daß ihre Rückkehr durch nichts gestört wird. Das werdet ihr ihnen auch später mal so erklären können, und das werden sie dann auch mit Sicherheit verstehen. Ihr habt jetzt so lange durchgehalten und Euch tapfer geschlagen. Hört mal in Euch hinein. Was sagt Euch Euer Gefühl?"
„Nichts zu sagen", platzte es spontan aus Henry heraus.
„Elly hat recht, Martha. Laß uns zuerst abwarten, wie sich alles entwickelt, wenn Maggy wieder zu Hause ist. Daß wir es ihr überlassen, wem sie etwas erzählen möchte, halte ich auch für eine gute Idee. Bedenke, was passiert, wenn wir es den beiden heute erzählen würden! Sie würden Maggy verständlicherweise Löcher in den Bauch fragen, und unter Umständen wäre das gar nicht gut für sie."
Das war das entscheidende Argument für Martha und sie nickte. Das Wohl ihrer Familie und momentan das ihrer Tochter standen für sie über allem, und mit diesem Grund konnte sie auch vor sich selbst ihr Verhalten rechtfertigen, es ihren Freunden nicht zu erzählen. Martha war eine sehr korrekte Frau. Sie hatte aber auch sehr starre Vorstellungen, wie man mit etwas umzugehen hatte – in diesem Fall mit ihren Freunden. Und diese standen ihr auch schon mal im Weg.

Erleichtert darüber, für die Situation vorerst eine Lösung gefunden zu haben, standen Martha und Henry auf, um das Frühstück vorzubereiten. Elly blieb noch einen Moment draußen sitzen. Sie war noch ziemlich geschlaucht von den letzten Tagen. Ihre Gedanken wanderten zu Ben. Sie konnte es kaum erwarten, ihren Enkel bald wieder bei sich zu haben, und so sehr sie sich auch bei den Fairchilds wohl fühlte, so freute sie sich doch wieder darauf, morgen in ihr Haus zurückzukehren und in ihrem eigenen Bett zu schlafen. Denn das stand für sie fest, auch wenn Ben morgen noch nicht entlassen werden sollte: Sie wollte morgen nicht mehr hier nächtigen. Schon allein, um die Familie nach Maggys Rückkehr nicht zu stören.

Elly stand auf und lief in ihrem Morgenmantel ein paar Schritte durch den Garten. Es war angenehm warm und die Sonne schien ihr ins Gesicht. Sie entschloß sich, eine Dusche zu nehmen und nach dem Frühstück zu Ben ins Krankenhaus zu fahren. Bei der Gelegenheit, so hoffte sie, konnte sie endlich erfahren, ob ihr Enkel tatsächlich morgen wieder nach Hause kommen würde.

Als Truth im Garten von Viola und Martin aufsetzte, schlief Maggy noch tief und fest. Martin, der die beiden hatte ankommen sehen, schnellte heraus und zog Maggy behutsam von Truths Rücken in seine Arme, um sie anschließend in die Hängematte zu legen. Die Erlebnisse der letzten Nacht hatten Maggy derart überwältigt, daß sie selbst davon nicht wach wurde. Martin deckte sie mit einer Decke zu und ging zurück ins Haus. Er unterhielt sich kurz noch mit Truth, bevor diese sich wieder auf den Weg machte.

Es war drei Uhr am Nachmittag, als Maggy ihre Augen öffnete und sie ein enormer Hunger überfiel. Plötzlich sah sie die Kugel wieder vor ihrem geistigen Auge, und sie war überrascht, daß sie in der letzten Zeit kaum noch an sie gedacht hatte. Vielleicht hatte die letzte Begegnung mit ihrem Vater sie so beruhigt, daß sie sich von da an stärker auf die Ereignisse hier konzentrieren konnte. Auf jeden Fall hatte die Kugel aus ihrer Sicht voll und ganz ihren Zweck erfüllt.

Maggy hatte auf einmal das Bedürfnis, mit ihrem Vater in Verbindung zu treten. Wer wußte schon, wie unruhig ihre Eltern ob ihrer bevorstehenden Rückkehr bereits waren? Als sie gerade von der Hängematte aufstehen wollte, kam Martin vorbei, um nach ihr zu sehen.

„Na, wieder wach?" fragte er. „Du mußt einen Bärenhunger haben! Laß uns ins Haus gehen! Das Mittagessen ist gleich fertig, und dann können wir essen."

Maggy erzählte ihm, daß sie vorher noch mit ihrem Vater durch die Kugel Kontakt aufnehmen, aber im Anschluß direkt zum Essen kommen wollte. Sie eilte hoch in ihr Zimmer, kramte die Glaskugel aus dem Rucksack hervor und setzte sich damit auf das Bett. Obwohl sie traurig war, daß ihre Zeit in dieser Welt sich langsam dem Ende neigte, freute sie sich mittlerweile auch darauf, ihre Familie und auch ihre Heimat bald wiederzusehen. In liebevoller Zuneigung dachte sie an ihren Vater und rief ihn in Gedanken. Es dauerte gar nicht lange, bis sie sein Gesicht klar und deutlich erkennen konnte. Er lächelte und für Maggy war es eine Wohltat, ihn so zu sehen. Sie hielt ihm einen vorbereiteten Zettel vor die Kugel, auf dem geschrieben stand:

Morgen bin ich wieder bei Euch! Wartet am See auf mich, aber gebt acht!

Nach einer Weile nahm sie den Zettel weg und sah ihren Vater nicken. So wußte sie, daß ihre Worte bei ihm angekommen waren. Sie verabschiedete sich, indem sie ihm zuwinkte, und das Bild verblaßte plötzlich. Behutsam steckte sie die Kugel zurück in den Rucksack und eilte zu den anderen hinunter.

Mittlerweile war auch Susann zu Hause eingetroffen, kam auf Maggy zu und nahm sie fest in den Arm. „Da bist Du ja! War das nicht toll?"

Die beiden Mädchen setzten sich und berichteten dem Rest der Familie von den Ereignissen der vergangenen Nacht. Nach und nach setzten sich alle zu ihnen und Viola trug das Essen auf. Maggy schilderte ihre Eindrücke und erzählte auch von ihrem Gespräch mit Wisl.

Auch nach dem Essen blieb die ganze Familie zusammen. Cedric gesellte sich später ebenfalls dazu, und am frühen Abend klingelte auch Wisl an der Tür. Alle, die Maggy in den Tagen ihres Aufenthaltes begleitet hatten, waren da … nur Truth fehlte. Aber sie würde Maggy ja wohl spätestens morgen noch mal sehen, wenn sie sie zurückbrachte.

An diesem Abend waren alle sehr ausgelassen. Gemeinsam schauten sie sich im Garten den wunderschönen Sonnenuntergang an, und Maggy hatte das Gefühl, daß er heute besonders farbenreich war. Danach wurde noch mal eine Kleinigkeit gegessen. Viola hatte sich diesmal in ihren Vorbereitungen kleiner Häppchen aus verschiedenen Käsecremes, Fisch, frischen Rohkoststreifen und einer Art Kräcker selbst übertroffen, und alle ließen es sich munden. Obwohl der Abschied von Maggy in der Luft lag, war von Traurigkeit kaum etwas zu spüren. Es herrschte eine große Dankbarkeit darüber, daß sie die Zeit miteinander verbringen durften.

So vergingen die Stunden, und der Abend war schon weit fortgeschritten. Maggy konnte man bereits ihre Müdigkeit anmerken. Obwohl sie sich krampfhaft dagegen wehrte, machte sich die letzte schlaflose Nacht bemerkbar.

„Maggy, willst Du nicht ins Bett gehen?" fragte Viola. „Morgen wird noch mal ein anstrengender Tag für Dich werden, da solltest Du Kraft sammeln."

Maggy nickte und sie wußte, daß nun der Abschied von Wisl und Cedric nahte. Ein paar Tränen rollten ihr über die Wangen. Sie verabschiedete sich von Cedric, und als sie zu Wisl gehen wollte, sagte dieser, daß er sie noch nach oben begleiten wollte.

Maggy wünschte allen eine gute Nacht und ging mit Wisl die Treppe hinauf. Ihr neuer Freund wartete in ihrem Zimmer, bis Maggy sich im Bad fürs Schlafengehen fertiggemacht hatte.

Als sie zurückkam, sagte er: „Liebe Maggy – die Kugel hat Dir hoffentlich Deinen Aufenthalt hier leichtergemacht. Nun bitte ich Dich, sie mir wiederzugeben, da sie ihren Zweck erfüllt hat."

Maggy holte die Kugel aus dem Rucksack und der Samttasche und überreichte sie Wisl. Dieser ließ sie wie eine Murmel in seine Jackentasche gleiten, worüber Maggy sich sehr wunderte, da die Kugel doch eigentlich viel zu groß dafür war. Erstaunt schaute sie ihn an.

„Sie wird vorerst nicht mehr gebraucht, so daß sie sich nun verkleinern kann. Mach Dir darüber keine weiteren Gedanken. Das sind die Gesetzmäßigkeiten unserer Welt, Maggy. Sie sind mit Euren eher nicht zu vergleichen. Je älter Du wirst, desto besser wirst Du es verstehen. Und das gibst Du bitte Ben", sagte Wisl und reichte Maggy einen Zettel, den er aus seiner anderen Jackentasche holte.

„Du kennst Ben? – Ja, wieso auch nicht?" beantwortete sich Maggy selbst ihre Frage. „Mich kanntet ihr ja auch. Klar, mach ich."

Wisl drückte das Mädchen noch einmal fest an sich und wünschte ihr viel Glück für ihr weiteres Leben. „Wenn Du möchtest, kannst Du gedanklich mit mir in Kontakt treten", bot er an. „Du kannst mich auch Dinge fragen, wenn Du mal nicht weiterweißt. Aber das solltest Du nur tun, wenn Du vorher selbst versucht hast, eine Lösung zu finden. Lebe Dein Leben und … liebe Maggy, halte stets in Ehren, was wir Dir gesagt und gezeigt haben!"

Das waren Wisls letzte Worte an das Mädchen. Er deutete ihr an, daß sie sich doch nun in ihr Bett legen sollte, was sie auch tat, und deckte sie dann liebevoll zu. Zum Abschied streichelte er ihr noch einmal über das Haar, löschte die kleine Lampe an ihrem Bett und verließ das Zimmer.

Maggy schaute ihm etwas wehmütig hinterher. Dann rollte sie sich auf die linke Seite und blickte trotz ihrer schweren Augen noch für einen Moment aus dem Fenster. Der Himmel draußen war sternenklar und Maggy, erfüllt von Dankbarkeit und Wärme, beobachtete noch eine Weile die Sterne, bis ihre Augen zufielen.

Nach dem Mittagessen ruhten sich Martha und Henry etwas im Wohnzimmer aus. Sie waren beide allein, da Elly, die Ben im Krankenhaus besuchen wollte, bereits vor ein paar Stunden aufgebrochen war. Als Henry sich von der Couch erhob, schlief Martha im Sessel noch tief und fest. Er erinnerte sich plötzlich an die Kugel und holte die Tasche hinter dem Sofakissen hervor.

Leise schlich er sich damit aus dem Wohnzimmer in die Küche, um Martha nicht zu wecken.

Noch etwas verschlafen nahm er die Kugel aus der Tasche und bemerkte, daß sie sich auf einmal leuchtend grün verfärbte. Maggy!, dachte er erfreut. Schnell nahm er die Kugel in die Hände und schaute hinein. Er sah seine Tochter, die einen Zettel hochhielt, las ihre Worte und nickte daraufhin in die Kugel. Die Tatsache, Maggy zu sehen, beruhigte ihn dahin gehend, sich doch nicht alles nur eingebildet zu haben. Er war so erleichtert, zu sehen, daß es seiner Tochter gutging! In den letzten Tagen hatte er ein paarmal versucht, mit ihr in Kontakt zu treten, was ihm aber nicht gelungen war. Wahrscheinlich war sie öfter unterwegs gewesen und hatte viel erlebt. Wer wußte, was sie nach ihrer Rückkehr alles erzählen würde?

Seine Freude wuchs mit jedem Gedanken an den morgigen Tag, und eigentlich wollte er noch etwas zu Maggy sagen, als es plötzlich an der Tür klingelte. Das mußten Josch und Mona sein. Er sah gerade noch, wie seine Tochter ihm zuwinkte, und steckte dann schnell die Kugel zurück in die Tasche, ohne sich von Maggy zu verabschieden. Anschließend ging er ins Wohnzimmer, um schnell seine Frau zu wecken.

„Martha, wach auf! Josch und Mona haben gerade geklingelt. Ich bringe schnell die Tasche mit der Kugel ins Schlafzimmer, damit sie sie nicht sehen."

Martha rieb sich verschlafen die Augen und stand auf. Sie öffnete ihren Freunden die Tür und bat sie mit den Kindern hinein. Irgendwie hatte sie einen Kloß im Hals bei dem Gedanken, ihnen nichts erzählen zu dürfen, und hoffte, daß die nächsten Stunden glimpflich ablaufen würden.

Nach einer herzlichen Begrüßung gingen sie gemeinsam ins Wohnzimmer. Henry kam schnell wieder herunter, um seine Frau in dieser schwierigen Situation nicht allein zu lassen. Nachdem auch er die Familie willkommen geheißen hatte, machten sich die beiden Frauen daran, Geschirr aus der Küche zu holen, um den Kaffeetisch zu decken. Martha nahm einen vorbereiteten Apfelkuchen aus dem Backofen und frischgeschlagene Sahne aus dem Kühlschrank. Nachdem alles vorbereitet war, setzten sich die beiden Familien an den Tisch. Francis, der mittlerweile auch sein Zimmer verlassen hatte, gesellte sich dazu. Seine Eltern hatten ihn noch am Morgen geimpft, Mona und Josch bloß nichts von den Ereignissen am See oder von der Kugel zu erzählen.

Entgegen Marthas Befürchtungen verliefen der Nachmittag und der frühe Abend entspannt, und ihre Freunde erkundigten sich sehr lieb und interessiert nach dem Befinden der Familie. Wie von allein fanden sich für Martha und Henry die entsprechenden Antworten.

Elly verließ gegen zwei Uhr am Nachmittag etwas geknickt das Krankenhaus. Schließlich hatte sie fest damit gerechnet, daß Ben morgen entlassen werden würde, und nun mußte sie erfahren, daß sie sich noch einen Tag länger würde gedulden müssen.

Egal, so schlimm war es ja nun auch nicht. Sie würde sich morgen von den Fairchilds aus auf den Heimweg begeben, und dann hätte sie noch ein wenig Zeit, das Haus etwas zu reinigen und es für Ben schönzumachen. Seltsam nur, daß ihr Enkel nicht wollte, daß sie ihn morgen noch mal besuchen kam. Immer wieder hatte er betont, daß sie sich die Mühe nicht machen sollte, bis sie ihm letztendlich sogar hatte versprechen müssen, nicht zu kommen.

Sie entschied sich, noch mal nach Hause zu fahren, um nach dem Rechten zu schauen bevor sie zu Martha und Henry zurückkehrte. Einen Teil von Bens Wäsche hatte sie bereits heute mitgenommen, und vielleicht würde sie ja direkt eine Maschine anstellen, damit sein Lieblingsschlafanzug wieder bereitlag, wenn ihr Enkel die erste Nacht wieder in seinem eigenen Bett schlief.

„Ja, so mach ich's", murmelte Elly.

Nach etwa zwei Stunden zu Hause machte sie sich wieder auf den Weg zu Maggys Eltern. Ihr fiel ein, daß Josch und Mona ja heute zu Besuch kommen wollten. O je, hoffentlich würde Martha stark bleiben und die Familie nicht in eine unglückliche Situation bringen. Elly trat etwas kräftiger in die Pedale ihres Fahrrades. Vielleicht würde sie ja gerade dort gebraucht werden, und so beeilte sie sich, schnellstmöglich bei den beiden anzukommen.

Es war bereits später Nachmittag, als Elly die Tür von Maggys Elternhaus mit dem ihr zu Verfügung gestellten Haustürschlüssel öffnete. Als sie den Stimmen folgte und zum Wohnzimmer ging, stellte sie zu ihrer Überraschung fest, daß eine entspannte Stimmung herrschte und sich alle angeregt unterhielten ... und das nicht über Maggy! Sie trat ein und Henry eilte ihr entgegen, um sie Josch und Mona vorzustellen.

„Das ist unsere liebe Elly. Von ihr haben wir Euch ja schon erzählt."

Mona und Josch standen auf, um sie zu begrüßen. Elly bemerkte, wie sie von Mona etwas mißtrauisch beäugt wurde, dachte sich aber nichts dabei. Sie kannte es schon, daß Fremde sich ihr gegenüber schon mal etwas seltsam verhielten. Den Grund dafür hatte sie bisher nie herausgefunden. Elly wandte sich den beiden älteren Kindern der beiden zu, die vor der offenen Terrassentür auf der Wiese spielten. Diese begegneten ihr jedoch viel freundlicher als Mona, so daß Elly sich entschloß, etwas Zeit mit ihnen zu verbringen. Sie hatte zudem nicht das Gefühl, im Wohnzimmer gebraucht zu werden, und so konnte sie auch noch ein wenig das schöne Wetter auskosten.

Am frühen Abend brachen Mona und Josch mit ihren drei Kindern wieder auf. Josch machte nach der vergangenen Arbeitswoche einen sehr müden Eindruck, und auch der Jüngste der beiden gehörte langsam, aber sicher ins Bett.

Nachdem sie ins Auto eingestiegen waren, sagte Mona – Martha und Henry noch zuwinkend: „Irgendwie kamen mir die beiden heute seltsam vor. Dir nicht?"

„Wie meinst Du das?" fragte Josch.

„Dafür, daß sie von Maggy immer noch keine Spur haben, machten sie einen sehr entspannten und gelassenen Eindruck. Das paßt so gar nicht zu ihnen. Vielleicht haben sie uns ja irgend etwas verheimlicht?"

Josch schaute seine Frau entgeistert von der Seite an. „Das glaubst Du doch wohl selber nicht, was Du da gerade gesagt hast! Es sind unsere besten Freunde. Sie würden uns *alles* erzählen, da bin ich mir sicher. Mach Dir nicht so viele Gedanken. Freu Dich lieber darüber, daß sie mit der Situation mittlerweile besser umgehen können. Es ist so schon schlimm genug."

„Vielleicht hast Du ja recht", räumte Mona ein. Dennoch konnte sie sich nicht eines Gefühls erwehren, daß irgend etwas an dem heutigen Besuch anders gewesen war als sonst.

Als Martha, Elly und Henry wieder allein waren, mußten sie erst mal tief durchatmen, denn sie waren erleichtert über den Verlauf des Besuches. Nachdem Martha noch eine Portion des Mittagessens für Elly aufgewärmt und diese mit vollem Appetit zugeschlagen hatte, setzten sich die drei hinaus in den Garten. Elly überbrachte die für sie eher schlechte Nachricht, daß Ben noch einen Tag länger im Krankenhaus bleiben mußte, und Henry berichtete den beiden Frauen von seiner Begegnung mit Maggy in der Kugel.

So saßen sie noch einige Stunden draußen, und niemand von ihnen machte Anstalten, ins Haus, geschweige denn ins Bett zu gehen.

Kurz nach Mitternacht sagte Elly: „Jetzt ist es aber Zeit, schlafenzugehen. Morgen wird ein aufregender Tag, und wir sollten ihm nicht übermüdet begegnen."

Im Wissen darüber, daß Elly damit vollkommen richtig lag, räumten sie die Gläser und Getränke ins Haus und begaben sich zur Nachtruhe. Im Grunde war allen Beteiligten klar, daß an Schlaf wohl diese Nacht nicht zu denken war, doch zumindest wollten sie etwas ruhen.

Francis schien damit nicht solche Probleme zu haben. Er hatte sich bereits vor zwei Stunden ins Bett verabschiedet, und als Martha die Tür zu seinem Zimmer leise öffnete, vernahm sie tiefe Atemgeräusche als Zeichen dafür, daß ihr Sohn fest schlief. Sie kehrte noch einmal kurz nach unten zurück, um mit Elly und Henry den bevorstehenden Rückkehrtag von Maggy zu besprechen, oder zumindest den Morgen. Danach verabschiedeten sie sich in die Nacht.

Elly begab sich nach oben in Maggys Zimmer. In Gedanken wünschte sie auch ihrem Enkel noch eine gute Nacht. Wieder nagte die Frage in ihr, warum Ben so darauf gepocht hatte, daß sie ihn morgen nicht besuchen kam. Sie versuchte, diesen Gedanken wegzudrängen, indem sie sich überlegte, ihn morgen am Vormittag einfach anzurufen.

Tag 10

In ihrer letzten Nacht in der anderen Welt schlief Maggy sehr unruhig. Alles, was sie hier erlebt hatte, lief in ihrem Traum noch mal wie ein Film vor ihrem inneren Auge ab. Sie erlebte den Spaziergang zum Weiher, die Situation mit dem kleinen Jungen, ihren ersten Flug mit Truth zu Wisl, den wunderschönen Strand, das Tauchen in der Höhle des Sehens, den Moment, in dem sie von Wisl die Verbindungskugel erhalten hatte, ihren Flug vom Felsen, den Tag, an dem sie Ludger kennengelernt hatte, ihren Ausflug mit Susann, um das Leuchten der Energie in der Mittsommernacht zu bewundern, und auch all die anderen beeindruckenden Situationen. Die Gespräche mit Martin, Viola und Wisl – einfach alles war noch einmal da. Das betraf aber nicht nur die Erlebnisse im Einzelnen, sondern auch all ihre Gefühle und Ängste, die Aufregung, das Verstehen und die Freude, die sie erlebt hatte. Maggy wälzte sich im Bett hin und her, bis sie schließlich schweißgebadet aufwachte und hochschreckte.

Verwirrt schaute sie sich in ihrem Zimmer um. Es war bereits hell draußen und ein Blick auf die Uhr verriet ihr, daß es bereits halb acht war. Obwohl sie gern noch etwas geschlafen hätte, schwang sich Maggy aus dem Bett. Sie hatte nur noch wenige Stunden hier! Schlafen konnte sie auch wieder, wenn sie daheim in ihrer Welt war. Im Haus vernahm sie keinerlei Geräusch und so schlich sie sich leise ins Bad, um sich fertigzumachen.

Wie schon jeden Tag zuvor, fand sie auch heute frische Kleidung auf dem kleinen Holzstuhl im Bad, nur diesmal war es ihre eigene, die sie bei ihrer Hinreise angehabt hatte. Viola hatte sie gewaschen und ihr zurechtgelegt. Maggy wusch sich, putzte die Zähne und zog sich die frischen Sachen an. Ihren Schlafanzug stopfte sie in den Kleidersack. Diesen brauchte sie ja nun nicht mehr, da es heute nach Hause ging. Als sie fertig war, räumte sie noch mit ein paar Handgriffen ihr Zimmer etwas auf und klappte die Bettdecke zum Lüften um. Dann machte sie sich auf den Weg nach unten.

Ein wenig merkwürdig kam es ihr ja schon vor, daß im Haus immer noch nichts zu hören war. Anscheinend schliefen die anderen noch. Das irritierte Maggy etwas – wußten sie doch eigentlich, daß sie in ein paar Stunden die Heimreise antreten mußte.

Unten nahm sie sich etwas Obst aus der Schale und lief damit hinaus in den Garten. Seltsam, die Terrassentür war gar nicht verschlossen! Wahrscheinlich hatten sie gestern abend einfach vergessen, danach zu sehen. Schließlich war es relativ spät geworden. Wahrscheinlich würde hier sowieso nichts passieren. Maggy konnte sich nicht vorstellen, daß sich die Menschen hier vor Einbrechern und anderen Kriminellen schützen mußten.

Gemächlich schlenderte sie durch den Garten und beschloß, um das Haus herum zu der großen Linde zu gehen und sich einen Moment dort an den Holztisch zu setzen. Als sie gerade zur Linde kam, sah Maggy zu ihrem Erstaunen die ganze Familie am Tisch sitzen und erwartungsfroh in ihre Richtung blicken.

Bei diesem Anblick war sie mehr als erleichtert. Also hatte die Familie doch nicht vergessen, daß sie nicht mehr lange bei ihnen war, und wollte noch die Zeit mit ihr verbringen! Maggy begrüßte alle herzlich und setzte sich an den Tisch. Als sie eben in ihr erstes Brötchen gebissen hatte, schaute sie auf und entdeckte Truth ein kleines Stück weiter hinten bei den anderen Bäumen.

„Truth, das ist aber schön, daß du früher gekommen bist!" rief Maggy. „Dann haben wir ja noch ein paar Stunden, die wir gemeinsam verbringen können."

Truth kam etwas näher zum Tisch. „Da muß ich Dich leider enttäuschen, liebe Maggy. Wir haben nämlich nicht mehr viel Zeit!"

„Aber meinen Eltern habe ich doch in Wisls Auftrag auf den Zettel geschrieben, daß ich erst um eins am Mittag komme! Wir haben gerade mal acht! Brauchen wir denn so lange?" fragte Maggy entsetzt.

„Nein, das ist es nicht, aber dennoch müssen wir uns beeilen. Deiner Familie wurde extra eine spätere Uhrzeit aufgeschrieben, damit sie nicht alle am See sind, wenn wir dort ankommen. Maggy, bitte versteh das. Es ist für uns zu gefährlich, wenn unsere Ankunft in Eurem See vor Publikum erfolgt. Wir müssen unsere Welt schützen und dürfen kein Risiko eingehen."

Maggy schaute zu Martin und Viola. Beide nickten und schauten sie liebevoll an. Sie konnte ja verstehen, was Truth ihr gesagt hatte. Nur hieße das ja, daß gar nicht mehr viel Zeit blieb, um sich zu verabschieden. Schlagartig verließ sie der Appetit und sie legte das angebissene Brötchen auf den Teller zurück.

Dennoch sah sie ein, daß der Schutz dieser wundersamen Welt wichtiger war als ihr Wunsch, noch etwas hier zu verweilen, und so stand sie langsam vom Tisch auf, um sich von Truth nicht noch einmal bitten lassen zu müssen. Maggy ging zu jedem am Tisch und verabschiedete sich herzlich. Besonders der Abschied von Viola und Martin fiel ihr sehr schwer. Die beiden hatten sie von Anfang an mit offenen Armen in ihre Familie aufgenommen und waren so lieb zu ihr, als wäre sie ihre eigene Tochter gewesen. Viola und Martin standen auf und umarmten Maggy. Sie drückte sie jeweils ganz fest an sich.

„Ich danke Euch von Herzen für alles, was Ihr für mich getan habt. Ihr seid einfach klasse!" sagte Maggy in Richtung der beiden.

Martin hockte sich plötzlich vor sie hin. „Und Dir, liebe Maggy wünschen wir, daß Du Deinen Aufenthalt hier nie vergessen wirst und ein glückliches Leben führst. Behalte Dir Deine Offenheit und denk immer daran: Das, was Du erlebt hast, ist ein Geschenk, und dieses Geschenk bekommen nicht alle Menschen, sondern nur die, die es sehr wahrscheinlich auch zu schätzen wissen. Es war uns eine Ehre, Dich bei uns gehabt zu haben."

„Ich werde weder Euch noch meine Zeit hier jemals vergessen", erwiderte Maggy entschieden mit fester Stimme. Über diese Entschlossenheit war sie selbst überrascht. Aber eines war ihr klar: Das alles würde sie niemals vergessen können, dafür war es viel zu beeindruckend und besonders gewesen, der Aufenthalt hier hatte schon jetzt ihr ganzes Leben verändert. Nur wie erheblich diese Veränderung sein würde, wußte Maggy zu diesem Zeitpunkt noch nicht.

Sie ging zu Truth. Diese zog sie auf ihren Rücken und beide bewegten sich langsam in Richtung der Weiden. Alle aus der Familie folgten ihnen geschlossen ein Stück weit, bis Truth immer schneller wurde. Maggy drehte sich noch mehrmals um und winkte. Tränen liefen ihr über die Wangen, und sie spürte einen Sog in sich, der sie am liebsten hätte umkehren lassen. Ja, es schmerzte sie tief in ihrem Herzen. Das einzig Tröstliche an diesem Abschied war, daß sie fortan immer wissen würde, daß es diese Menschen gab, wenn auch in einer anderen Welt. Und sie wußte auch, daß sie ihre Erinnerungen wie einen Schatz in ihrem Herzen tragen würde und daß ihr diesen niemand mehr würde nehmen können. Er gehörte ganz allein ihr!

Truth und Maggy hoben vom Boden ab und flogen hinauf in die Lüfte. Solange Maggy sich umdrehte und nach der Familie Ausschau hielt, sah sie diese immer noch an der gleichen Stelle stehen und ihr zuwinken.

„Du mußt jetzt nach vorn sehen", ertönte plötzlich Truths sanfte Stimme. „Dann wird Dein Schmerz nachlassen."

Maggy schaute erneut ein letztes Mal zurück. Dann sah sie nach vorn und erblickte auch wieder die wunderschöne Landschaft, die unter ihnen lag. Truth flog einen großen Bogen nach rechts und vor ihnen lag Wisls Schloß.

Oh, jetzt schon?, dachte Maggy erstaunt. Aber ihr fiel auf, daß Truth heute besonders schnell flog. Die Zeit schien wirklich zu drängen. Als sie geradewegs über das Schloß hinwegflogen, sah Maggy nach unten und erkannte Wisl, wie er auf dem Schornstein stand und ihr zuwinkte.

Sie schrie: „Auf Wiedersehen, Wisl, danke für alles!" – in der Hoffnung, daß er es hören konnte. Maggy winkte und winkte und das schmerzhafte Gefühl in ihrem Herzen machte sich wieder bemerkbar.

„So, kleine Maggy. Jetzt geht es ab nach Hause", rief Truth und Maggy mußte sich auf einmal gut festhalten, da Truth eine scharfe Linkskurve einschlug und dabei ziemlich schräg in der Luft lag.

Es dauerte gar nicht lange, bis Maggy vor sich den Verbindungssee erkennen konnte. Sie erinnerte sich wieder an ihren

Flug über das Tal, bei dem sie fast abgestürzt wäre, wenn Truth sie nicht gerettet hätte. Die ganze Zeit war sie immer zum richtigen Zeitpunkt am richtigen Ort gewesen.

„Stimmt", hörte Maggy sie plötzlich sagen. „Das ist meine Aufgabe."

Maggy lehnte sich nach vorne und schlang die Arme um Truths Hals. „Vielen Dank, Truth, daß Du immer auf mich aufgepaßt hast! Dafür bin ich Dir unglaublich dankbar!"

„Und bei Dir hat es mir besonders viel Freude gemacht! Weißt Du, Maggy", sprach Truth weiter, „nicht jeder Mensch, der zu uns kommt, kehrt mit diesem Gefühl im Herzen, wie Du es hast, wieder in Eure Welt zurück. Manche können mit den Lektionen auch gar nichts anfangen und leben ihr Leben danach so weiter, als wäre nichts geschehen."

Maggy hörte zwar diese Worte, konnte sich aber gar nicht vorstellen, wie das gehen sollte.

„Siehst Du", ergänzte Truth, nachdem sie Maggys Gedanken gehört hatte, „genau aus diesem Grund war es auch für mich eine angenehme Erfahrung, und dafür danke ich Dir."

Maggy war irritiert darüber, daß Truth ihr dankte. Wofür? Sie hatte das Gefühl, reich beschenkt worden zu sein, jedoch nichts gegeben zu haben. Aber das sollte Maggy erst später verstehen, wenn ihre Jahre weiter fortgeschritten waren.

Der Verbindungssee kam immer näher und sie überflogen das Tal, das sich zwischen den beiden großen anmutigen Felsen, die auf beiden Seiten in die Höhe ragten, fast versteckte. Maggy wies mit einem Arm nach links und wollte Truth die Stelle zeigen, wo sie sich abgestoßen hatte, um zu fliegen, als sie plötzlich Ludger erkannte, wie er sich über die Holzbrüstung beugte und Maggy zuwinkte.

Sie hörte ihn nur ganz leise und vernahm die Worte: „Gute Reise, Maggy und noch mal vielen Dank für Deine hilfreichen Worte!"

Maggy winkte ihm zu. Sie wollte ihm eigentlich noch etwas zurufen, als sie auf einmal das Wasser des eben noch weiter vor ihr liegenden Sees in einem wahnsinnigen Tempo auf sie zuschnellen sah. Noch bevor sie sich Gedanken darüber machen konnte, ob sie nun tief Luft holen sollte, tauchte sie mit Truth in das klare Wasser ein und verließ die andere Welt.

An diesem Morgen drängte es Ben bereits früh aus dem Krankenhaus. Er hatte sich schon gestern seine Entlassungspapiere geben lassen und es irgendwie geschafft, den Arzt davon zu überzeugen, daß seine Oma ihn nicht abholen konnte und er allein nach Hause fahren müsse.

Noch von der Station aus hatte man ihm ein Taxi gerufen. Er mußte jedoch versprechen, daß seine Großmutter auf der Station anrufen würde, sobald er zu Hause angekommen war. Obwohl er wußte, daß er dieses Versprechen nicht einhalten konnte, hatte er es gegeben. Normalerweise war Ben jemand, der nur dann ein Versprechen gab, wenn er sicher war, es auch halten zu können. Aber dies war eine besondere Situation. Es drängte ihn, zum See zu fahren, und er war davon überzeugt, daß heute der Zeitpunkt war, wo er in die andere Welt geholt werden sollte. Und wenn er erst einmal weg wäre, würde er ja auch den Ärger des Krankenhauses und den seiner Oma vorerst gar nicht mitbekommen. Nach seiner Rückkehr würde er immer noch alles erklären können, und dann würde man ihn auch sicherlich verstehen und ihm verzeihen.

Gegen acht erreichte Ben den See und ließ sich so nah wie möglich vom Taxi heranfahren, da es für ihn mit den Krücken relativ beschwerlich war, sich fortzubewegen. Etwas entgeistert über das von Ben angegebene Fahrziel, schaute der Taxifahrer den Jungen bereits während der Fahrt ab und zu durch den Rückspiegel an, wovon dieser sich jedoch nicht verunsichern ließ. Er gab dem Fahrer zum Abschluß ein gutes Trinkgeld – in der Hoffnung, daß damit die Angelegenheit für den Mann erledigt war und er niemandem etwas sagen würde.

Um ihn noch weiter zu besänftigen, sagte Ben: „Ich wohne hier gleich in der Nähe. Es ist nur ein kurzes Stück durch den Wald. Nach all den Tagen im Krankenhaus brauche ich etwas frische Luft."

Bei diesen Worten grinste er etwas verlegen und schaute dem Fahrer nicht direkt in die Augen, sondern senkte seinen Kopf. Man hatte ihm schon oft gesagt, daß er nicht lügen konnte und sich mit seinen Augen und seinem Gesichtsausdruck verraten würde.

Ben schloß von außen die Beifahrertür und ging wie selbstverständlich in Richtung Wald in der Hoffnung, das Taxi würde endlich bald verschwinden. Und zu seinem Glück war es auch so. Nach etwa einer Minute setzte der Taxifahrer zurück und wendete bei einer passenden Gelegenheit. Nach ein paar Minuten kam Ben wieder aus dem Wald hervor und vergewisserte sich, ob das Taxi auch wirklich nicht mehr zu sehen war. Es war tatsächlich weg. Erleichtert atmete er tief durch und humpelte den kleinen Weg zum See herunter. Da er sich noch genau an Maggys Erzählungen erinnerte, wußte er, daß er nun einige Meter gehen mußte, bevor er die besagte Stelle im See erreichen würde. Für ihn war der Weg wirklich recht mühsam. Immer wieder blieb er mit den Krücken an irgendwelchen Steinen hängen und mußte höllisch aufpassen, nicht hinzufallen.

Er blieb stehen und ein Blick auf die Uhr zeigte ihm, daß es erst viertel nach acht war. Also konnte er sich Zeit lassen. Obwohl noch ein paar Stunden Zeit waren, bis Maggy nach den Erzählungen seiner Oma zurückkehren sollte und er dann mit in die andere Welt genommen würde, trieb ihn etwas an. Nach einer kleinen Pause setzte er seinen Weg fort. Eine halbe Stunde später erreichte Ben die Wasserstelle. Er erkannte sie daran, wie sie sich allen, die dafür offen waren, zeigte: nämlich durch ihre smaragdgrüne Einfärbung, wenn man ein kleines Stück an ihr vorbeigegangen war und dann zurückschaute.

Ben blieb stehen und dachte nach. Er hatte zwar nur die Kleidung dabei, die er gerade anhatte, aber in seiner Reisetasche befand sich ja noch ein Frotteehandtuch zum Abtrocknen. Da er nicht wußte, wie schnell er die Luke finden würde, entschloß er sich, trotz der frühen Uhrzeit hinabzutauchen und nach ihr zu suchen. Zum Glück war es auch heute ein warmer Junitag, so daß die Temperatur ihm keine Sorgen bereitete. Es war eher sein Bein, was ihn beunruhigte. Nach der Belastung durch das

Gehen schmerzte es etwas und er fragte sich, ob er mit dem Gips tief genug hinabtauchen konnte.

„Es nutzt nichts. Ich muß es ausprobieren", murmelte er, zog dann langsam seine Hose und seine Oberbekleidung aus und legte die Sachen auf seine Tasche, die er am Ufer etwas abseits des Weges abstellte.

Vorsichtig setzte er sich an den Uferrand, wo es direkt etwas tiefer in den See hineinging, und legte seine Krücken beiseite. Er stützte sich auf seine Arme, um sich dann langsam ins Wasser hinabzulassen.

„Puh!" Er schüttelte sich. „Ist ja eiskalt!" Obwohl das Wasser der Jahreszeit angemessen etwas erwärmt war, zitterte Ben am ganzen Leib. Durch das lange Liegen im Krankenhaus und die fehlende Bewegung war sein Kreislauf ziemlich im Keller, so daß er die Temperatur viel kälter erlebte, als sie wirklich war. Ben aber ließ sich davon nicht abschrecken. Er machte ein paar Schwimmbewegungen im Wasser, um sich etwas aufzuwärmen. Die anders gefärbte Stelle verlor er dabei jedoch aus den Augen.

Unruhig drehte er sich in alle Richtungen um. Wo war sie? Er fand sie nicht wieder. Immer hektischer blickte er umher und entschloß sich dann zu einem ersten Tauchversuch. Mit aller Kraft versuchte er, seinen durch den Gips schweren Körper nach unten zu bringen. Dies gelang ihm besser, als er erwartet hatte. Er erreichte zügig den Seegrund und tauchte dort entlang. Von einer Luke war aber weit und breit nichts zu sehen. Die Luft wurde knapp und Ben mußte auftauchen. Oben angekommen und nach Luft schnappend, bemerkte er starke Schmerzen im Bein.

„Stell Dich nicht so an, Ben!" sprach er sich selbst Mut zu. Der Gedanke, er könne die Luke nicht finden oder nicht rechtzeitig an der richtigen Stelle sein, um geholt zu werden, ließ Ben immer unruhiger werden. Er war völlig besessen von dem Gedanken, heute in die andere Welt geholt zu werden, und dieser überlagerte seine Schmerzen und die Tatsache, daß er seine durch den Krankenhausaufenthalt geschwundenen Kräfte nun völlig überforderte.

Eilig schwamm er zum Uferrand und hielt sich an einem Grasbüschel fest, um sich etwas auszuruhen. Aber angetrieben durch den Wunsch, so schnell wie möglich die Luke zu finden, beendete er seine Pause recht schnell und tauchte wieder ab.

Irgendwo hier *mußte* die Luke doch sein! Er schwamm den ganzen Bereich unterhalb der Wasseroberfläche großräumig ab und nach einer Weile sah er unter sich irgend etwas leicht schimmern. Ben tauchte tiefer hinab und nahm immer deutlicher dünne Lichtstrahlen wahr, die durch mehrere Hohlräume hindurchzuleuchten schienen. Als er noch näher herankam, erkannte er die Umrisse der Luke. Bens Aufregung stieg. Er klopfte wie verrückt an den Deckel. Ein dumpfes Pochen ertönte: *tok, tok, tok.* Und wieder versuchte er es: *tok, tok, tok.* Aber es tat sich nichts. Ben zog mit aller Kraft am Lukenrand. Irgendwie mußte sie doch aufgehen.

Verdammt! Seine Luft ging zur Neige, aber Ben wollte nicht auftauchen. Er war doch so nah an seinem Ziel! Weiter und weiter rüttelte er an der Luke. Die Strahlen, die durch die Löcher schimmerten, wurden immer heller. Ben blinzelte. Seine Überzeugung, heute geholt zu werden, trieb ihn immer weiter an. Das Licht wurde immer heller und irgendwann hörte er ein leises Geräusch, fast wie ein Knarren.

Ben spürte gerade noch, wie der Deckel der Luke etwas nachgeben wollte, als seine Kräfte ihn verließen. Ein stechender Schmerz durchzog sein gebrochenes Bein, und – ob er wollte oder nicht – dieser zwang ihn, nach oben zu schwimmen. Mit letzter Kraft erreichte er die Wasseroberfläche, und bevor er erneut den Blick nach unten richten konnte, wurde er ohnmächtig.

Als Elly nach unten ging, nachdem sie geduscht und sich angezogen hatte, saßen Martha und Henry bereits am Frühstückstisch. „Guten Morgen Ihr Lieben. Ihr seid aber früh auf!"

Es war gerade erst sieben, aber wen wunderte es schon, daß Maggys Eltern es kaum noch abwarten konnten, zum See zu fahren und ihre Tochter wieder in Empfang zu nehmen. Sie hatten beide nachts kein Auge zugemacht und wollten sich nicht noch länger unnötig von einer Seite auf die andere wälzen, so daß sie bereits um sechs Uhr in der Früh aufgestanden waren. Der einzige, der anscheinend noch immer tief zu schlafen schien, war Francis. Von ihm war noch kein Geräusch zu hören.

Elly setzte sich zu den beiden an den Tisch. Henry war bereits zur Feier des Tages beim Bäcker gewesen und so gab es die verschiedensten Sorten frische Brötchen und Brot. Er hatte vor lauter Anspannung im Hinblick auf die heutigen Ereignisse viel zu viel eingekauft. Sehr zur Freude von Elly, die sich vergnügt den Brötchenkorb anschaute und sich nicht entscheiden konnte, welche der wunderschön anzuschauenden Backwaren sie nun zuerst zu sich nehmen sollte. Sie entschied sich für ein rustikales Mehrkornbrötchen mit vielen Sonnenblumenkernen, belegte es reichlich mit Käse und Wurst und ließ es sich schmecken. Dazu gab es wahlweise Tee oder Kaffee sowie frisch gepreßten Orangensaft. Zur Überraschung der Erwachsenen stieß auch Francis im Schlafanzug dazu und schlenderte in seinen Hauspuschen ins Eßzimmer.

„Morgen", grummelte er. Auch er war freudig überrascht beim Anblick der großen Auswahl und legte sich direkt zwei Brötchen auf seinen Teller. Martha schüttete Tee in seine Tasse und stellte ihm ein großes Glas Orangensaft hin. Alle ließen sich das Frühstück schmecken. An Appetit schien es niemandem zu mangeln. Hatte es etwas mit der langersehnten Ankunft von Maggy zu tun? – Vielleicht, zumindest war der Gedanke sehr naheliegend. Es wurde nur wenig gesprochen.

Nach dem Frühstück versuchten Martha und Henry, sich abzulenken. Irgendwie mußten sie sich die Zeit bis zum Losfahren vertreiben, und das war gar nicht so einfach. Großzügig gerechnet, würden sie zwischen halb zwölf und zwölf losfahren, um Maggy um eins in Empfang zu nehmen. Sie wollten auf keinen Fall viel zu früh da sein, das würde nur auffallen und eventuell Aufsehen erregen. Noch gestern hatten sie erfahren, daß die Polizei immer wieder einen Abstecher zum See machte, und sie wollten unbedingt vermeiden, dort Polizisten über den Weg zu laufen.

Als alle fertig gegessen hatten, war es gerade erst acht Uhr. Warum mußte auch gerade heute die Zeit so schleichen, wo sie doch sonst immer so raste! Ausgerechnet! Henry griff nach der aktuellen Zeitung und wollte sich etwas mit Lesen beschäftigen, während die Frauen gemeinsam bis auf die Tassen und die beiden Thermoskannen den Tisch abräumten. Francis verabschiedete sich wieder in sein Zimmer. Er wollte sich die Zeit mit PC-Spielen vertreiben. Auch das gute Zureden seiner Mutter konnte ihn nicht von seinem Vorhaben abbringen. Aber Martha war heute zu sehr gedanklich mit ihrer Tochter beschäftigt, als daß sie die Kraft gehabt hätte, weiter auf Francis einzuwirken. In der Schule hatte Martha ihren Sohn für den heutigen Tag entschuldigt.

Da es auch heute wieder ein heller und warmer Tag war, entschlossen sich die beiden Frauen, nach dem Aufräumen in den Garten zu gehen. Die Zeit wollte und wollte heute einfach nicht verstreichen. Gegen neun entschied sich Elly, Ben im Krankenhaus anzurufen, wie sie sich das ja bereits vergangene Nacht vorgenommen hatte. Seine gestrigen Worte ließen ihr einfach keine Ruhe, und mittlerweile mußte auch er längst mit dem Frühstück fertig sein.

Sie wählte seine Nummer im Krankenhaus. Seltsam, dachte sie, als die Ansage kam, dass derzeit „kein Anschluß unter dieser Nummer" zu finden sei. Sie wählte erneut und wieder hörte sie die gleiche Ansage. Was nun? Stimmte denn etwas mit der Telefonanlage der Klinik nicht? Kurzerhand ließ Elly sich von Martha das Telefonbuch geben und rief die dortige Zentrale an, um sich mit Bens Station verbinden zu lassen. Nach einer Weile kam sie kreidebleich ins Wohnzimmer zurück.

„Elly, was ist los?" fragte Martha, die erschrocken über die plötzliche Blässe von Elly war.

„Ben, er ... er ist nicht mehr im Krankenhaus!" platzte Bens Oma heraus.

„Was?" riefen Martha und Henry gleichzeitig und schauten sich entsetzt an.

Elly erzählte den beiden, daß man ihr am Telefon gesagt hätte, daß Ben heute regulär entlassen worden wäre. Die Schwester hatte sich sehr verwundert darüber geäußert, daß Elly davon offensichtlich nichts wußte. Sie erzählte der alten Dame von der an

Ben gestellten Bedingung und war scheinbar davon ausgegangen, daß Elly bald angerufen hätte, um ihnen mitzuteilen, daß ihr Enkel gut zu Hause angekommen wäre.

Fassungslosigkeit machte sich breit. Henry stand auf, um Elly tröstend in den Arm zu nehmen, und forderte sie auf, sich mit ihm auf die Couch zu setzen. „Elly, überleg noch mal ganz genau, ob Dir in den letzten Tagen bei den Gesprächen mit Ben irgend etwas Besonderes aufgefallen ist. Hat er etwas gesagt oder angedeutet, was uns weiterhelfen kann?"

Elly dachte nach. Ihr fielen Bens seltsame Worte wieder ein. „Ja", murmelte sie. „Etwas war komisch. Er sagte gestern mehrmals, daß ich mir nicht die Mühe machen sollte, ihn heute noch mal im Krankenhaus zu besuchen. Ich mußte ihm sogar versprechen, daß ich es nicht tue. Anfangs habe ich erst gedacht, er möchte besonders Rücksicht nehmen, weil heute Maggy zurückkommt und er ja wußte, daß wir gemeinsam an den See fahren. Aber je länger ich darüber nachdenke, umso mehr macht sich ein anderer Gedanke breit."

„Was meinst Du?" wollte Martha wissen. Elly erzählte ihnen von Bens Traum. Nachdem sie geendet hatte, schaute Henry sie fragend an.

„Bist du sicher, daß er Dir auch wirklich *alles* erzählt hat? Vielleicht hat er ja etwas ausgelassen?" Elly verstand Henry nicht und schaute entsprechend irritiert drein. „Wenn ich Dir so zuhöre", sagte dieser erklärend, „bekomme ich das seltsame Gefühl, daß Ben Dir vielleicht nicht alles erzählt hat. Hast Du ihm eigentlich von Maggys Rückkehr heute erzählt?"

Elly nickte. „Ja, jede Einzelheit, über die wir gesprochen haben. Er war ja schließlich derjenige, der von Anfang an von Maggys Vorhaben wußte, und da habe ich keine Veranlassung gesehen, ihm nichts davon zu erzählen."

„Das war ja auch in Ordnung. Ich mache Dir ja gar keine Vorwürfe", versuchte Henry, Elly zu beruhigen. Er bemerkte, wie unruhig sie mittlerweile war und wie sehr sie sich um ihren Enkel sorgte. Gerade erst vor ein paar Tagen hatte der sich sein Bein gebrochen und war all die Zeit im Krankenhaus gewesen, und jetzt war auch er noch verschwunden, so wie Maggy! Henry stierte nachdenklich vor sich hin. „Was haltet Ihr davon, wenn wir jetzt direkt zum See fahren?" fragte er plötzlich.

„Ich weiß nicht genau, warum, aber ich könnte mir vorstellen, daß wir Ben dort finden." Elly und Martha sahen sich an.

„Vielleicht hast Du recht", stimmte Elly zu. Auch Martha schien einverstanden. Sie konnte heute sowieso nicht früh genug das Haus verlassen, um an den See zu fahren – so ungeduldig, wie sie war.

Schnell zogen sie sich an und wollten sich gerade auf den Weg machen, als sie Francis von ober rufen hörten: „Hey, wo fahrt ihr denn hin?"

„Wir fahren an den See", antwortete ihm sein Vater.

Ohne lange zu überlegen, polterte Francis, mittlerweile angezogen, die Treppe herunter. „Wartet, ich komm mit!" sagte er aufgeregt. „Warum denn jetzt schon?"

„Das erklären wir Dir im Wagen." Henry forderte seinen Sohn auf, sich zu beeilen. Es war nun schon kurz vor zehn.

Die Straßen waren relativ leer, so daß sie zügig nach einigen Minuten den Weg zum See erreichten. Henry stellte den Wagen hinter einem Gebüsch ab und bat die anderen, noch einen Moment ruhig im Auto sitzen zu bleiben. Er wollte sich erst vergewissern, ob auch keine Polizei am See war.

„Die Luft ist rein!" rief er wenig später.

Nach und nach stiegen sie aus. Ein wenig mulmig war ihnen ja schon zumute. Schließlich wußte keiner von ihnen, was sie am See erwartete.

Maggy traute sich kaum, ihre Augen zu öffnen. Sie rasten mit einer wahnsinnigen Geschwindigkeit voran. Nach ein paar Minuten nahm das Mädchen allen Mut zusammen und öffnete die Augen. Zuerst blickte sie Truth an und bemerkte, daß sie ihre Gestalt gewechselt hatte. Natürlich, sie waren ja auch nicht mehr an Land. Truth hatte nun wieder die Form einer Wassernixe.

Maggy saß auch nicht mehr auf ihrem Rücken, sondern flog an Truths Seite und wurde an der Hüfte von einem von Truths Armen fest umklammert. Aber wenn sie nicht mehr an Land waren, wo waren sie denn dann?, schoß ihr plötzlich durch den Kopf. – Jedenfalls auch nicht im Wasser. Maggy konnte ganz normal atmen und hatte auch nicht das Gefühl, von Wasser umgeben zu sein. Sie konnte sich auch nicht vorstellen, daß ein derartiges Tempo sonst möglich gewesen wäre. Maggy sah sich aus den Augenwinkeln um, konnte aber kaum etwas erkennen. Sie sausten durch so etwas wie einen dichten Nebel mit einzelnen, blassen Lichtern an der Seite, die einen Weg wiesen.

Auf einmal sagte Truth: „Wenn ich ‚jetzt' sage, hol ganz tief Luft, Maggy! Du wirst eine Zeitlang keine Gelegenheit mehr zum Atmen haben ... *Jetzt!*"

Maggy atmete so tief ein, wie sie nur konnte. Fast schon wurde ihr ein wenig schwarz vor Augen. Ob es an der Menge Sauerstoff lag, die sie auf einmal in sich hatte? Sie hatte das Gefühl, zu taumeln. Plötzlich wurde sie nach oben geschleudert, alles drehte sich. Obwohl sie die Augen wieder geöffnet hatte, konnte sie erst gar nichts erkennen.

Truths Stimme erklang wieder: „Dreh Dich mal um!"

Maggy neigte den Kopf, so weit sie konnte, nach hinten und sah nicht weit hinter sich wieder die riesengroße Kuppel, die sie bereits auf ihrem Hinweg so beeindruckt hatte. Sie mußten geradewegs aus ihr herausgekommen sein! Gewaltig und wunderschön war sie, bestand aus klarem Glas – und diesmal wußte Maggy, was sich unter ihr verbarg. Als sie sich wieder vordrehte, sah sie links und rechts neben sich die ihr bereits bekannten, rot leuchtenden Gewächse, die bis ins Unendliche nach oben ragten. Ihr Blick glitt hinüber zu Truth und sie konnte ihr direkt ins Gesicht sehen. Ihre neue Freundin lächelte Maggy an.

„Gleich sind wir da. Es dauert nicht mehr lange."

Maggy schaute in diese liebevollen Augen und wollte diesen Anblick noch einmal voll und ganz in sich aufsaugen. Wer wußte schon, wann sie das nächste Mal Augen mit einem derartigen Ausdruck zu sehen bekommen würde?

Das Wasser wurde trüber und schlammiger. Der wirbelnde Schmutz brannte Maggy zunehmend in den Augen, so daß sie sie schließen mußte. Sie ahnte, daß sie sich der Luke näherten.

Aus einem Gefühl heraus schmiegte sie sich nun ganz eng an Truth und tastete sich nach unten in Richtung der hinteren Schwanzflosse. Bis sie nach dieser greifen konnte, hielt Truth sie am Arm fest. Es gab ein fast schon tosendes Geräusch, als Truth die Luke von unten hochdrückte. Die Klappe flog mit einem dumpfen Knall auf und beide waren im See von Maggys Welt angekommen.

Truth schwamm mit ihrer Begleiterin direkt zur Wasseroberfläche und hob sie hoch, damit das Mädchen so schnell wie möglich zu Atem kommen konnte. Maggy tauchte auf und sog die frische Luft ein. Nachdem sie ein paar Mal tief durchgeatmet hatte, tauchte auch Truth neben ihr auf und schaute sich um. Man konnte ihr anmerken, daß sie sich nicht wohl fühlte und so schnell wie möglich die Rückreise antreten wollte.

Als Maggy sich umsah, entdeckte sie nicht weit von sich entfernt eine Person, die kopfüber reglos auf dem Wasser trieb.

„Truth, schau, da treibt jemand!" rief Maggy entsetzt.

Geistesgegenwärtig erkannte diese, daß es demjenigen dort nicht gut gehen konnte. Sie schnellte zu der Person hin, zog sie in Windeseile an den Uferrand und hob sie behutsam aufs Gras.

Als Truth sie umdrehte, schrie Maggy: „Das ist Ben! ... Ben! ... Was ist mit Dir?"

„Steig aus dem Wasser und hilf ihm", forderte Truth Maggy auf.

Das Mädchen beeilte sich, aus dem Wasser zu steigen und eilte zu ihrem Freund. Sie klopfte Ben abwechselnd mit der flachen Hand auf beide Wangen und begann mit einer Herzmassage, als er sich noch immer nicht regte. Das kannte sie von ihrer Schwimmausbildung. Zwar hatte sie nie ihren Rettungsschein gemacht, aber Erste Hilfe wurde bei den Lehrern sehr ernstgenommen, so daß sie dies regelmäßig unterrichteten.

Als Ben auch nach einer Weile immer noch nicht zu sich kam, hielt Maggy ihm die Nase zu und fing an, eine Mund-zu-Mund-Beatmung zu machen. Plötzlich prustete Ben. Zügig drehte Maggy ihn auf die Seite und er spuckte Wasser aus.

Als Ben wieder zu sich kam, sah er seine vermißte Freundin, die aufgelöst über ihm hockte.

„Maggy, da bist Du ja!" keuchte er.

Maggy forderte ihn auf, noch ein paar Minuten ruhig liegenzubleiben. Sie schaute sich nach Truth um, die Maggy vom Wasser aus zu verstehen gab, daß sie schnellstmöglich wieder umkehren mußte. Maggy stieg erneut ins Wasser. Die Zeit für einen weiteren Abschied war gekommen.

Ben, der sich mittlerweile aufgesetzt hatte, beobachtete die beiden und erkannte das Wesen wieder, das er in seinem Traum gesehen hatte. Träumte er etwa schon wieder oder war es wirklich hier im See?

Maggy nahm Truth im Wasser zum Abschied in den Arm und drückte sie fest an sich. Sie brachte kein einziges Wort heraus und schluchzte nur.

„Sei nicht traurig, liebe Maggy. Du bist jetzt wieder zu Hause und wirst Deine Reise hier fortsetzen. Nur kann ich jetzt nicht mehr auf Dich aufpassen, das mußt Du jetzt selbst tun. Also sei auf der Hut!" So verabschiedete sich Truth von Maggy und schwamm etwas zur Seemitte hinaus. Ein Stück weiter weg rief sie noch: „Ach ja, Du hast Deine Sache übrigens sehr gut gemacht."

Da Maggy nicht wußte, was Truth damit meinte, rief sie: „Was genau meinst Du?"

„Das mit Ben!" schallte es zurück. „Ihm geht es wieder gut!" Das waren Truths letzte Worte, bevor sie wieder in die Tiefe hinabtauchte.

Maggy hielt ihren Kopf unter Wasser, in der Hoffnung, noch etwas von Truth sehen zu können. Das Wasser aber war zu schlammig und so hörte sie nur noch das entfernte dumpfe Geräusch der Luke, als diese wieder zufiel.

Truth war fort und Maggy ... wieder zu Hause.

Maggy kletterte wieder aus dem Wasser, eilte zu Ben und kniete sich zu ihm. Beide schlossen sich erfreut in die Arme.

„Du bist wieder zurück ... Maggy, endlich!" sagte Ben, der noch etwas schwach von seiner Tauchaktion war. Aber ihm ging es schon wieder erheblich besser. „Das ... d-das W-Wesen da eben ...", stotterte er, „war es wirklich d-da oder hab ich das geträumt?"

Maggy lächelte: „Es war wirklich da. Ach Ben, es gibt so viel zu erzählen! Ich bin noch gar nicht richtig hier."

Auf seine Bitte hin holte sie seine Tasche, die Kleidung und auch seine Krücken, die ein paar Meter von der Stelle entfernt lagen, wo Truth ihn eben noch hingelegt hatte. Danach ließ Maggy sich neben Ben auf die Wiese fallen und fing an, die ersten Dinge von ihrem Aufenthalt in der anderen Welt zu erzählen. Nach einem kurzen Moment stockte sie und murmelte: „Ach ja, ich soll Dir ja noch etwas geben." Maggy kramte in ihrer Jackentasche nach dem Zettel, den Wisl ihr gestern extra für Ben gegeben hatte, und überreichte ihn ihrem Freund.

„Für mich?" Ben schaute etwas irritiert und las dann den Zettel, auf dem geschrieben stand:

Lieber Ben!
Wir hatten erst überlegt, Dich zu uns zu holen, so wie wir es bei Maggy getan haben, aber dann ist es anders entschieden worden.
Maggy braucht Dich jetzt und es ist wichtig, daß sie einen Menschen um sich hat, mit dem sie über alles reden kann. Also, sei ihr ein guter Freund, bitte! Du wirst aus ihren Erzählungen schon eine ganze Menge von uns und unserem Leben erfahren. Sollte es noch einmal zu einem späteren Zeitpunkt wichtig werden, daß Du zu uns kommst, werden wir es Dich wissen lassen und Dich holen. Bis dahin wird sich aber schon einiges für Dich verändert haben, wenn Du offen dafür bist. Macht es gut, Ihr beiden!
Wisl

Weiter unten stand noch eine Ergänzung:

Achte auf diesen Zettel und überlege gut, wem Du ihn zeigst.

Ben blickte hoch. Ihm rannen Tränen über die Wangen, doch nicht vor Traurigkeit. Er war sehr berührt von den geschriebenen Worten. Wisl war also der Name, den er im Traum nicht genau verstanden hatte!

„Ben, was hast du, warum weinst Du?" fragte Maggy besorgt. Wortlos reichte Ben ihr den Zettel. Maggy lächelte, als sie mit Lesen fertig war, und gab ihn Ben dann wieder zurück. Sie wollte ihm gerade noch etwas dazu sagen, als beide plötzlich Geräusche vernahmen und hörten, wie jemand ihre Namen rief. Schnell steckte Ben den Zettel in die Tasche der Hose, die neben ihm im Gras lag. Martha, Henry, Francis und Elly hatten kurz zuvor eine Stelle am See erreicht, wo sie beide Kinder auf der Wiese sitzen sahen. Henry war sofort losgerannt.

„Maggy, Maggy, Du bist wieder da!" Kaum hatte er die freudigen Worte zu Ende gerufen, da war er schon bei den beiden angelangt und nahm seine Tochter, die mittlerweile aufgestanden war, nicht nur in den Arm. Nein, er hob sie hoch und drehte sich mit ihr. Danach drückte er sie ganz fest an sich.

„Dad, Dad, Du erdrückst mich ja!" gluckste Maggy. Henry ließ seine Tochter wieder auf den Boden hinunter. Dann hockte er sich zu Ben.

„Du bist also Ben", sagte er und streckte ihm die Hand hin. „Hi, ich bin Maggys Vater."

„Das habe ich mir fast schon gedacht", antwortete Ben lachend.

Mittlerweile hatten sie auch die beiden Frauen und Francis erreicht. Martha lief auf ihre Tochter zu und umarmte sie. Vor lauter Erleichterung, Maggy wieder in den Armen zu halten, fing sie an zu schluchzen.

„Ich bin so erleichtert, daß du wieder da bist! Wir sind vor lauter Sorge fast gestorben. Mach so etwas nie mehr, hörst Du?"

Maggy jedoch antwortete nicht. Sie drückte ihre Mutter und war gleichermaßen froh, sie wiederzusehen. Auch Francis nahm seine Schwester zu deren großer Überraschung zumindest für einen kurzen Moment in den Arm. Das war sonst gar nicht seine Art, und Maggy konnte sich nicht daran erinnern, daß er das schon jemals getan hatte. Sie freute sich sehr darüber und erwiderte seine Umarmung. Er mußte ja sicher auch ziemlich erleichtert gewesen sein, daß sie nun wieder da war.

Auch Elly war überglücklich, ihren Enkel gefunden zu haben. Sie hockte sich kurz darauf zu ihm und drückte ihn an sich.

Danach schaute sie ihn an, strich ihm über den Kopf und sagte leise: „Du machst ja Sachen! Aber darüber reden wir nachher noch. Ich bin *so* erleichtert! Hab schon befürchtet, daß du auch hinübergegangen wärst!"

„Wie?" staunte Ben. „Du wußtest davon ...?" Er sprach den Satz nicht zu Ende. Trotz der warmen Junisonne zitterte er am ganzen Körper. Elly öffnete Bens Tasche, zog das Handtuch heraus, legte es ihm fürsorglich um seine Schultern und trocknete ihn etwas damit ab.

„Zieh Dir schnell etwas an, Ben, sonst erkältest Du Dich noch!" riet sie.

Mit Ellys Hilfe zog Ben sich ein paar Kleidungsstücke über. Danach forderte Henry alle auf, sich schnellstmöglich wieder auf den Heimweg zu begeben, um nicht doch noch von der Polizei entdeckt zu werden. Er bemerkte zudem, daß auch Maggy mittlerweile anfing zu frösteln und daß es Zeit würde, daß auch sie aus ihren nassen Sachen herauskam. Henry half Ben, aufzustehen und entschloß sich dann, ihn bis zum Auto zu tragen. Die zwei Frauen nahmen Maggy und Francis in ihre Mitte und folgten den beiden zügigen Schrittes. Allen war die Erleichterung anzumerken. Es herrschte pure Freude darüber, beide Kinder unversehrt wieder bei sich zu haben. Selbst Francis wich seiner Schwester nicht mehr von der Seite. Er zeigte seine Freude anders als die anderen: Fröhlich knuffte er sie immer mal in die Seite und lachte dabei, ohne etwas zu sagen. Maggy ließ ihn gewähren.

Am Auto setzte Henry Ben sanft auf dem Beifahrersitz ab. Die anderen mußten sich irgendwie hinten die Rückbank teilen. Das schien niemanden zu stören. Heute hätten sie sich wahrscheinlich auch gestapelt, wenn es hätte sein müssen.

Es war für alle ein besonderer Tag. Maggy war unversehrt aus der anderen Welt zurückgekommen, was bedeutete, daß die Informationen, die die Familie von drüben erhalten hatten, der Wahrheit entsprachen. Diese Tatsache sollte die Denkweise des einen oder anderen noch beeinflussen ...

Und Ben war aus dem Krankenhaus entlassen und hiergeblieben, er war also nicht hinüber in die andere Welt geholt worden.

Alle hatten sie in den vergangenen Tagen eine Menge erlebt und sicherlich auch dazugelernt. Was genau, würde sich erst in der nächsten Zeit zeigen. Es war, als würde sich ein Kreis schließen. Alles, was nun kommen sollte, würden sie anders tragen können, weil ihre Sorge um die vermißten Kinder nun der Vergangenheit angehörte.

Henry schaute in den Rückspiegel und betrachtete seine Tochter. Es schien, als würde er es noch gar nicht so richtig glauben können, sie dort sitzen zu sehen. Er hoffte inständig, daß die bevorstehenden Tage sich gut fügen würden, und vor allem, daß sie eine Idee bekämen, was sie nun der Polizei erzählen sollten. Aber darüber wollte er sich jetzt noch keine Gedanken machen. Dies konnte zumindest noch ein paar Stunden warten.

Maggy war in sich gekehrt. Sie blickte aus dem Autofenster und dachte etwas wehmütig an Wisl, Truth, Martin, Viola und die anderen. Ihre Nachdenklichkeit fiel den anderen natürlich auf. Vor allem Ben, der neben ihr saß, spürte, daß sie etwas bewegte, und obwohl er es kaum noch abwarten konnte, alles haarklein von ihr erzählt zu bekommen, ließ er Maggy in Ruhe. Sie hatte vorerst eine ganze Menge zu verdauen, das war ihm klar. Er wurde ruhiger und dachte bei sich, daß der richtige Moment für sämtliche Erzählungen sicherlich noch kommen würde. Er genoß es, sie wieder um sich zu wissen, und wie aus einem Reflex heraus ergriff er ihre Hand. Als sie ihn anschaute, bemerkte er, daß sie Tränen in den Augen hatte, und so lehnte er sanft mit seiner Hand ihren Kopf an seiner Schulter an. Nachdem er Wisls Zettel gelesen hatte, wußte er ja nun, was er zu tun hatte. Und er wollte seine Sache gut machen.

Noch am gleichen Tag fuhren Henry und Elly mit Ben ins Krankenhaus, damit er einen neuen Gips erhielt, da seiner vom Tauchen total aufgeweicht war. Dort erzählten sie, daß er durch eine Unbedachtheit ins Wasser gefallen wäre. Die Notlüge mußte Ben zu seiner Erleichterung nicht näher erklären, da die Krankenschwester von heute morgen nicht mehr im Dienst war und die andere von ihrer Vereinbarung augenscheinlich nichts mitbekommen hatte.

Als Henry nach zwei Stunden zurückkehrte, war er dankbar und froh darüber, seine Frau, seinen Sohn und Maggy gemeinsam im Wohnzimmer sitzen zu sehen. Es war, als könnte er es immer noch nicht glauben, daß alles so eingetreten war, wie es ihnen auch gesagt wurde.

Maggy war zurück!

Bevor er sich zu den anderen begab, wollte er dringend noch einmal nach der Kugel sehen. Diese mußte ja nun in Sicherheit gebracht werden. Sie wurde zwar nicht mehr gebraucht, aber er wollte sie an einem Ort verstecken, an dem sie niemand mehr finden konnte. Eilig ging er nach oben ins Schlafzimmer.

Als er unter dem Bett die durchsichtige Tasche hervorzog, erschrak er. Wo war die Kugel? Erst als er die Tasche genauer betrachtete, entdeckte er eine kleine Kugel in der Ecke der Tasche. Er nahm sie heraus. Sie sah aus wie eine ganz normale Murmel, mit der fast jedes Kind in seinem Leben schon mal gespielt hatte – nur mit einem Unterschied: Ihre wunderschöne klare smaragdgrüne Farbe hatte sie behalten. Henry griff zu den beiden Zetteln, die ebenfalls noch in der Tasche lagen. Als er sie aufklappte, war kein Wort mehr darauf zu erkennen, als wären sie einst mit einer Art Zaubertinte geschrieben worden. Es war alles weg. Henry schaute noch mal auf beide Seiten der Zettel … nichts war mehr zu sehen.

Mit einem Schmunzeln legte er die kleine Kugel und die beiden Zettel wieder zurück in die Tasche. Auch wenn er sie nun nicht mehr verstecken mußte, so wollte er sie dennoch an einem sicheren Ort aufbewahren. Schließlich erinnerte ihn all das doch an eine ganz besondere Zeit in seinem Leben. Er stellte die Tasche vorerst auf den Toilettentisch seiner Frau und ging beruhigt und glücklich nach unten zu den anderen. Den sicheren Ort würde er sich noch in aller Ruhe überlegen, denn das hatte ja nun Zeit.

Der Polizei erzählten sie am nächsten Tag, daß Maggy zurückgekehrt war und gaben als Grund für ihr Verschwinden an, daß sie sich in ihrer pubertären Phase davongestohlen hatte. Weiterhin versicherten sie, daß sie selbst auch noch nicht wüßten, wo Maggy sich in all der Zeit aufgehalten hätte, da sie partout nicht darüber reden wollte. Aus irgendeinem Grund bohrte die Polizei nicht weiter nach, was Henry und Martha natürlich sehr freute.

Elly erhielt ein paar Tage später ein Schreiben von der Staatsanwaltschaft, daß sämtliche Verdächtigungen gegen sie eingestellt worden seien. Ja, man entschuldigte sich sogar bei ihr für die erlittenen Unannehmlichkeiten.

Es kam nun eine Zeit, in der die beiden Familien um Maggy und Ben sich fast täglich trafen. Sie sprachen sehr viel über die zurückliegenden Tage, in denen Maggy in der anderen Welt war. Maggy war in dieser Zeit sehr in sich gekehrt. Sie erzählte zwar das ein oder andere, das sie erlebt hatte, aber manches behielt sie für sich. Warum, hätte sie nicht erklären können. Es war einfach ein Gefühl, von dem sie sich leiten ließ.

Sie ging bereits nach dem nächsten Wochenende wieder wie gewohnt mit Ben zur Schule und versuchte, den Fragen ihrer Mitschüler auszuweichen. Dadurch wurde es sehr einsam um sie. Die meisten früheren Freundschaften lösten sich auf, bis auf die zu Ben. Er hielt weiterhin zu Maggy und sie verbrachten eine Menge Zeit miteinander.

Die Gespräche über die andere Welt ebbten nach einigen Wochen ab, und es schien, als wäre eine Zeit des Vergessens angebrochen. Dies mochte für den ein oder anderen durchaus zutreffen, aber nicht für Maggy. Sie vergaß keinen einzelnen Moment und hütete ihre Erinnerungen wie einen Schatz, ja, sie wurde regelrecht von ihnen getragen.

All die Erlebnisse sollten ihr auf ihrem weiteren Weg Kraft und Zuversicht geben – einfach aus dem Wissen heraus, daß es diese andere Welt mit den in ihr lebenden Menschen und Wesen gab.

Die einzigen, mit denen Maggy in stillen Stunden noch über ihre Erlebnisse sprach, waren Elly und Ben. Doch auch der Austausch mit ihrem Freund über das Erlebte nahm mit der Zeit ab. Obwohl seine Freundschaft zu Maggy anhielt, ging er irgendwann natürlich seinen eigenen Weg. Es kam eine Zeit, in der ihre Interessen auseinandergingen und sie nicht mehr alles miteinander teilten. Und obwohl Maggy wußte, daß es richtig war, hatte sie immer weniger das Bedürfnis, Ben an ihren Gedanken und Erfahrungen teilhaben zu lassen.

So blieb irgendwann nur noch Elly übrig. Von ihr fühlte sich Maggy noch am besten verstanden. Sie erzählte ihr auch von ihrer Sehnsucht, wieder in die andere Welt zurückzukehren und erklärte ihr, warum sie mit anderen so wenig über ihre Erfahrungen sprechen konnte. Irgendwie hatte sie den Eindruck, nicht wirklich verstanden zu werden. Manchmal spürte sie auch, daß an ihren Erzählungen gezweifelt wurde. Aber das wunderte Maggy nicht. Warum sollten andere auch nicht zweifeln? Denn es war ja auch so unglaublich und doch so wahr und wundersam gewesen, was Maggy erlebt hatte!

Aber wie Menschen eben so waren, dachte Maggy ab und zu lächelnd: Was sie sich nicht vorstellen konnten, verbannten sie aus ihrer Realität. Manchmal fragte sich Maggy auch selbst, wie sie wohl reagieren würde, wenn man ihr so etwas erzählen würde, ohne daß sie es erlebt hätte. Aber sie *hatte* es nun mal erlebt und fühlte sich manchmal ganz schön einsam damit.

Aber eines passierte nie ... nämlich daß Maggy das, was sie erlebt hatte, aus ihrem Inneren verbannte. Manchmal ereilten sie Zweifel, vor allem, als sie älter wurde. In solchen Momenten machte Elly, die zu einer guten Freundin geworden war, ihr immer wieder Mut, ihren Weg einfach weiterzugehen, auch wenn er so anders aussah, als der von den meisten anderen. Und sie hielt Maggy immer wieder die Größe des Geschenks vor Augen, das ihr bereitet wurde. Durch die Gespräche mit Elly lernte Maggy mehr und mehr, zu akzeptieren, daß die Erlebnisse für sie bestimmt gewesen waren und daß sie diese nie im Ganzen mit einem anderen würde teilen können. Das Erlebte brannte sich immer mehr in ihrem Inneren ein und beeinflußte ihr ganzes Leben, ihre Erfahrungen, ihre Erkenntnisse und nicht zuletzt auch all ihre Begegnungen mit anderen Menschen.

Und wer wußte schon, ob sie nicht in ihrem Leben noch so manche Menschen treffen sollte, denen sie von der Existenz der anderen Welt würde erzählen wollen und vielleicht würde sie ja sogar mal einem Menschen begegnen, der zumindest ansatzweise würde spüren können, was Maggy Wunderbares widerfahren war ...

Ende

Die Autorin

Luzzi B. wurde 1968 in Nordrhein-Westfalen geboren. Sie studierte Sozialarbeit, um danach Menschen in schwierigen Lebenssituationen zu beraten. Heute unterstützt sie Betroffene auf ihrem Weg aus der Arbeitslosigkeit.
Sie lebt mit ihrem Partner und ihrer Katze in einer Altbauwohnung und genießt bei gutem Wetter den kleinen, aber schönen Garten.

Der Verlag

„Semper Reformandum", der unaufhörliche Zwang sich zu erneuern begleitet die novum publishing gmbh seit Gründung im Jahr 1997. Der Name steht für etwas Einzigartiges, bisher noch nie da Gewesenes.
Im abwechslungsreichen Verlagsprogramm finden sich Bücher, die alle Mitarbeiter des Verlages sowie den Verleger persönlich begeistern, ein breites Spektrum der aktuellen Literaturszene abbilden und in den Ländern Deutschland, Österreich und der Schweiz publiziert werden.
Dabei konzentriert sich der mehrfach prämierte Verlag speziell auf die Gruppe der Erstautoren und gilt als Entdecker und Förderer literarischer Neulinge.

Neue Manuskripte sind jederzeit herzlich willkommen!

novum publishing gmbh
Rathausgasse 73 · A-7311 Neckenmarkt
Tel: +43 2610 431 11 · Fax: +43 2610 431 11 28
Internet: office@novumverlag.com · www.novumverlag.com